香港・文化・探索

鄧鍵一　李祖喬　曾仲堅　主編

匯智出版

致謝

本書得以順利出版，實在有賴學術界不同人士支持。

首先，如果沒有2022年的「香港文化與社會研討會」，就不會有這本論文集。我們衷心感謝參與研討會的講者、講評人、與會者，以及協助舉辦研討會的同事。此外，一些沒有參與研討會的學界朋友，也不吝賜稿作中文出版，我們深表感激。另外，曾曉玲幫助本書編輯、校對、查證資料，令本書得以順利出版，我們也在此致謝。

由於中文學術出版經營艱難，張少強、梁啟智、陳嘉銘過去一直自費出版。就這本書，我們特別感謝張少強繼續支持，以及香港恒生大學分擔了一部分編輯費用。他們的幫助，我們銘記在心。

作者簡介（按姓氏筆畫排列）

李立峯，香港中文大學新聞與傳播學院教授，國際傳播學學會會士，研究興趣包括新聞學、政治傳播、民意研究、社會運動等。其專著包括《Pro-Democracy Contention in Hong Kong: Relational Dynamics between the Umbrella Movement and the Anti-Extradition Protests》（SUNY Press, forthcoming）、《Memories of Tiananmen: Politics and Processes of Collective Remembering in Hong Kong, 1989-2019》（Amsterdam University Press, 2021）、《Media and Protest Logics in the Digital Era》（Oxford University Press, 2018）。他是《Chinese Journal of Communication》主編，《臺灣傳播學刊》編輯委員，以及近十本國際學術期刊的編輯顧問。

李志成，香港中文大學文化研究博士候選人，研究興趣包括安那其主義、香港研究、性別研究、環境研究。現亦為香港浸會大學人文及創作系及嶺南大學文化研究系兼任講師。

李映儀，香港中文大學賽馬會公共衞生及基層醫療學院公共衞生師。服務及研究範疇包括基層醫療服務、貧窮及健康公平。

李祖喬，任職香港中文大學文化及宗教研究系，研究興趣包括公共人文學、公共情感、文化遺產與旅遊、日常生活。他於新加坡國立大學獲碩士和香港中文大學獲博士。他曾在《HAU: Journal of Ethnographic Theory》、《Radical History Review》、《Hong Kong Studies》等期刊撰文。

冼豪輝，註冊社工，任職香港中文大學賽馬會公共衞生及基層醫療學院。具多年前線推動社區發展及組織居民的經驗，主張運用社區創新手法解決社區問題。

袁瑋熙，香港浸會大學政治及國際關係學系副教授，研究興趣為社會運動和政治行為，喜歡用數據解釋社會現象。

張少強，社會學家、民族誌者，主力從事香港研究，透過尋繹社會歷史、流行文化、地方故事和常人事跡，書寫這個城市的發展軌跡、在不同時期的主要結構、變化及實踐，編著不同主題的論文、文章及書籍。

張志偉，專門研究普及文化，對電影、電視、音樂以至動漫，均無所不愛。深信香港電影音樂內藏港式混雜美學，是理解香港文化發展的秘密鑰匙。出版編/著作包括《Media Power in Hong Kong》、《閱讀香港普及文化1970-2000》及《普普香港（二）：閱讀香港普及文化2000-2010》，現為香港浸會大學人文及創作系副教授。

張德源，香港中文大學賽馬會公共衞生及基層醫療學院社會工作人員。在醫院及社區提供服務多達十年。服務對象主要為精神病康復者、懷疑受虐兒童家庭、免遣返聲請者及難民。

梁可琪，營養學家及註冊健康教育執行師，在社區提供健康教育多達十年。服務對象主要為低收入家庭、社交孤立長者及少數族裔，持續推動健康公平。

梁洛宜，香港中文大學傳播學哲學碩士，香港大學文學士（主修哲學及社會學）。多年來在香港不同大專院校（HKU, CUHK, HKBU, HSUHK）擔任研究助理、項目統籌及教學助理，擁有豐富社會科學研究的經驗，精通定量及定性研究的執行，並曾多次統籌由優配研究金及公共政策研究資助計劃資助的研究項目。

梁寶山，藝評人，文化研究博士。關注藝術生態及文化政治。著作包括《活在平常》及《我愛Art Basel——論盡藝術與資本》。島居凡二十年，為《南丫說：》聯合策展人及《模達今昔——南丫島模達灣歷史及社會研究計劃》作者，同時是「島嶼研究網絡（香港）」發起人。

許碧琪，營養學家，就職於香港中文大學賽馬會公共衞生及基層醫療學院。

陳盈，流行病學家，現為香港中文大學賽馬會公共衞生及基層醫療學院研究助理教授。研究範疇為基層醫療系統。

陳可兒，香港中文大學賽馬會公共衞生及基層醫療學院的註冊營養師。深信「預防性飲食」比藥物治療更有效，致力推動社區營養和健康飲食。

陳智傑，香港恒生大學傳播學院副教授，研究興趣為新聞學、傳媒社會學、社會風險、身份文化。學術文章發表於多份國際期刊：《Journalism》、《Chinese Journal of Communication》、《Journal of Contemporary China》、《Journalism Studies》、《Media, Culture & Society》、《China Perspectives》、《Global Media and China》等。他的近作包括《Hong Kong Media: Interaction Between Media, State and Civil Society》（Palgrave, 2022），其他篇章見於Routledge及Palgrave等學術出版社的書目。

陳藝強，香港中文大學新聞與傳播學院助理教授。研究範疇包括批判數據研究、零工經濟、平台治理和數位勞工。

曾仲堅，現職樹仁大學社會學系助理教授及副系主任。研究興趣包括香港現代性的形成、香港普及文化、經濟文化與論述等。曾編寫《普普香港：閱讀香港普及文化2000-2010》及《影視香港：身份認同的時代變奏》等。2021年出版著作《香港的住房文化：買樓作為希望機制》。近年正研究香港社會中有關公共空間、年青人、物質文化等論述。

曾朗天，南加州大學社會學博士研究生，研究題材包括文化社會學、社會運動、政治社會學、政治傳播等。

馮夢哲，香港中文大學新聞與傳播學院博士研究生，研究興趣包括政治傳播、社會運動、性別與媒體等。

黃麗儀，香港中文大學賽馬會公共衞生及基層醫療學院副院長（教學）及教授。研究興趣為與健康相關的生活質素以及病人就醫經驗。

楊子琪，香港中文大學新聞與傳播學院哲學碩士研究生，前專題記者，研究興趣：集體記憶、政治傳播、社會運動、新聞學。

葉家威，牛津大學政治學博士，香港浸會大學政治及國際關係學系副教授。著有《Egalitarianism and Global Justice: From a Relational Perspective》、《全球正義與普世價值》（合著）。論文收錄於《Political Studies》、《Political Research Quarterly》、《China Perspectives》等學術期刊。近年致力研究數據素養，以及數據科技在當代社會帶來的各種政治和道德挑戰。

歐嘉泳，香港中文大學性別研究碩士。擁有於香港中文大學及香港城市大學擔任研究助理的經驗，研究領域為平台治理、勞工運動、性別與移工。

鄧鍵一，香港恒生大學社會科學系副教授，研究興趣為政治傳播。論文收錄於《Journal of Ethnic and Migration Studies》、《Social Science Computer Review》、《Social Indicators Research》等學術期刊。專著包括《Hong Kong Media: Interaction Between Media, State and Civil Society》（Palgrave, 2022）。

龍子維，「好老土」創辦人。過去三年策劃「有種大嶼」及「梅窩風土復育計劃」等社區營造計劃，致力推動鄉郊社區經濟模式，為香港培育鄉郊地區創變者。通過發展社區支持農業、建立生態友善的互助生產網絡，在豐富城市與鄉村、人與自然共生的想像外，同時發掘地區的不平凡之處，創造具地域特性的產品。現時與學徒共營梅窩社區據點及地域品牌「好老土」。

鍾巽杰，香港中文大學賽馬會公共衞生及基層醫療學院的註冊護士。深信疾病源於不良生活模式，致力推動社區教育，人人都是自己健康的管家！

目　錄

經濟弱勢

鄉郊島嶼

導言：在變化的香港中認識香港

鄧鍵一、李祖喬、曾仲堅

這本論文集的大部分文章來自2022年舉行的「第十屆香港文化與社會研討會」。簡單整理一下，這本書是從第一屆研討會以來的第八本論文集。回顧過去的出版，恰好是過去二十年研究香港文化的議程。2000年代初的時候，大部分文章討論香港的庶民及媒介文化；到了2000年代末，隨着利東街等保育運動出現，青年人、後物質價值等研究角度逐漸進入議程。同時，香港影視也進入合拍片時代，開啟了研究香港影視文化的新議程。隨着社會各種角力升溫，後來也多了關於社會運動的文章。不過，我們當然也不能忽略，各種關於香港殖民歷史、公共論述等研究，也一直是這個研討會及論文集相當重要的部分。

2019年之後，社會格局大變，但研究香港文化與社會的視角沒有因此收窄。再看上一本論文集《香港．格局．變異》，當中既有社會運動的餘緒，也有從歷史角度，回顧香港政治與社會的發展軌跡，亦不乏政治論述的分析。往後，新冠疫情、科技發展等因素，令研究香港社會的議程更加豐富。同時，學界及民間組織也一直參與以不同視角探索香港不同面向的研究，促進大眾重新認識香港。

在這個背景下，本書題為《香港・文化・探索》，全書五個章節大致呼應「第十屆香港文化與社會研討會」各個環節：思想歷史、流行文化、數碼技術、經濟弱勢、鄉郊島嶼。

「思想歷史」部分，由李志成的文章〈新左翼國際主義、離散中華民族主義及吳仲賢的安那其願景〉開啟全書。他回顧吳仲賢火紅年代的文稿，指出新左翼國際主義如何跟離散中華民族主義扣連，並展示複雜的互動與張力。

第二部分是「流行文化」。疫情期間，香港流行文化意外地成為了矚目焦點，當中以MIRROR熱潮尤甚。張少強重點分析姜濤的歌詞，指出他的作品脱離一般情歌路數，反而嘗試以個人經歷扣連宏大社會，成為了那時偶像熱潮中一道風景。同樣是音樂，張志偉則研究港產片的電影配樂。以宏大的歷史視野，分析不同時期的香港電影配樂，梳理出另一種香港文化的混雜性。

第三部分「數碼技術」回應在科技轉變下的社會變化。陳智傑、李立峯、鄧鍵一、楊子琪的文章，透過一系列深入訪談，勾勒出在科技進步下，各個媒體怎樣因應社會環境，作不同程度、不同形式的數碼化。馮夢哲、曾朗天的文章關於事實查核，是當下傳播學研究其中一個最重要的課題。他們指出，在政治化的環境下，事實查核機構的議程，也可以是構成公共輿論的元素。葉家威、梁洛宜則關心社交媒體時代的數碼素養教育。他們的文章匯報香港市民數碼素養的現況，並提出改善建議。

第四章「經濟弱勢」某程度上回應過去幾年學術界就危脆性（precarity）的廣泛討論。這既因為疫情；更加結構的原因，則來自轉變中的就業結構，包括各種非正規工作和「零工經濟」（gig economy）。在這章，陳藝強、歐嘉泳透過深入訪談，了解平台經濟（platform economy）下的勞動者怎樣連結、維持集體行動的能力。鄧鍵一、袁瑋熙透過問卷調查，指出工作形態、主觀危脆感，與是否認同「機會論」在青年人當中的關係。陳盈及她的研究伙伴因應疫情期間糧食緊張的狀況，分析劏房戶的居住環境、糧食狀況，與精神健康的關係。

最後一章「鄉郊島嶼」把香港研究的議程，由作為高度都市化的資本主義社會，跳到無論地理上還是論述層面都處於邊緣位置的環境。龍子維是「好老土」創辦人，過去幾年一直在大嶼山耕耘本地農業。他的文章回顧文獻，講述殖民政府引入在大嶼山種植菠蘿及黃皮的歷史。梁寶山、李祖喬的兩篇文章都是以島嶼研究的角度，重新思考認識香港的視角。梁寶山有系統地介紹島嶼研究，以香港為個案，比較島嶼視角與大陸視角的分別。李祖喬則更進一步，提出以「群島主義」來反思香港地理上的邊緣和中心關係。

思想歷史

新左翼國際主義、離散中華民族主義及吳仲賢的安那其願景

李志成

引言

過去十年，本地學界一直嘗試重整香港的社運史，而七十年代也被視為重要的歷史錨點（Cunliffe, 2023）。香港的七十年代又被稱為「火紅年代」，原因是當時如火熾熱的學生青年運動，大部分都以不同派別的左翼思想作為理論基礎。當時，除了受到文化大革命影響，以毛主義為綱領主導着中文大學及香港大學學運的國粹派（Yang, Lau, and Ip, 2022），學院外的青年運動則以安那其主義（anarchism）最廣為中學生及大專學生所知（鍾耀華，2015）。潘律（2022）分析以安那其主義為旗號的《70年代雙週刊》（下稱《70雙週》）如何建構出與冷戰中蘇聯及中國共產黨截然不同的「新左」政治，而楊慧儀（2019）則以一生實踐安那其主義的莫昭如為主角，將香港的安那其主義從七十年代帶到當代，講述了安那其主義者莫昭如的一生，他如何在六十年代海外留學期間接觸到安那其思想及民權運動、在七十年代的香港與如吳仲賢等其他安那其主義者出版《70年代雙週刊》，以及《70雙週》停刊後他到歐洲各地演講並接觸到民眾戲劇後的轉變。

本文嘗試加入這場討論，並集中分析安那其主義與民族這一概念的關係，希望藉此貢獻於香港的安那其歷史。雖然現存的研究都明確指出，安那其主義這廣義地指從一切社會壓迫中解放出

來的政治思想，在香港成為了冷戰以及中國以外的另類左翼。不過，民族這一概念與安那其的關係，總被輕輕帶過，而偏偏民族是處理火紅年代的一大命題。舉例來說，羅永生（2017）就曾指出當時在中大及港大的學院內主導的國粹派，將中華民族主義情緒轉化成或契合於中國共產主義的新中國想像中，因而在學生之間收穫巨大的號召力。反過來說，若不同的政治思想要成就一場運動，無可避免的始終是其如何回應當時在學生青年間如火如荼的民族情緒。那麼，身處在火紅年代，安那其主義與民族到底有怎樣的關係？

本文將以吳仲賢的安那其思想作為案例，來回應這道問題。吳仲賢曾是莫昭如的安那其戰友，兩人在1970年一同出版了《70雙週》。但吳仲賢在1973年從安那其主義轉向了托洛茨基主義（Trotskyism），並成立了革命馬克思主義同盟（下稱革馬盟），革馬盟早已解散，但當中一些成員（例如「長毛」等人）直至2019年仍活躍於政壇，也有其他成員（如施永青）成為大資本家。在成立革馬盟後，吳仲賢與莫昭如因政治理念斷交，直至九十年代吳仲賢重病，兩人才重新往來，而莫昭如則在2002年演出了舞台劇《吳仲賢的故事》，該劇的錄影也被陳耀成重新剪接，加上歷史片段後製成同名電影。現存對吳仲賢的學術討論，大都圍繞舞台劇與電影對吳仲賢的藝術再現（Marchetti, 2018, 76–107），但除此之外，對吳仲賢本人的政治思想卻少有討論。

本文並不打算涵蓋吳仲賢的一生，選取的範圍只局限在1969至1973年這五年時間。1969年是吳仲賢在社運圈子登場的年份，而1973年，他在法國遇上彭述之[1]等流亡的中國老托派，並從安

1 彭述之是中國托派的領導人物，1929年與陳獨秀在上海成立無產者社，在經歷二十多年共產黨及國民黨的追捕後，1952年經越南流亡法國。

那其主義轉投托洛茨基主義。吳仲賢如何轉投托派，當中的意識形態轉向如何改變他對香港的願景，以及往後托派如何投入政黨政治等，都是極需討論的議題。不過，本文所研究的，並非吳仲賢本人，而是吳仲賢作為曾經的安那其主義者，對建構香港安那其歷史的意義，因此只集中討論1969至1973年吳仲賢的安那其思想。另外，吳仲賢的安那其思想與中華民族主義有着千絲萬縷的連結。以楊寶熙為例，她是1975年中大學生會的會長，也是當時國粹派的領導人，而她的政治啟蒙，卻是來自《70雙週》。在她的回憶錄中，就曾寫道：「阿莫（莫昭如）和吳仲賢都是很有理論根底的人，文章論述又寫得很好，是我參加社會運動的啟蒙老師。」（楊寶熙，2015，30）這例子表明了，安那其主義與民族兩者之間並非有着清晰的鴻溝，反而有許多意想不到的接合點。

我希望提出，吳仲賢的安那其思想事實上說明了在火紅年代中，安那其主義與民族的關係需要被放置在更廣大的「全球六零」（Global Sixties）的脈絡來理解。六零年代是全球社運的年代，形形色色的社運例如民權運動、種族運動、女性主義運動、環境主義運動，以至第三世界的反殖運動等，都在這一時期在全球範圍爆發。Fredric Jameson（1984, 182–189）就曾劃分六零為一個橫跨1959至1974年的時期，並指出六零年代歐美的社運，其實受制於其獨特的歷史處境：美國麥卡錫主義（McCarthyism）對共產勢力的打壓以及赫魯曉夫的去史太林化政策令西方左翼一方面對蘇聯——共產世界的想像幻滅，另一方面又無法認同美國——自由世界的霸權。因此，當時許多歐美的社運者都轉向第三世界，以找尋冷戰外的另類選擇。而在2000年開始，學術界嘗試以全球角度重組這段歷史，並認為對這段歷史的研究，不應只視第三世界的六零年代社運為第一世界的影響，從而以複雜的全球互動取代並超越「中心/邊緣」的藩籬(Chaplin & Mooney, 2017, 2)。吳仲賢的安那其思想,正正是這「六零」的全球互動下的產物,讓我們看到香港安那其歷史與世界的聯繫。

安那其主義與民族

要討論安那其與民族之間的關係,需先釐清其漫長的理論脈絡。安那其主義(anarchism)的字根來自希臘語的*anarchos*,意思是「沒有統治者」。但安那其主義並不等同於混亂,因為在其理論脈絡中,安那其主義並不只關心如何從統治階層解放出來,更指向一種自我組織的理念。一些學者(Gisteren, 1989)認為,安那其主義作為一種政治思想和運動,可以追溯至法國大革命一群名為*Enragés*的革命者。他們批評雅各賓派當權後對資產階級的縱容並沒有結束社會壓迫,並提出法國大革命的最終目標應是社會解放。不過,*Enragés*從來沒有自稱安那其主義,而且安那其主義在當時是否一種思想體系也存疑。第一個安那其主義者,要等到十九世紀中。1840年,普魯東(Pierre-Joseph Proudhon)出版《甚麼是財產?》(*What Is Property? Or, an Inquiry into the Principle of Right and Government*),並在其中自稱為安那其主義者。他提出私有產權只是被國家合法化了的盜竊,隨之而來的是源於國家權力的階級矛盾(Proudhon, 1876, 271–272)。1846年,普魯東出版了《貧困的哲學》(*The System of Economic Contradictions, or the Philosophy of Poverty*),提出政治經濟學只是關於私有產權的學術,但解決階級矛盾應訴諸道德(morality)而非奪取國家權力的政治行動。對普魯東來說,資本家在每日的競爭中,並無法建立出尊重他人的道德觀,相反,在工業時期的工人階級,因着流水線將工序分拆，更令他們意識到只有合作才能生產的道理。因此，革命的最終目的，是要令工人階級成為能夠獨立合作的群眾（Proudhon, 2012）。

摒棄政治活動而強調獨立於國家的合作模式的主張，也讓安那其主義與共產主義分道揚鑣。普魯東一度因着《甚麼是財產？》一書而與馬克思成為朋友，但在《貧困的哲學》出版後的一年，馬克思出版了《哲學的貧困》（*The Poverty of Philosophy: Answer to the Philosophy of Poverty by M. Proudhon*）來批評普魯東錯判政治經濟學。馬克思主張，國家政權縱容了資產階級奪取工人的生產資料（means of production），因此，社會解放應在國家層面實現。對馬克思來說，政治是手段，經濟是目的。但同一時期的安那其主義，強調的則是目的與手段的連貫性，將政治排除在外，並同時主張廢除國家權力與私有財產。這種想法一直與社會主義分庭抗禮，及後也由巴枯寧（Mikhail Bakunin）、克魯泡特金（Peter Kropotkin）及高德曼（Emma Goldman）等重要的安那其主義者提煉成如互助（mutual aid）及工團主義（syndicalism）等各種安那其理論。

在十九世紀中的歐洲，民族一直都不是安那其主義與共產主義之間辯論的重點，但半個世紀後，安那其主義卻在世界主義（cosmopolitanism）與民族主義的交錯下被帶到亞洲，並支撐着各種反殖的現代民族想像。Benedict Anderson（2013）指出，菲律賓的民族主義起源，事實上與安那其主義有許多的互動。Anderson形容當時的世界，就如同夜空的星宿般，每一顆星星就如同一個獨立的民族，但又互相連結構成星空的面貌。這種世界中的「獨立民族」想像，也讓拉丁美洲和亞洲的殖民地找到反殖革命的理由。在亞洲，菲律賓作為第一個以民族主義為旗號起義的地方，其反抗西班牙殖民的情緒與安那其事實上互相扣連。Anderson詳細記載了菲律賓安那其革命組織卡蒂普南（Katipunan）如何以全球視角，將黎剎建構成菲律賓的「民族英雄」。換句話説，安那其主義作為一種十九世紀末全球性的思想，契合於其中現代民族的想像之中，因而給予了許多殖民地革命的能量。

這條民族主義與安那其主義互相契合的歷史路徑在二十世紀初的中國也有非常相似的發展，但諷刺地也正因這契合而預視了其失敗。1905年至1930年這二十多年間是安那其主義在中國革命舞台的高峰。在清末時，中國安那其主義者基本上聚集於東京和巴黎來參照西方的政治思潮和整理他們的民族革命理念。當時，民主、性別平等、經濟、宗教解放等「進步」的象徵都能夠被收進中國安那其主義的民族思想體系中，並給予了許多革命者新中國的想像。例如，由劉師復及何震創辦的安那其雜誌《天義報》中就提出，無論是專制抑或民選政府，都只是一小撮人控制。這種控制在於國家通過語言（「國」語）來將大眾困在一個國界之內，並全面操縱着各種傳統如道德、宗教及家庭（Chan, 1979, 107）。因此，中國若要成為一個現代民族，必須先讓每個個體從各種傳統壓迫中解放出來，並學習世界語（Esperanto）來與不同民族溝通。另外，中國安那其曾在香港建立分部，嘗試利用香港的殖民條件來回應中國革命，例如劉師復在1906年嘗試暗殺清朝將軍李純，但事敗後被殖民政府監禁了三年。但是，Arif Dirlik（1991）就提出，中國安那其主義的成功與衰敗，也都因他們的民族想像。這種現代的民族想像，致使許多安那其主義者在1920年代開始，被國民黨所收編，並逐漸在國民黨內獲得厚職。例如張靜江曾在孫中山跟蔣介石之間擔任過兩個月的國民黨中央執行委員會主席。

換句話説，當中國安那其主義以民族作為單位來想像一個沒有統治者的安那其社會時，難免會被國家權力收編。其中的問題，正正是當現代民族國家（nation-state）在歐洲成形之時，民族與國家總是一體兩面，當亞洲的安那其主義者希望參照歐洲的民族主義來形成其心目中超越國家權力的社會時，往往就掉進民族國家這個框架，矛盾地以反國家權力之名鞏固了國家權力的正當性。而且，安那其與民族之間的張力不只是一個歷史性的問題，並不會隨着中國安那其政治活動的結束而消解。相反，這張力是一個理論性的問題，一直纏繞着不同時空的安那其主義者。即使在近十年，Judith Butler（2013）也擔憂以巴衝突中的以色列安那其主義，雖然以在地社群的形式挑戰了國家制度，但始終無法擺脱民族意識，或會令其在民族國家這一大框架下成為了國家存在的藉口。

這理論的張力是我在本文最關心的部分。到底吳仲賢有否同樣面對着安那其與民族的張力？如有，這種張力在1970年代的香港生產出怎樣的政治？但我希望提出一點，上述中十九世紀末二十世紀初的亞洲安那其脈絡，顯然不是吳仲賢需要面對的歷史處境，只因中國安那其在1930年代已關上了其歷史大門，1930年後在香港的中國安那其（例如廣州的安那其軍閥陳炯明），大都鬱鬱而終。他們在香港，並沒有留下甚麼歷史遺產。不過，這不代表安那其與民族的張力因而終結，只不過是這張力的歷史條件有所不同。而吳仲賢需要面對的，是另外兩個獨特的歷史條件。第一，是1960年代在歐美興起的新左翼（New Left）。第二，是中國民族主義在戰後離散的變奏。在討論吳仲賢的安那其思想前，我會先討論這兩個歷史條件及其之間的矛盾。

兩個中國

在此章節，我將花費一點篇幅來整理兩個重要的意識形態，第一是新左翼國際主義，第二是離散中華民族主義，他們之間的張力建構了整個1970年代香港安那其運動的脈絡。一方面，在歐美的新左翼，想像中國可以成為替代蘇共的烏托邦。這種想像源於在1950年代，新左翼認為蘇聯的國家革命進路其實對第三世界解放並無多大的吸引力。因此，一個全新、以第三世界政治作為主軸的國際主義具有迫切性，而中國就被用作推動再概念化國際主義的錨點。另一方面，在1960年代的香港，逃避中國共產黨執政的南來知識分子，這批南來知識分子帶來了「花果飄零」的論述，在香港種下了離散（diaspora）的中華民族主義：中國是被中共摧毀的文化家園（cultural China）。

新左翼與蘇聯的分裂可追溯至1950年代；不過，要直至1960年代初，「第三世界」這一概念才開始在國際主義再概念化的過程中發揮作用。1963年第18期的《新左翼評論》（*New Left Review*）在這議題上顯得特別重要。《新左翼評論》是一份英國的政治學術期刊，許多在往後著名的新左翼或文化理論家如Ernest Mandel、Herbert Marcuse及Stuart Hall等均曾是其編輯委員會成員。第18期刊登了一系列關於第三世界的研究，並以編輯委員會的名義刊登了一篇名為〈論國際主義〉（'On Internationalism'）的文章作為整期的導言（NLR, 1963）。該篇導言的開首便勾勒了一幅以三個地區劃分的世界地景：西歐美國在內的自由世界，蘇聯東歐在內的共產世界，以及正經歷反殖民族獨立的第三世界。《新左翼評論》編輯委員會質疑蘇共的國際主義並未能在這嶄新的全球結構發揮多大效力。他們批評：「左（the Left）在非常長的時期只抱守自己的國際主義，但對正在深刻影響其命運的世界卻沒有一點認識或理解」（ibid, 3–4）。《新左翼評論》的編輯委員會批評蘇共等「老左」（the old Left）並未能將正在出現的第三世界民族國家納入其政治議程，亦因此嘗試再概念化國際主義來包含第三世界的解放。

對國際主義再概念化的結果，是新左翼將毛澤東的中國，浪漫化成第三世界的烏托邦。在引言中已提及過六零是對冷戰的反撲。基於同一理由，新左翼亦致力於在第三世界如古巴、越南、巴西及中國等地的革命浪潮中尋索另類於冷戰的出路。在眾多地方中，中國是最為明顯的錨點，讓第一世界的新左翼整合他們的反冷戰情緒以及激進化自身來對抗他們本身的國家。以挪威為例，最近的研究便指出，中國文化大革命是1960年代許多挪威學生激進化的起點，而這激進的轉向，甚至預示了全挪威在1970年代最大政黨AKP(m-l)的成立（Sjøli, 2008）。同樣，對澳洲的新左翼來說，中國象徵了未來的烏托邦。一個澳洲的新左翼就曾說：「毛通過其浪漫而美學式的游擊戰取得了權力……是對已被厭倦的〔政治〕投入強而有力的刺激」（Piccini, 2013, 28）。挪威及澳洲的新左翼在往後1970年代香港安那其運動都有着特別的角色，容後再談。

行文至此必須弄清一個本文的立場：事實上，我並不關心毛的中國到底是否全球新左翼運動的一部分。對第一世界的新左翼來說，毛的中國被視作預言了一場將從第三世界席捲第一世界的國際主義革命浪潮，而且這場浪潮不可抵抗。我想強調的，是第一世界的新左翼如何孜孜不倦地將毛的中國浪漫化成一個未來的烏托邦，來取代於蘇聯那套官僚以及不再引起他們興趣的國家革命進路（Brick and Phelps, 2015, 116）。我會視其為浪漫化而且與毛的中國並無太大關係，只因這種對毛的中國的浪漫幻想具有強烈的東方主義傾向；Judy Tzu-Chun Wu（2013, 4）就曾精闢地將這傾向稱為基進東方主義（radical orientalism），並指出許多西方的新左翼「浪漫化了革命的亞洲民族以及政治人物並對其投射認同」。換句話，上文分析所關心的，是作為新左翼自身他者的毛的中國，而非毛的中國本身。

但這個將毛的中國浪漫化成未來烏托邦的想像在1950年代的香港被徹底翻轉。當中共在1949年取得內戰的勝利後，許多不滿中共政權的知識分子逃到香港以逃避打壓。其中有兩個群體共同構成了1950年代的離散知識分子，他們對中國的想像分別打造了離散中華民族主義的政治以及文化維度。第一個群體的知識分子的共通點是將中國想像成被中共破壞了的家園（Au, 2018, 68–74）。對這群知識分子來說，毛的中國毀滅了「祖國的歷史和文化」（Chou, 2011, 18）。這套祖國論述，提出中華民族的五千年歷史是由豐富的傳統文化所構成，但這歷史卻被中共的革命所中斷。錢穆等知識分子將香港視為能夠延續「花果飄零」的中華文化的地方。他們在香港看見的，是相對自由的政治空間，以及傳統中國文化的遺產（如中文作為日常語言）至少在日常的程度上保存完整，並基於這兩點，主張在香港延續被中共中斷了的中國歷史。對這批知識分子來說，「中國」並非一個物理或地理概念，而是一種對中華歷史及文化的情感。

第二個群體由那些與國民黨有正式來往的知識分子所構成。他們通常在內戰前或內戰期間，以國民黨的資金在大陸成立了許多高等教育機構，並在內戰後將這些機構搬到香港，以便附和國民黨反攻大陸的計劃。不同於錢穆等人，他們的首要目的並非要延續被中斷了的中華歷史及文化，而是要重奪大陸的管治權。

這並不代表他們不如錢穆等人般關心中華歷史及文化的過去與未來，而是對第二批知識分子來說，比起作為一個歷史及文化的概念，「中國」更多是一個政治事業。稍後將會提到，吳仲賢畢業的珠海書院便是一例。

這兩種截然不同的離散概念（中國作為歷史及文化／中國作為政治）交織成一種對中國的懷舊想像：一個失落的家園（the lost home）。這交織的過程是兩個群體形形色色的來往（如錢穆與蔣介石的往來），在此不贅。重要的是，這是一個跨地域的過程，並在港台兩地構成了一個戰後的中華離散地景。舉例來說，楊孟軒（2020, 130）就記錄了在台流亡的國民黨成員的記憶，如何從認為留台只是戰時的暫時逗留，轉變成一種對中國家園的文化懷舊。楊孟軒提出，「這種轉變是對回到『中國大陸』的可能性日漸下降的回應。」同樣，在香港所交織成的中華離散民族主義，亦是一個懷舊的概念，將中國理解成一個坐落於過去的家園，但這個過去，已無法回去。

但說到底，香港的中華離散民族主義也發展出與台灣截然不同的歷史軌跡。當中有兩個原因。第一，國民黨在香港的政治角色被刻意緩和。在由支持毛澤東的左派發起的六七暴動中，許多對抗殖民政府的策略都帶有暴力傾向，如在街頭隨機放置土製炸彈（「土製菠蘿」）等，而左派們更曾放火燒死了電台主播林彬，以報復殖民政府的「抹黑」。六七暴動的後遺症，是香港民眾對政黨政治的不信任。李祖喬（2019, 9）的研究就曾指出，六七暴動令在香港的國民黨同情者在諷刺着左派的同時，必須隱藏自己的政治傾向，以免惹起大眾的不滿。第二，是冷戰中的美國介入。當時的美國，致力在香港建立出蔣介石與毛澤東以外的第三勢力，並以有中情局背景的亞洲基金會，資助如《中國學生周報》

的文化出版（傅葆石，2019）。將中國視為離散家園，是《中國學生周報》的重要主題（Shen, 2017），而且會同時攻擊蔣介石以及毛澤東。換句話說，當時各種勢力在香港的活動，反而使中華離散民族主義變得去政治化，而「中國」則變成一個沒有政黨政治，只指涉中華文化的家園。

Shelly Chan（2018, 148–149）在其關於東南亞的華僑研究中提出，離散是一個時間性（temporality）的概念：因應着在異地獨特的處境，離散者不斷重構自身民族起源的想像。因此，離散者「回家」的慾望往往是一種附屬於異地的建構過程。在香港的案例中，我們可以看見自六七暴動起，中華離散民族主義便深深植根於一種離散者回到失落的文化家園的想像中。一些學者（Eperjesi, 2004, 28）就留意到，在香港的離散情感只具有文化的維度，並嘗試為其命名為「離散民族主義」（diasporic nationalism）、「文化民族主義」（cultural nationalism）或「文化中國」（a cultural China imaginable）。這些命名，都同樣指向香港七十年代的離散想像中，文化的根與民族主義重疊的特徵。因此，在香港的中華離散民族主義的歷史進程儘管十分複雜，其內容卻十分簡單：「香港中國人應回到其文化的根」（Law, 2009, 156）。

這些針對「文化中國」的文獻對理解香港戰後初期的離散意識貢獻良多，不過，面對如此豐富的歷史經驗，它們卻往往忽視中華離散民族主義與外來理論之間的跨文化互動，或只認為該種互動只是敵我之分。事實上，我們從上述新左翼國際主義與中華離散民族主義的地景中能看見一套非常強的張力。新左翼國際主義把毛的中國浪漫化成第三世界解放的先鋒，中華離散民族主義卻提供了一套把中國想像成失落家園的懷舊想像。因此前者的中國是未來及烏托邦的，而後者的中國是關於過去及家園的。而這套張力之中的決定性因素是他們對共產中國的態度。一方面，新左翼視共產中國的革命例如游擊戰模式及文化大革命等為蘇聯國家革命的另一選擇。另一方面，中華離散民族主義則傾向於以文化角度理解中國，亦因此政治力量只會阻礙「回家」的路。這兩套矛盾的意識形態，會在1970年代的香港產生怎樣的能量？

安那其作為整合

讓我們回到吳仲賢。當1969年吳仲賢在學生青年運動中初登場時，他表明了自身離散中國人的身份認同。但是，一年後，他卻搖身成為新左翼國際主義者的推手，並與數名友人出版了名為《70年代雙週刊》的安那其雜誌。不過，這種政治立場的轉向並不代表吳仲賢將其離散中國人的身份完全抹去，他反而繼續在《70雙週》中表達一種對中國的離散想像。通過將吳仲賢對安那其主義的理解安放（situate）在他的個人經歷及整體政治氣候，我會嘗試指出左翼國際主義與中華離散民族主義之間的矛盾構成了1970年代的香港安那其運動。

第一點必須要闡明的，是整場安那其運動並非完全傾向國際主義的。在成為安那其前，吳仲賢是一個離散民族主義者。我們可以在他1969年的文章〈從夢想到絕望〉（下稱〈從夢想〉）中找到他對中華離散民族主義的認同。〈從夢想〉是吳仲賢的成名作；文章以伊雲署名，批評珠海書院校政，並引發香港史上第一場學生抗議（夏灣月，1969）。珠海書院在當時是親國民黨的高等教育學府，而吳在1965年時在該校獲得工程學士學位。它的歷史能追溯至1948年在廣州由國民黨將軍（如陳濟棠）及知識分子（如黃麟書）成立的珠海私立大學。不足一年，中共在內戰中的勝利迫使珠海私立大學搬至香港，但同時殖民政府對國民黨的戒備，令珠海私立大學必須降格至「書院」。不過，即使殖民政府監控，珠海書院仍與國民黨維持着非常強的聯繫，其中最為正式的，是直至2000年，珠海書院的學位證書全由在台的國民黨教育部所頒發。當吳仲賢在1965年從珠海書院畢業時，他的畢業證書，是由國民黨頒發。

這些都是吳仲賢寫成〈從夢想〉的背景。1969年，珠海書院被揭發禁止了學生文學研究社的成立，更暗中介入學生會選舉。吳仲賢的文章從這些批評出發，更廣泛地指控珠海書院對學生的打壓、學校設施的不足及教學人員的質素。不過，文章最重要的部分是其最後的結語。吳仲賢（1969, 31）寫道：

> 也許生逢在這個年代的中國人是可悲，然而流落在殖民地上的中國人更是可悲。與大陸數億同胞比較，與台灣數千萬同胞比較，我們彼此都生長在不同的世界，彼此都嚮往不同的理想……然而，在山河破碎中，我們確確實實地知道：中國是需要我們的。不因為甚麼，僅因為「中國需要我們」，所以雖然今天我們流落在殖民地中，今天我們能在黑暗中，我們依舊要挺起胸膛，邁步向光明的明日去。也許正是因為這樣，我們要正視在今日苦難的中國，意義最深長的大專教育問題。

在這引述中，我們能清晰看到吳仲賢對中華離散民族主義的認同及相信中國需要他及其他同樣背負離散包袱的中國人。因此，吳仲賢的終極關懷，實際上是「流落在殖民地上的中國人」如何貢獻自己的祖國。

不過，若追問下去，為何吳仲賢會在數頁長的校政批評後，突然轉向以自己對中國的身份認同作結？也許引述中的「苦難的中國」以及「黑暗中……邁步向光明的明日去」能幫我們拆解吳仲賢想像的中國。對吳來說，使中國變得黑暗及受苦的，也許並不止中共更是國民黨及其所支持的珠海書院。最近研究已指出吳的這篇文章，其實是隱蔽地回應了國民黨在台灣白色恐怖時期對自由主義的打壓（羅永生，2020，86–88）。不過，若將吳仲賢的身份認同納入分析，可以發現他的文章並非支持被打壓的自由主義，而是對中共及國民黨的厭惡；更仔細地說，吳仲賢在批評的，並非國民黨對自由主義的打壓，亦非珠海書院對學生的打壓，而是他們並未能培養出願意負起從中共手上奪回中國這責任的青年。對吳仲賢來說，中國會在中共這「黑暗」中受苦，全因國民黨與珠海書院在培育青年上的失敗。更進一步將讓中國人流落的「殖民地」包含下來的話，英國殖民者在香港的政府、國民黨對自由主義的打壓、珠海書院對學生事務的干預以及中共對中國的管治，其實對吳仲賢來說全都沒有太大差異。並不是說他們破壞了自由主義或打壓學生活動，而是他們的政治力量破壞了將中港台三地的「同胞」連結起來的中華文化。在此意義上，吳仲賢的離散身份中，並沒有任何的政治參照點；他只認同文化中國。因此，儘管吳仲賢的文章的確與台灣的白色恐怖有所關聯（畢竟，珠海書院是國民黨支持的學校），但該文章並非支持自由主義，或至少不是有意支持，更多的是對政黨政治的厭惡。

吳仲賢的文章在同年觸發了「珠海事件」，那亦是香港史上第一次的學運抗議。雖然該場由9月15日至9月17日為期三天的靜坐獲得了學界的支持，但並沒有取得任何成果。在1970年1月，吳仲賢再次出現在學生青年運動中；不過，這次他帶來的不再是直接表達離散身份認同的文章，而是以安那其主義者的身份，出版以刊登與新左翼運動有關的文章、藝術作品，以及行動綱領知名的《70雙週》。《70雙週》創刊號就清晰陳述了對全球新左翼鬥爭的關懷，並刊登了全球反越戰運動的報道、Robert Marks與Herbert Marcuse的訪問以及一篇西方新左翼運動的介紹（Marks, 1970, 3）。作為安那其雜誌《70雙週》其中一個主編，吳仲賢（1971b）以胡文敏作為筆名，寫下了許多介紹第一世界新左翼運動的文章，例如嬉皮的反文化及西德自由大學的成立。同樣地，《70雙週》主動地介入第三世界的社會及民族運動。例如，在1971年末就出版了《孟加拉特刊》來報道孟加拉獨立革命及嘗試在香港為其籌款（70雙週編輯委員會，1971）。1972年，其中一名成員梁宗廣更親身前往日本參與當時亞洲注目包括三里塚鬥爭在內的新左翼鬥爭（梁耀忠，2010，35）。

上述可見，在1970年，吳仲賢不止身邊聚集了一群新左翼，他自己亦參與了許多國際主義運動。這是否代表了吳已從一名中華離散民族主義者，搖身變成了完全的國際主義者？或者更準確的說法，是吳仲賢從安那其主義中，找到整合兩者的方法。一方面，吳仲賢嘗試接合自己的反政黨政治與安那其主義。有一次，吳仲賢向《70雙週》的寫手們推薦George Woodcock（1962, 1）的《無政府主義：解放思想與運動的歷史》（*Anarchism: a Histcry of Libertarian Ideas and Movements*）。該書的開首是這樣的：

> 安那其主義，從歷史上說，主要關心人與社會的關係。它的終極目標往往是社會改變；儘管它會從個人主義對人類本質的理解出發，但它現在的態度往往是社會批評；它的方法往往是社會抗爭的方法，不管暴力與否。

這引言說明了吳仲賢基本上將安那其主義理解成社會革命，而這種理解完美地契合了他那基於對中華離散民族主義的認同及對政黨政治的全面否定。由國民黨及中共所推動的政治革命，對吳仲賢來說毫無意義。

另一方面，在珠海事件中，吳仲賢與莫昭如一同抗爭。我在引言已稍稍介紹過莫昭如。在1965至1968年間，他負笈澳洲並親身參與了多場當地的反越戰運動。在取得學士學位後，他決定回到香港準備反殖民革命，並負起了《70雙週》的編輯工作（Li, 2019）。如果說吳仲賢代表了安那其主義能夠接合中華離散民族主義，那麼莫昭如則是在另一邊展示了安那其與新左翼國際主義的共同點。這兩個1970年代初香港安那其運動的骨幹成員之間的合作，闡明了安那其運動實際上是對中華離散民族主義及新左翼國際主義的整合。

但是，這整合注定了令安那其運動無論在香港抑或歐美的運動中，都陷入一個邊緣的位置。《70雙週》並不像歐美新左翼對中國的幻想投射，而是相信中國在中共的管治下只是一個被壓迫的民族。例如，第24期就以一篇中共在其文化大革命中的「暴行」為題的文章開首，並將中國人的生命描述為受到「反人道的壓迫」（求實，1971，5）。這種立場最終令吳仲賢在面對歐美的新左翼時，陷入一個尷尬的局面，並需不停為香港的運動理念辯護。在1970年至1973年間，吳仲賢與其他《70雙週》成員先後前往西歐尋索當地有如法國五月風暴（May 68）般的革命經驗。在途中，吳仲賢不斷與歐美新左翼們爭論毛的革命地位。在挪威，當地的新左翼就曾嘗試說服吳仲賢毛的中國是世界的理想國家。吳仲賢（1971a）因此感到「彷彿我來自另一星球」。同一時間，安那其運動在香港的學生青年運動中亦被國粹派邊緣化。在一場會議中，

《70雙週》成員就曾嘗試檢討他們的邊緣位置，並認為是由於他們自身在激化以回歸中國為目標的學生青年運動團體時過於進取（Record of meeting of United Front Review Meeting, 1972, 1–2）。

換句話說，1970年代初香港的安那其運動保持了一個非常獨特的位置。中華離散民族主義及新左翼國際主義兩者同時構成了1970年代初香港的安那其運動，但正因如此，它同時被兩者所排擠。吳仲賢以及他的安那其同志嘗試整合兩套矛盾的意識形態，最終令他們獲得一個邊緣但激進的運動位置。這位置也許能解釋為何最近的研究總無法從《70雙週》的內容，對1970年代初的安那其運動給予一個清晰的身份政治或界定其意識形態的邊界(陳子謙，2016)。因為《70雙週》的安那其主義，往往糅合了民族主義及新左翼國際主義。那麼，這種激進、獨特、邊緣的運動位置，會帶來怎樣的香港願景？

家園與烏托邦

1971年，吳仲賢（1971c）以另一筆名毛蘭友在《70雙週》發表了只有短短一頁的〈第三次革命〉。〈第三次〉並沒有任何行動綱領或指引；吳仲賢亦清楚地交代，〈第三次〉的目的只是嘗試激發更多對運動的討論。嚴格來說，〈第三次〉並非一份完整的革命計劃，但它的意義在於更新了香港的歷史論述。

〈第三次〉以中國而非香港作為開首。在開首第一句，吳仲賢就引用了孫中山那著名的輓聯：「革命尚未成功，同志仍需努力」，並指責中國的文化大革命無法令中國革命成功。吳仲賢解釋，「因此，我們要發動第三次革命」(吳仲賢，1971c，7）。從這裏，我們看到儘管第三次革命的地點是香港，它最根本的參照點仍是中國。在幾個段落後，吳仲賢勾勒了他心目中的安那其烏托邦：

> 我們心目中的社會……將會是一個新的社會秩序，一個新的經濟系統，一個新的文化……我們的新紀元，是合作的時代，是沒有階級的年代，也是人相親相愛的年代。在這個新的世代，再沒有種族和國家的界分。那將是我們得着真正自由的時代——再沒有強權，再沒有黨專政，再沒有殖民地……沒有人獨自佔有屋宇，工廠，生產手段，這些這些都是人民的……再沒有政府！

從上可見，除了典型普魯東式的安那其社會（同時廢除國家權力與私有財產），〈第三次〉基本上勾勒了兩個空間。第一個空間由中國革命所構成，而第二個空間則由國際主義定義。前者是民族的空間，而後者則是沒有任何邊界的烏托邦。更重要的，是這兩個空間各自佔據了不同的時間點。一方面，吳仲賢傾向於將香港的源頭定位在文化中國；對吳仲賢來說，文化中國仍然是香港失落了的家園。另一方面，在香港的革命是通往一個國際主義的烏托邦，而這個烏托邦被理解成香港的未來。這組時間觀，闡明了吳仲賢如何通過時間性來思索和化解離散中華民族主義與新左翼國際主義之間的張力：文化中國是香港的過去，國際主義的烏托邦是香港的未來。

到底過去的家園跟未來的烏托邦是如何在同一份革命計劃中連繫起來的？它們有甚麼關係？在〈第三次〉中，有兩套矛盾的時間關係：過去—現在（the past-present）以及現在—未來（the present-future）。這兩組時間關係中，「現在」都是指向香港成為殖民地的事實，而這事實，對吳仲賢來說只是被壓迫的殖民經驗。為了擺脱這被壓迫的現在，吳仲賢建議了兩條道路：一是回到過去，另一是通往未來。一方面，吳仲賢認為香港正被中共、國民黨、美國帝國主義、日本軍國主義及蘇聯擴張主義等各種勢力包圍，而這些都是破壞了香港的文化家園的敵人。這不是簡單的被害情感，而是一種將回到過去家園這一任務視為超越各種在地及全球戰爭結構（中共／國民黨、中國／日本、美國／蘇聯）的進路。因此，吳仲賢就說：「[解放]香港並不是我們的最終目標，我們還要看看祖國。」

另一方面，要到達未來的烏托邦，只能透過去除限制着香港大眾意識的殖民管治。事實上，吳仲賢並不視奪取殖民政權為一種可行策略，反而認為，更迫切的是如何革命化大眾的意識。對吳仲賢來說，殖民主義是一個生產性的機制，其不以肉體壓迫為手段，而是將大眾生產成不理社會政治的犬儒。但必須強調的是，這裏並非說吳仲賢是反殖主義者，更重要的是他如何通過反對殖民主義的「現在」來達至他心目中的未來烏托邦。因此，吳仲賢借用了「漫長的六零年代」中的反文化（counterculture）來說明他想像的革命意識。吳仲賢（1971c）如此理解：反文化「勢必洗盡傳統的遺陋……這種文化，不是用來讓人承擔，而是鼓勵個人的發展。相對現存千瘡百孔的文化來說，這種文化便是反文化。」從這解釋中，我們看到所謂意識上的革命，其實是要中斷過去文化中國的延續，從而通往吳仲賢心目中的安那其社會。

或者，我們可以借用David Scott（2004, 31–34）的「未來式過去」（future past）來理解這套矛盾。他提醒我們，反殖民（anti-colonialism）的歷史書寫往往是一套浪漫類型（romantic genre）的論述，其中的機制，便是利用對未來的烏托邦期望（utopian expectation of the future），來改寫過去的殖民經驗，從而建構一套將過去、現在、未來連成一線的現代性敘事。我們也能夠在〈第三次〉中，找到同樣的反殖意識。新左翼國際主義為吳仲賢開拓了一個烏托邦的論述空間，讓民族經驗能被重新詮釋成一個安那其式的家園。不過，吳仲賢的革命藍圖，並沒有如Scott所言建構了一條現代性的過去—現在—未來的單行道，反而指向了一條過去（文化中國的家園）與未來（國際主義的烏托邦）重疊的出路。不過，隨之而來是更明顯的張力：如果香港的革命是為了回到過去的文化中國，為何又能通往未來的國際主義烏托邦？或者，安那其主義那強調沒有私有財產及國家權力的想像，提供了一個全新的角度讓吳仲賢詮釋文化中國以及國際主義。一方面，文化中國代表着一個沒有政黨政治的民族；另一方面，國際主義的烏托邦也不應是毛的中國，而是沒有國家權力的社會。兩者的基本結構，因着他們相同的安那其結構，文化中國的家園即是國際主義的烏托邦，反之亦然。

1969至1973年的吳仲賢，事實上處於許多意識形態的衝突之中，只因他嘗試引入全球六零的新左翼國際主義來解決香港的民族問題，而得出的答案，是安那其主義。事實上，在經歷六七暴動後，民族這一概念能夠在七十年代繼續在學生青年之間發揮影響力，正正因為外在的意識形態，不斷地為民族這一概念注入新的能量。雖然在吳仲賢的案例中，我們看到這些能量並不一定完全符合民族這個概念，而且更可能充滿矛盾與張力，但這些矛盾與張力，正正是這些政治能量能夠得以運作的基礎。Arif Dirlik（1991）及Benedict Anderson（2013）告訴我們，無論在中國抑或菲律賓，十九世紀的安那其，都是民族主義以及普世主義交錯下的產物，而在七十年代的香港，則置換成了民族與國際之間的矛盾。

如此一來，是否代表吳仲賢只不過證實了Judith Butler（2013）對安那其主義的批評？我相信答案可以同時是肯定及否定。肯定的是，民族這一概念確在經歷與國際主義的融合後，仍然附身在七十年代香港的安那其思想中。不過，我們也須留意到，民族這個概念也被深深地動搖，才致使在整個火紅年代以至全球六零中，香港的安那其主義始終保持在一個邊緣的位置。吳仲賢將安那其主義帶進香港，以解決民族與國際之間的張力，如果這是一個開始，那麼決定安那其主義會否成為民族國家以至社會壓迫存在的藉口，一切都取決於吳仲賢往後的安那其主義者能否對民族這個概念作出更深刻的反省。

時至今日，香港仍有許多本地社運者及年輕學人（包括我本人自身），對火紅年代充滿興趣，而歷史考察也指出了這個時代事實上充滿內部不同派系的矛盾與張力。但我希望通過吳仲賢的案例指出，對這一個時代的考察，其實並不能只局限於香港，或香港／中國的視野，又或不能只單單比較香港／西方新左翼的異同。更重要的，是要認清當時的社運，如何體現了全球多種意識形態之間的張力和這些張力生產了怎樣的政治能動性。如此，我們就可以用更複雜的視角，把火紅年代的歷史帶到更廣大的全球地景之中。

參考資料

英文文獻

Anderson, B. (2013). *The Age of Globalization: Anarchists and the Anticolonial Imagination*. London: Verso.

Au, C. K. (2018). The Academic Role of Hong Kong in the Development of Chinese

Culture, 1950s–70s: From the Perspectives of Qian Mu and Luo Xianglin. *China Report* 54 (1), 66-80.

Brick, H. & Phelps, C. (2015). *Radicals in America: The U.S. Left since the Second World War*. New York: Cambridge University Press.

Butler, J. (2013). Palestine, State Politics and the Anarchist Impasse. *The Anarchist Turn*. Edited by Jacob Blumenfeld, Chiara Bottici, and Simon Critchley. London: Pluto Press. 203–223.

Chan, Pik-Chong Agnes Wong. (1979). *Liu Shifu (1884–1915): A Chinese Anarchist and the Radicalization of Chinese Thought*. [Doctoral Dissertation: University of California, Berkeley]. Digital Dissertation Consortium: http://pqdd.sinica.edu.tw.easyaccess2.lib.cuhk.edu.hk/doc/8000304.

Chan, S. (2018). *Diaspora's Homeland: Modern China in the Age of Global Migration*. Durham: Duke University Press.

Chaplin, T. and Mooney, J. E. P. (2017). Introduction. *The Global 1960s: Convention, Contest, and Counterculture*. Edited by Tamara Chaplin and Jadwiga E. Pieper Mooney. Abingdon, Oxon; New York: Routledge. 1-12.

Chou, G. A.-L. (2011). *Confucianism, Colonialism, and the Cold War: Chinese Cultural Education at Hong Kong's New Asia College, 1949-63*. Leiden: Brill.

Cunliffe, Tom. (2023). Documenting Anti-Colonial Social Movements in Early 1970s Hong Kong with 16 mm. *JCMS: Journal of Cinema and Media Studies* 62 (2), 172–176.

Dirlik, A. (1991). *Anarchism in the Chinese Revolution*. Berkeley: University of California Press.

Eperjesi, J. R. (2004). Crouching Tiger, Hidden Dragon: Kung Fu Diplomacy and the Dream of Cultural China. *Asian Studies Review* 28 (1): 25-39.

Gisteren, G. (1989). Anarchism and the French Revolution. *History of European Ideas* 11 (1–6): 3–9.

Jameson, F. (1984). Periodizing the 60s. *Social Text* 9-10, 178-209.

Law, W. S. (2009). *Collaborative Colonial Power: The Making of the Hong Kong Chinese*. Hong Kong: Hong Kong University Press.

Li, P. (2019, April 17). The Radical '70s Magazine That Shaped the Hong Kong Left. *The Nation*. Retrieved December 30, 2021, from https://www.thenation.com/article/world/hong-kong-leftists-1970s/

Marchetti, G. (2018). *Citing China: Politics, Postmodernism, and World Cinema*. Honolulu: University of Hawai'i Press.

Marks, R. (1970, July 01)。Interview with Herbert Marcuse。《70年代雙週刊》，3頁。

NLR (New Left Review). (1963). On Internationalism. *New Left Review* 18, 3-4.

Pan, L. (2022) New Left without Old Left: The 70's Biweekly and Youth Activism in 1970s Hong Kong. *Modern China*, 48 (5): 1080–1112.

Piccini, J. (2013). 'Light from the East': Travel to China and Australian Activism in the 'Long Sixties'. *The Sixties* 6 (1), 25-44.

Proudhon, P.-J. (1876). *What Is Property? Or, an Inquiry into the Principle of Right and Government*. Translated by Benjamin R. Tucker. Princeton, Mass: Benjamin R. Tucker.

Proudhon, P.-J. (2012). *Philosophy of Poverty: The System of Economic Contradictions*. Auckland: The Floating Press.

Record of meeting of United Front Review Meeting. (1972). *The 70s' Biweekly and People's Theater: A Private Archive of Mok Chiu-yu Augustine and Friends*. Retrieved December 30, 2021, from https://digital.lib.hkbu.edu.hk/mok/types/Meeting/ids/MCY-001923/starts/0/dates/1972-02/languages/en

Scott, D. (2004). *Conscripts of Modernity: The Tragedy of Colonial Enlightenment*. Durham: Duke University Press.

Shen, S. (2017). Empire of Information: The Asia Foundation's Network and Chinese-Language Cultural Production in Hong Kong and Southeast Asia. *American Quarterly* 69 (3): 589–610.

Sjøli, H. P. (2008). Maoism in Norway: And How the AKP(m-l) Made Norway More Norwegian. *Scandinavian Journal of History* 33 (4), 478-490.

Woodcock, G. (1962). *Anarchism: A History of Libertarian Ideas and Movements*. Cleveland: Meridian Books.

Wu, J. T.-C. (2013). *Radicals on the Road: Internationalism, Orientalism, and Feminism during the Vietnam Era*. Ithaca: Cornell University Press.

Yang, D. M.-H. (2020). *The Great Exodus from China: Trauma, Memory, and Identity in Modern Taiwan*. Cambridge: Cambridge University Press.

Yang, Y., Lau, P.-K. and Ip, P. Y. (2022). The Formation and Disintegration of Hong Kong Maoists in the 'Fiery Era' (1970–1981). *Twentieth Century Communism: A Journal of International History* (22): 14–46.

中文文獻

李祖喬。2019。文革化下的香港知識分子與大眾刊物：六七暴動中的《萬人傑語錄》。《香港研究》，2(1)，1–11頁。

求實。1971。中國革命的黑手。《70年代雙週刊》，24期，2–6頁。

吳仲賢。1969。從夢想到絕望。《大學生活》，25–31頁。6月15日。

吳仲賢。1971a。八月的札記。《70年代雙週刊》，23期，14頁。9月14日。

吳仲賢。1971b。學生的革命。《70年代雙週刊》，12期，12頁。1月12日。

吳仲賢。1971c。第三次革命。《70年代雙週刊》，24期，7頁。10月1日。

夏灣月。1969。珠海書院出左個叻仔。《工商日報》，4頁。9月16日。

陳子謙。2016。「火紅年代」青年刊物的身分探索與文學探索：《盤古》、《文學與美術》、《文美月刊》與《70年代》雙週刊研究（博士論文）。取自 https://repository-lib-cuhk-edu-hk.easyaccess1.lib.cuhk.edu.hk/en/item/cuhk-1292355。
傅葆石。2019。文化冷戰在香港：《中國學生周報》與亞洲基金會，1950–1970（下）。《二十一世紀雙月刊》，174期，67–82頁。
梁耀忠。2010。《我固執而持久地，過這種生活》。香港：進一步多媒體。
楊慧儀。2019。《香港的第三條路：莫昭如的安那其民眾戲劇》。香港：手民出版社。
楊寶熙。2015。《走過火紅的傘下銀髮》。香港：進一步多媒體。
鍾耀華。2015。割掉家國的火紅——楊寶熙（上）。《端傳媒》。8月7日。取自 https://theinitium.com/article/20150808-opinion-yeungpohi-a。
羅永生。2017。「火紅年代」與左翼激進主義思潮。《二十一世紀雙月刊》，161期，71-83頁。
羅永生。2020。《思想香港》。香港：牛津大學出版社。

流行文化

未曾介入：姜濤歌曲的自我書寫[1]

張少強

唯一的真實生活乃是一群人的集體生活，個體生活並不存在，除卻在抽象層面。

——Auguste Comte: 1865[2]

引言

千禧前夕，世紀之交，香港樂壇曾合力獻唱官方宣傳歌曲《千禧盛世》，以顧嘉煇的樂章、鄭國江的詞作、一眾歌手的巨星魅力，迎接千禧，介入時局，試圖阻截先被九七金融風暴捲走的香港盛世，後被其他衝擊挫損的集體驕傲。然而，這首宣傳歌曲或有振起士氣之效，但並無帶來明顯改變。就連當時的香港樂壇其實亦已滑落高峰，裏裏外外都是看不出未來而有已死之嘆（黃志華、朱耀偉、梁偉詩，2010）。在個人的博士論文，資深詞人黃霑（2003）更是悲觀認定：「沒落的趨勢」無法逆轉，「已難望再有奇蹟出現」（頁184）。

作為一門產業，昔日以唱片推動的香港樂壇，確已大走下坡，隨着產品銷量持續下跌，一去不返。可是，時至今天，由網

1 本文得以殺青，承蒙三位編輯：鄧鍵一、曾仲堅、李祖喬，一再悉心審閱初稿，給予寶貴意見，特此鳴謝。

2 英譯原文：「The only real life is the collective life of a race; ...the individual life has no existence except as an abstraction.」(Comte, 1865, 396)

絡推動的香港樂壇卻見方興未艾，在新的生態找到新的土壤，再起門牆，進而擺脱必須依賴傳統媒體，反而可憑網上新興平台，各式社交媒體，自行推廣，發佈歌曲（吳子瑜，2022a）。即使意味香港樂壇已由大眾年代進入分眾年代，但近年MIRROR出道，一行成員12人，照樣能夠萬人空巷，發放異彩，跨越散落各處的不同分眾，成功吸納不同年齡層的粉絲，變成全城焦點、線上線下萬人追捧的大眾寵兒（海邊欄，2022a）。由此可見，當前的範式轉移，既在釋放空間，好讓樂壇衍生前所未見的多元發展（梁偉詩，2016），也不必然導致樂壇一味走向分化，散為碎片，難成氣候，窄播趕走廣播，再無聲名顯赫的「天王巨星」，只剩一堆認不到是誰的「暗星」/「汞星」/「小星」（馬傑偉、吳俊雄、鄧鍵一，2013）。

當中尤以姜濤熱潮最為矚目，環繞他的偶像文本更是耐人尋味，可供啟迪流行文化的省思。正如董啟章（2022）指出，姜濤一系列以自我為題材的歌曲，既在改寫偶像定義，所要探索的主題亦為當前一代樂人奮力思考的集體共業。李展鵬（2022、2023）就曾析述，偶像歌手所展現的個人形象是有時代屬性的，當一般男性偶像歌手往往憑藉帥氣，訴諸迷人五官和身上肌肉來吸引粉絲，姜濤卻在更多時候以受傷身體示人，其個人形象在MV中，多次都是披戴創傷，處身惡夢空間，被黑暗籠罩，受到包圍，拚命奔跑，逃避追擊，尋找出路，期盼自我得到救贖，能在崩壞的世界留下美善。這是有其特定的時代話語，亟需細作解讀。海邊欄（2022a）更發現姜濤從主打情歌，有帶領香港樂壇「再次變成亞洲第一」的雄心壯志，開始改唱自己的灰暗青春，在在是跟時局「呈現高度的吻合」。那麼，值得我們加深認識的是，這些偶像文本是以何方式介入此刻的現實，帶動社會意識、大眾情緒，發放這個城市自身的集體追求；為了試作有效說明，現先從概念層面說起。

未曾介入

早在前九七時期，由於創作自身追求、官方電檢限制、大眾市場口味，香港在流行文化已曾存在一種怪異的消失狀態，根據Ackbar Abbas（1997）條分縷析，這種消失狀態源自香港總被一些極之婉轉的隱喻方式呈現，以至被替代或轉移為其他事物的方式呈現。準此，Abbas曾以香港電影為例，指出流行文化如何借乘不同題材、類型和話語來介入殖民處境，但其隱晦程度往往教人無法看見這些電影正在講述甚麼殖民處境。是故，Abbas認為香港在流行文化並非沒有出現，反而總是曲線出現，長期陷入「似曾消失」（*déjà disparu*）。這就是說，這個城市確有許多可見的自身扣連，但開展的方式卻是異常詭譎，使人難識。縱然遇見，也只會儼如未曾目睹那般，即已眼前消逝。

進入後九七時期，國族吸納，格局起變，意識形態因素愈來愈強、文化實踐考量愈來愈多。從對香港電影繼續研究，筆者（2017）發現，表述空間改變，好些曾在香港電影存在的對於這個城市的自我扣連及情節已不復存，當前香港在流行文化，好像Abbas所言的消失狀態，更是有增無減。正如其他學者同樣指出，在兩地合拍的生產模式之下，連同市場轉移內地，部分電影類型無法合乎新的環境要求，無奈淪為明日黃花，難望繼往開來，包括題材、橋段、故事、情節、場面，都見退減。香港電影總要透過隱喻方式來扣連香港，卻如宿命那般，注定無法改變，尤其是要以作品去介入現實的話，更要轉向一些安全表述去打開話語空間，以變本加厲的迂迴呈現去發放訊息（陳嘉銘，2013；He, 2010；Szeto & Chen, 2012）。

這種趨勢在香港流行文化顯然並不僅從電影可見，香港樂壇也有各式各樣的歌詞文本作出對應語境的香港扣連，以隱隱約約的詩學修辭來介入現實，抽引推求這個城市應要怎樣保持自我，面對現在，尋求未來（朱耀偉，1998，1999，2002）。即使時至今天，環境改變，張力增多，也是如是（吳子瑜，2022b）。因此，筆者認為至少要多補一筆，延伸是項觀察至流行歌曲，藉此增添認識層面，找出更多端倪。為能提供仔細的着實論證，筆者將以姜濤所唱的流行歌詞作為案例進行省思。分析主線在於歌詞文本如何以其詩學修辭，介入當時的激烈變局，並按社會學的想像力（sociological imagination）（Mills, 1959），指出姜濤歌曲如何在不同層次，透過自我書寫隱含社會敍述，主要的修辭策略則包括以下五項：

- 憑行文相近為記，扣接關鍵事件。
- 藉追求壯志為題，呼應集體抱負。
- 以個人經歷為材，替現重大時局。
- 假生活創傷為例，開解大眾情緒。
- 借嗆聲覺醒為據，發出時代呼喚。

解讀重點在於個別的歌詞介入方式如何訴諸不同假借、替代或轉移，曲入屈出，使人衍生與時代同步的聯想或引伸。參照似曾消失一說，筆者將把這些歌詞介入名為「未曾介入」（*jamais intervenu*）。如同此說那樣，「未曾」在此並不是指沒有介入，反而用來點出這些介入同樣異常詭譎，使人難識。在潛形匿迹之同時，這些隱述秘言的未曾介入卻也總是話中有話，意有所指，每每於有意無意之間，透過含蓄暗示，教人若有所悟，若有所得，以至能夠隱形那般，對於現實宛如沒有作過任何介入的一種刁鑽介入。

1. 表面的自我敍述

2019年，香港發生修例事件，在此期間，社會猛烈動盪，大眾情緒高漲。同年，世紀病毒新冠肺炎擴散全球，終在2020年禍延香港，直至2022年為止，先後在港五度爆發，依據官方公佈數字，感染個案累計超過二百萬人，死亡個案累計超過一萬多人（衛生防護中心，2022），致命威脅籠罩全城，社會陷入莫大危機。自此之後，這個城市也儼如「換了人間」那般，秩序改寫，無法還原。從表面來看，姜濤在這個時期推出的16首歌曲，除卻由陳詠謙填詞的《蒙着嘴說愛你》表明跟新冠疫情相關，全都跟兩起事件無關，更談不上有甚麼歌詞介入，大多都是自我書寫，個體經歷、內心世界、男女相戀、情感追求，只是從個體世界走來，在個體世界發生。

姜濤歌曲 2019-2022

<table>
<tr><th>年份</th><th>專屬歌曲（胎）</th><th>其他歌曲</th><th>關鍵背景事件</th></tr>
<tr><td>2019</td><td>《一號種籽》
《亞特蘭提斯》
《一天多一點》</td><td>《B.M.G.》</td><td>修例事件</td></tr>
<tr><td>2020</td><td>《蒙着嘴說愛你》
《孤獨病》
《愛情簽證申請》</td><td>--</td><td rowspan="3">新冠疫情</td></tr>
<tr><td>2021</td><td>《Master Class》
《Dear My Friend,》</td><td>《愛不作聲》
《特務肥姜 2.0》
《I Know》</td></tr>
<tr><td>2022</td><td>《鏡中鏡》
《作品的說話》</td><td>《風雨不改》
《無人不知的戰果》</td></tr>
</table>

舉例來說，姜濤在2019年推出的第一首單曲是由陳詠謙填詞的《一號種籽》，屬於情歌類型，歌詞則以直白的線性敘事，縷述當中的「我」如何「太好勝」，過於着眼「要分勝負，加把勁」的人間世，經常「練習三分，傳球搶板，沉迷於爭勝」，只顧在校際的籃球比賽「和鄰校那生死鬥」，以致「時間總供不應求 」，冷落了歌詞中的「你」，最後「你」主動提出分手，「開了口，連後悔都沒有」。整闋歌詞最為可觀之處在於內心世界的細緻描寫，對「我」明白「你」的感受所作的多重內心剖白，尤以「我專注防守，愛戀卻難救」這一句最為獨到，成功巧用比賽語言同時表述「我」在球場上和情場上的得失，清晰點出兩者之間的零和張力。

值得注意的是，從《一號種籽》開始，姜濤在歌詞世界的自我書寫已初次出現非單維度的敘述風格，充滿內在張力、包含自我矛盾，兼而透過辯證法方式，推進出來的自我扣連。詞中的「我」陷入情場與運動場之間的兩難，「想雙贏，多荒謬」就是自我被男性身份認同過度決定，導致自我終告失衡換來分手的下場。男性追求的剛陽，令「我太理性」，「好想衝上賽場，迎戰下個對手」，透過跟人比拼，贏取「群情洶湧虔誠的打氣」，不惜沒有女友「贏了為我拍手」，也要「當選最佳新秀」。可是，男性內藏的柔情卻令「我」自知不該地「叫你擴大心理陰影」，錯誤地「一早擺到你在最後」，諒解被冷落的「你」是「太孤單，當我的女朋友」，聽得到「你」那「彷彿開了口」的無言怨懟，知道「你」有糾結的內心掙扎「想過走」。也許，「我」的外剛內柔是在歌詞世界中，頭也不回就分了手的「你」不知道的，但在現實世界中，「其實我很內疚」卻是受眾知道的，更因這一個「我」原來是有這樣的外剛內柔，有真心的悔意，反而接受了他，愛上了他。

姜濤往後的歌曲最明顯的一大走向就是自我主題增加，儼如一幕一幕「真人show」般在歌詞上演，個人印記直寫入詞愈來愈多，辯證法式的自我扣連一再出現。就連部分歌曲也叫作「胎」，意味「親生」的作品，其餘作品雖然同樣由他演唱，但卻不計入個人歌目，使個人歌曲有真正和不真正屬於自己之別。隨着成功出道、火速走紅，當上樂壇新星，由陳詠謙和姜濤本人合力填詞，在2020年推出的《愛情簽證申請》正是進一步從姜濤的歌手身份取材，寫下的一首情歌，也是姜濤自稱「第六胎」的一首自我歌曲。按照網上顯示的歌曲解說，歌詞的背景是有「一位香港偶像新星」在台北工作，卻「跟一般男孩無異」，迷上了一位路上偶遇「夢幻中完美的女孩」而產生的一段短暫情緣。

在自我扣連上，這首《愛情簽證申請》，除卻繼續以外在和內在之間的自我矛盾作為書寫套路，還把姜濤分為一個當紅偶像的自我和一個原初未紅的自我，在個人形象上令姜濤既是一位萬人仰望的偶像，有顛倒眾生的明星魅力，同時繼續屬於一個平凡的鄰家男孩，保持了他的原有形象和吸引力。於是，歌詞中的浪漫句子先是描述這個偶像如何「看着你，願我沒法被叫醒」(原初未紅的自我)，但又要「不讓你發現你和我的距離」(當紅偶像的自我)，最後，在兩個自我拉扯之下，這個偶像的這段情緣終歸只能「令我差一點想正式擁有」，須在關鍵時刻懸崖勒馬，抑制原初未紅的自我，聽從當紅偶像的自我是「差一張戀愛的簽證」(事業支持者的許可)，放棄內心更加想要「這張愛情的簽證，環遊世界，沒有期限」(平凡常人無拘無束的愛情)，只好接受一切「化為烏有，回復刻板節奏」，剩下「就當這個夢不配我擁有」的自我嗟嘆。

為了吸引得到更多受眾，產生快捷效果，姜濤的歌曲還有部分是較簡單直接的情歌類型，好像由林寶填詞給姜濤的《一天多一點》正是一首極之平白的小品式情歌，全無複雜書寫結構，歌詞風格一條大路走來，還以韓文「Neoreul Saranghaeyo」(我愛你)入詞，投今天受眾所好，乘現時大行其道的韓風來扶搖直上，吹起歌曲。由Oscar填詞，姜濤與盧瀚霆合唱的《B.M.G.》則如同歌名的全稱「Be my girl」那樣，歌詞風格着墨情慾，在抑揚頓挫的音樂節奏中，發放挑逗話語，重複叫喚「I'll never let you go」、「Want you to be my lady baby」、「Just be my girl」，以至行文造句處處聚焦身體接觸和反應，對肉慾追求作深描細寫。就此，直述出來的有以下一段：

> 這種快感，即將發生。
> 互相碰撞一刻，萬萬不要轉身。
> 望住你我失神，貼近你我失魂。

隱述暗示的則有以下一節：

> 背景音樂響起，請放鬆。
> 一呼吸，一哽咽，跌落迷宮。
> 一秒間，快升空，墮進黑洞。
> 交換眼神，就要一擊即中。

由頭到尾訴諸情慾來令受眾着迷，結合秀髮下的明眸皓齒、白臉上的俊俏樣子、演唱時不停開合的雙唇、舞姿中跳脫扭動的一身「小鮮肉」，直至受眾抵受不到誘惑，成為瘋狂粉絲失控狂叫為止。

若是如此，姜濤歌曲都只是平行時空，要不是抽離開，便是走不進當前變局，並無後設層面（metalevel）上的社會敘述可言嗎？若非如此，他的歌曲又是怎樣對應變局，介入現實，呼應大眾情緒，發放時代話語呢？這就需要續作研究分析，指出在此類安全的自我書寫之內和外，看似只玩一般通俗趣味、打造偶像歌手形象、滿足歌迷欲望、情慾挑逗粉絲的商業作品，能在甚麼意義之上，因自我之名，作出實為扣接時代的社會敍述。

2. 內藏自我的歌詞介入

如同其他的詩學類型，歌詞填寫在許多時候都在追求巧妙的婉轉書寫，以符合自身的文體要求，透過「不寫的寫」，以達詩意的文藝效果，手法之多，更是不一而足（黃志華，2016），就現實的介入往往迂迴表述，產生未曾介入，先是撇開其他來看，原因也是在此。與此同時，必須清楚的是，市場主導，商業掛帥，情歌氾濫確在香港樂壇有其實情（香港政策透視，1994），但絕不代表流行歌詞沒有詩學追求，沒有現實話語，當中的一大實踐方式正是假借情歌類型來介入關鍵事件。

一個廣為人知的例子是早在1980年代，黃霑所寫的《黎明不要來》，終為徐克電影《倩女幽魂》的一首插曲。當中的浪漫文辭，細膩道出人鬼悲戀，一開始即以「黎明，請你不要來」設喻起題，帶出人鬼殊途「不許紅日教人分開」的淒美渴求。但按黃霑本人解說，他寫這一首「情歌」的真正目的實為談論當時的香港前途問題，藉着「黎明，請你不要來」這個設喻，意味不想將來有變，希望香港可以保留現況（陳明敏，2016）。近期，由黃偉文填詞、鄭欣宜演唱、於2022年推出的《我地》則被受眾直接指出同屬此類歌詞作品[3]。即使純屬情歌，也可能由於歌詞文本

3 見黃偉文（填詞）、湯令山（作曲）、鄭欣宜（演唱）。2022。「留言」，《我地》。5月27日。https://www.youtube.com/watch?v=4MpRwbiBbBI。查詢日期：2022年11月19日。

包含了作者自知或不知的個別措辭，無法控制的文本引伸，或在故意挪用之下，或在望文生義之下，對於關鍵事件產生扣連，作出了可堪玩味的未曾介入。

在2019年，由陳詠謙填詞，姜濤推出的第二首歌曲是一首名為《亞特蘭提斯》的情歌。書寫主線是以「亞特蘭提斯」作為比方來象徵理想愛情，講述一名少年在遍尋「亞特蘭提斯」之後，最終的領悟是「亞特蘭提斯」原來就在目前。然而，只要稍加追溯，即可發現「亞特蘭提斯」乃是柏拉圖（360 BC）筆下的一個古國，雖然未必真有其事，但早已是理想國度的象徵（Vale & Lewis, 2018）。從這點互文性（intertextuality）來重看歌詞，這首《亞特蘭提斯》即會超出單純的情歌性質，變得有着意識形態的引伸意思。詞中少年是在追求理想國度，但理想國度原來就是他當前與身邊的人一起所做的事和所得的東西。好些詞句更是頓然變得似有所指，好像在描寫修例事件：

「多想跟你找到，消失的國土」
「有過的約誓難作廢」
「肉眼看不到這真正光輝」
「神話的要點，我們自己主演」
「神聖的畫面，未必通通遠在天邊」
「神話我已遇見，誰管哪個地點」

相似例子在姜濤的其他歌曲同樣出現。就期望人能以愛心相連，一起走過新冠疫情，《蒙着嘴說愛你》這首歌曲，先是以小見大，抽出「蒙着嘴」這個具象來提喻疫下日子，整體生活受限制（面部被綁），人與人相處受隔阻（面部受遮掩），繼而着人要持抱樂觀，化苦為甜，衝破由世紀病毒帶來的疏離和逆境，歌詞的用意在於提振抗疫士氣是清楚不過的。可是，這首歌曲在作此現實介入之同時，卻又夾雜集會遊行用語，在行文上出現了這樣的歌詞：「此刻身處過程裏，嚇怕了，難捱時，不撤不退，集氣，再爭取」，上文下理復有「生活在劫難裏，心靈從未給沾污」、「阻止黑暗得逞，始終相信惡夢會過」、「多想趕快歸隊，必須將鬥志高舉」。無論這些歌詞確為詞人精心加插，還是僅屬詞人無心失語，現有網上評論認為這首歌曲是講修例事件，引發這樣的聯想誠然可以理解，亦非毫無道理的穿鑿附會（舒琪，2022；私家音樂，2020）。是故，在反覆高唱「so I say I love you」之時，這首歌曲所作的集體呼籲和動員，期望大眾可以齊心協力，並沒有限於明言了出來的新冠疫情，還可能包括經由相近措辭掛鈎出來的修例事件，對於現實所作的未曾介入就是以一起關鍵事件暗藏了另一起關鍵事件，於自覺或不自覺之間，將集體爭取混在齊心對抗世紀病毒之內，一併推動。

姜濤歌曲另一項明顯特點就是接連示範年輕一代如何抗衡世道這個命題，特別是在堅持壯志和赤誠上遇到阻撓、孤苦和悲痛。內藏當中的未曾介入也明顯超出有意無意的指涉，反而出現頗多看似單純的自我題材，但卻在多個層面都可讓人拿來反省激烈變局的集體書寫，能夠對應現實的雙重解讀。因應姜濤有重振樂壇之勢，啟迪樂壇如何走入網絡年代，由黃偉文為他填詞的《Master Class》即如一則世代宣言，直指上一輩「一本通書你沒有放下」、「咸豐的標準已落伍」，不識新世代之志在於「潮流能自創」、「不似任何人」、「憑我兩腳都可以飛行」，不知新世代的心是想「不要箍得這麼緊」、「帶着新意大逃亡」，「謝謝你那薪火」。因而，曲中歌詞要為新世代反問這個社會：

「年輕怎麼就是錯，誰不解釋就恨我」
「能否將星系換過，呆板的請讓座」
「誰該協助我，竟變得將我阻」

以新世代之名，曲中歌詞同時要求社會不該「只懂狠批，我極莽撞」，誓要這個社會知道「河水想洶湧，背後要浪」，並向這個社會宣告，

「旁人一阻更高昂」
「無人能攔截渴望」
「靜靜看我怎麼突破，
假使你未明白，等我」

其後，姜濤和男團ERROR成員肥仔（梁業）合唱，由T-Rexx填詞的《特務肥姜2.0》，透過諧仿特務，詼諧修辭，書寫二人在香港樂壇有何表現和威力，如何「大任務接得起」，「兩個世一先叫傳奇」，「相沖一碰轟動世紀」。歌詞風格與《Master Class》確實大異其趣，但主題明顯相同，都是旨在宣示新世代誓於今天打出頭來的雄心壯志，可說是這一份世代宣言的續編。

只可惜上了高峰，成了鎂光燈下的人物，正在落實世代宣言的姜濤，在《鏡中鏡》展示的自我，已要抗衡無法承受的社會期望，過量的讚美、謾罵和投射。緊接率真的青年熱忱，追求引領時代的雄心壯志，剩餘下來的卻是一回慘痛的個人經歷。面對「K-pop，Canto-pop這比較怎可以不偏不倚」，世代宣言原來陳義過高，結果就是壓到姜濤「不呼吸，多想消失」之下，無法停掉無止息的「訴」、無法停下無止境的「逃」，要透過「折返童年」來「解開傷口」，直至將自己完全「吐」掉撇低，重新面對自我，

了悟外界眼中的自我「也是我自己」，包括由此帶給自己的「恐懼」、「眼淚」及「無限敵對」，始見覺醒過來，得知自我可以如何走出陰霾，面對社會，重新過活[4]。

在接受傳媒訪問之時，姜濤（2022）曾公開表示：「我成日都覺得我嘅歌係要緊貼時勢，或者話要，緊貼番依家發生緊嘅好多嘢。」故此，不應簡單認為，他在歌詞中的自我書寫僅是與現實無涉的個人呻吟。相反，當中的自我扣連處處都可跟兩起關鍵事件，前前後後的集體處境並置對舉，以替代方式轉化「世代宣言」到安全領域，去響應這個城市的集體抱負，側寫激烈變局之後應要如何退回從前，接受缺憾和失落，放下情緒和背負，繼續生活。換句話說，就是以個人經歷作為示範，透過未曾介入來叫喚這個城市該當如何振作下去，年青一代需要怎樣立足現實，面對敵視，自我解救。

在同一時期，姜濤推出由陳詠謙填詞的《孤獨病》，以及由林若寧填詞的《Dear My Friend,》，主題雖然不同，卻理應屬於同類作品，並以相近的未曾介入方式來達致目的。梗概來說，這兩首歌曲分別假借落入孤單及喪失朋友來講創傷，或喚同輩自我恢復，或教彼此相濡以沫，抵禦世道，踏過痛悲，守望同行，但異

---

4 Charles Cooley（1902）提出「鏡中自我」論的主要觀點是，自我並非自內衍生出來的，反而總要透過跟別人接觸方可認識得到，經外界反照入自我之內，故此，從社會學的角度來看，所有自我都是由社會互動決定的浮動累積過程，並不存在一個內在不變的自我。若然認為自我是一個內在不變的自我，反而是最大的錯覺、最不真實的虛幻自我認知。填詞人小克確是找到此理論的要義，並發揮驚人的詩學昇華，方可在《鏡中鏡》寫出道破整闋歌詞要旨的最後一節：

「誰獨對鏡中空虛，誰迷惑鏡映作祟，
一鏡在前的恐懼，一鏡後遺的眼淚，
雙鏡對疊，無限敵對，也是我自己」

曲同工以個人經歷作為參照，開解集體創傷之後的大眾情緒。在《孤獨病》中出現的有以下一些比較明顯的例子：

「別遺忘還有我，同樣在那些陰影，跌下過」
「不會死，才是勝利」
「我只知道，今次，我比你了不起」
「當黑夜又來煩我，很感激你，陪我席地而坐」

在《Dear My Friend,》中出現的則有以下同為比較明顯的例子：

「單打獨鬥，世上只得你未懷疑我荒謬」
「如果當天灰心不見你於身旁，
誰肯聽我任性宣洩，任我沮喪，最壞時光」
「煩擾中抱着希望，抵消每滴失望，
有一天相約，我們找烏托邦」

及至由小克填詞的《作品的說話》，一如其名，姜濤的歌曲是要「說話」這一個目的，更是溢於言表，直寫了在牆上，但去到一個難有話說的集體處境，既要發聲又要安全的話，則更須透過詭譎的、使人難識的未曾介入來扣連現實，以減低可大可小的潛在風險，可行的隱述秘言方式之一就是轉移時地人事，說歷史來講現在、書老遠來寫眼前、談別人來論自己、記他事來載此事。是故，以反戰為題材的歌曲在香港樂壇早已有之，也不乏出色作品，可是在自身社會兩極敵視之後，重現反戰題材，聯珠頂真，以自我進一步覺醒為由，藉「盼世界和解」，寫下好像以下一段歌詞，立此存照，確是切合時機的未曾介入，是當下此刻急需發出的時代話語。

燒毀的小教堂響起鐘聲，
鐘聲撫慰雙方的傷兵，
傷兵一眾差不多年齡，
本應相對，如男孩友情。

就這樣，社會、變局、集體處境都已透過未曾介入，盡在姜濤歌曲之內，憑藉自我書寫，跟這個城市一起走了入去，力求能夠一起走出來。

本文所作的文化述評是頗易惹來異議的，尤其可能被指為超出歌詞原意，純屬一輪胡謅亂道的望文生義、想得多了的穿鑿附會，以至於無中生有的斷章取義。然而，在認識層面也得知道，文本可以產生甚麼意思，是要視乎時勢的，好像在甚麼年代流傳，受眾在甚麼處境閱讀，原意僅是一環，不是一切，從受眾衍生出來的文本詮釋即使真的包含望文生義、穿鑿附會、斷章取義，全都是跟原意同在的語言實踐，能夠決定特定文本有何實在意思，有時比諸原意更具重大作用，甚或能將原意淹沒下去也不一定。復以本文所評的流行歌詞文本，現已大舉拓宇網絡世界傳播開去，變得更為無遠弗屆，更可直入人心。因此，本文所言的未曾介入，由原意以內而來或由原意以外所致，莫不能夠產生一發不收的廣泛衝擊，以其「大象無形」、見而不察的影響力，繼往開來，使人遇而不覺、受而不感，潛伏流行文化，無法抑止，廣泛滲入民間，深不見底，進入普羅意識，無限伸延，持續干預這個城市的上層建築，為這個城市激發自身的時代話語。

餘話

變局期間，出類拔萃，成功崛起的新一代歌手，並不限於姜濤及其所屬團隊MIRROR成員。憑好些「治癒」歌曲，風靡萬千歌迷的林家謙也見如日中天，炙手可熱(海邊欄，2022b)，誠是值得在此作些對照，補充本文未及之處。

作為詞人，林家謙的填寫風格比起姜濤歌曲，往往更為抽離現實，更看不見集體處境，儼然一切都未曾發生，沒有出現，反而僅有單一個體的超然存在，寄情凡微的悠然自處。先以《一人之境》為例，歌詞已在顛覆「孤獨」的蘊涵，示範「一個人原來都可以盡興」，自由是從退出人群而來，生活樂趣是從享受天然美景、靜觀世界、獨飲汽水所得的舒暢找到。在《doodoodoo》中，歌詞所寫的更是在於小確幸的追尋，生活個體在沉醉無邊的內在想像時，自感舒爽到無法自制，喃喃哼出無聊自語所達的歡快，自得逍遙的「幸福的新世界」。

由Oscar為林家謙填詞的《夏之風物詩》則在相同的風格上，以夏天為題取材來大肆發揮，列舉更多可從生活小節「捉緊小小快樂」之道。縱觀林家謙歌曲，雖然並非僅此一格，也有其他立意不同之筆，但像此類詩學話語，將自我遣興花草樹木來忘懷現實，縱情鳥獸蟲魚來換取快樂，着眼小事小物來投放人生，潛入一己的內在世界來自由自在，已見持續出現。到了梁嘉茵為林家謙填詞的《小林不動產》，歌詞所要着墨的仍在擺脫現實這個命題，但卻進而還原至「躺廢痛快一場」來無聊發呆，閒思逸想，懶理現實，只求躺平，簡單一生，有一片我倆二人的小天地來自滿自足。

沒有人孤島獨生，無需與時共處。活在社會，面對現實，即使那是無法面對的、最不想見的事實。對於明明迫在眉睫，沒有可能不知之事，而感受不到動盪，置若罔聞至此，筆者沒有資料得知，是特意退場迴避使然，抑是純為創作喜好所致，但清楚可見的是，對於現實也不是所有流行歌詞都是選擇作出介入的，反而常有作品是以不面對來面對，選擇諱莫如深來換取偏安一隅。為了一以貫之，跟現實徹底疏離，林家謙的流行歌曲就連MV都多次用上在香港流行文化相對鮮見、走卡通風格的動畫影片，不賣人、不賣樣、不賣外形、不賣身體，好像姜濤那樣受傷的一個身體也不賣，只賣虛構畫面、線條美學、悅目顏彩、影像浮光。

亂象過後，此類歌詞文本能有治癒之效，也許正是在於可以讓人在集體處境以外，真的有個平行時空，在無法選擇現實之下，退入尚可自持的自我世界，忘卻創傷、平衡心神，放低紛擾世道，遠離關鍵事件，回到久違的寧靜日子，細味平凡的日常生活，以當前可達的愉悅來填滿自己的宇宙。這就回到早在文化研究提出多年的一個基本議題：究竟流行文化是着人逃避現實還是正視現實，是維持現有秩序的工具還是改變現有秩序的資源（Adorno, 1997）。因應林家謙的歌曲作品來說，只要稍加擴大涉獵範圍，即可發現他的填詞風格其實並不鮮見，僅是屬於近年以來較為突出的一個例子而已。故此，要問的是，此類流行歌詞對其當前語境，實乃超然的消解還是犬儒的遁逃。此間的一線之差要看事物如何發展下去，自不待言。然而，此刻可見的不僅是未曾介入已在香港流行樂壇多次出現，不作介入也在香港流行樂壇同樣持續存在。

參考資料

英文文獻

Abbas, Ackbar. 1997. *Hong Kong: Culture and the Politics of Disappearance*. Hong Kong: Hong Kong University Press.

Adorno, W. Theodor. 1997. *Aesthetic Theory*. Minneapolis: University of Minnesota Press.

Comte, Auguste. (trans: J. H. Bridges). 1865. *A General View of Positivism*. London: Trübner.

Cooley, Charles. 1902. *Human Nature and the Social Order*. New York: Scribner.

He, Hilary Hongjin. 2010. "One Movie, Two Versions: Post-1997 Hong Kong Cinema in Mainland China". *Global Media Journal: Australian Version*, 2(2), 1-16.

Mills, Wright. 1959. *The Sociological Imagination*. New York: Oxford University Press.

Szeto, Mirana M. and Chen Yun-Chung. 2012. "Mainlandization or Sinophone Translocality? Challenges for Hong Kong SAR New Wave Cinema," *Journal of Chinese Cinemas*, Vol. 6 No. 2, pp. 115-134.

Vale, Jenna & Ann Lewis. 2018. *Tracking Atlantis*. New York: Rosen Publishing Group.

中文文獻

朱耀偉。1998。《香港流行歌詞研究：70年代中期至90年代中期》。香港：三聯書店。

朱耀偉。1999。「香港流行歌詞中的「香港」本土意識」。黎活仁、龔鵬程（編）。《香港新詩的「大敍事」精神》，頁275-304。嘉義：佛光大學出版社。

朱耀偉。2020。「香港流行歌詞中的『香港』本土意識」（節錄）。吳俊雄、張志偉（編）。《閱讀香港普及文化1970-2000》（修訂版），頁254-261。香港：牛津大學出版社。

吳子瑜。2022a。「明星做自己？——網絡時代，明星的自由與限制」。陳嘉銘、吳子瑜、海邊欄（編）。《給下一輪廣東歌盛世備忘錄：香港樂壇變奏》，頁315-320。香港：突破出版社。

吳子瑜。2022b。「依然『光輝歲月』——2010年之後香港流行樂壇的樂隊組合概況」。陳嘉銘、吳子瑜、海邊欄（編）。《給下一輪廣東歌盛世備忘錄：香港樂壇變奏》，頁95-107。香港：突破出版社。

李展鵬 。2022 。「凝視姜濤：受傷的身體與惡夢的空間」（網上講座）。2月12日。https://m.facebook.com/103375338706494/videos/611461313287871/?locale=ms_MY。查詢日期：2023年6月1日。

李展鵬。2023 。「一個「姜糖」的自白」，《獨立媒體》。5月2日。https://www.inmediahk.net/node/%E7%94%9F%E6%B4%BB/%E4%B8%80%E5%80%8B%

E3%80%8C%E5%A7%9C%E7%B3%96%E3%80%8D%E7%9A%84%E8%87%AA%E7%99%BD。查詢日期：2023年6月1日。

私家音樂。2020。「嚇怕了難捱時—不撤不退—姜濤—蒙着嘴說愛你」。5月12日。https://www.facebook.com/cplusmusichk/posts/2755810401321589/。查詢日期：2022年11月19日。

姜濤。2022。「姜濤生日 | 姜濤自導自演《作品的說話》反戰MV看戰亂照片為下一代宣揚愛與和平」。《am730》。4月30日。https://www.youtube.com/watch?v=bTGwqGyCSTY。查詢日期：2022年11月20日。

香港政策透視。1994。《霸權主義下的流行文化：剖析中文金曲的內容及意識研究》。香港：香港政策透視。

海邊欄。2022a。「黑暗中獨舞——姜濤的脆弱、強悍與溫柔」。陳嘉銘、吳子瑜、海邊欄（編）。《給下一輪廣東歌盛世備忘錄：香港樂壇變奏》，頁321-332。香港：突破出版社。

海邊欄。2022b。「主流與非主流之間——林家謙的Minor in Major」。陳嘉銘、吳子瑜、海邊欄（編）。《給下一輪廣東歌盛世備忘錄：香港樂壇變奏》，頁239-251。香港：突破出版社。

馬傑偉、吳俊雄、鄧鍵一。2013。「迎接香港普及文化的部落時代」。張少強、梁啟智、陳嘉銘（編）。《香港．論述．傳媒》，頁39-56。香港：牛津大學出版社。

張少強。2017。「本土與國族之間：後殖民香港電影還有自主策略嗎？」，羅金義（編）。《回歸20年：香港精神的變易》，頁105-128。香港：香港城市大學出版社。

梁偉詩。2016。《詞場：後九七香港流行歌詞論述》。香港：匯智出版。

陳明敏。2016。「香港幽魂：〈聶小倩〉的電影改編及其身份政治」（碩士論文）。香港：香港城市大學。

陳嘉銘。2013。「開放與局限：中港合拍影片的過去與今天」。張少強、陳嘉銘、梁啟智（編）。《香港・論述・傳媒》。香港：牛津大學出版社，頁91-115。

舒琪。2022。「Mirror：在動盪與疫症時代中爆炸，是偶然還是奇蹟？」（Part 1），2月23日。https://www.youtube.com/watch?v=JhWnjsGyfgM。查詢日期：2022年11月19日。

黃志華、朱耀偉、梁偉詩。2010。《詞家有道：香港16詞人訪談錄》。香港：匯智出版。

黃志華。2016。《粵語歌詞創作談》。香港：匯智出版。

黃霑。2003。「粵語流行曲的發展與興衰：香港流行音樂研究（1949-1997）」（博士論文）。香港：香港大學。

董啟章。2022。「從作者到作品：姜濤的光速演化」，《虛詞》。5月4日。https://p-articles.com/critics/2934.html。查詢日期：2023年6月1日。

衛生防護中心。2022。「2019冠狀病毒病第5波數據」，12月2日。https://www.covidvaccine.gov.hk/pdf/5th_wave_statistics.pdf。查詢日期：2023年12月2日。

合拍片時期香港電影×音樂的混雜身份

張志偉

2004年後，中港合拍片是大勢所趨，內地審查及口味會否把香港電影文化及身份吞噬，一直爭論不休。本文提出，長期被論者忽視的香港電影音樂，其實是理解過去廿載港片建構複雜香港身份的一條重要鑰匙。電影是影音融匯（synchresis）的媒介，是西方學術界的共識，而電影音樂和地方身份研究更是方興未艾，在香港卻乏人問津（Chion, 2019: 64；Burnand and Sarnaker, 1999；Johan, 2018）。本文借鑑外地研究，追溯香港電影人在合拍時期，如何發展出迥異的電影音樂混雜創作實踐，從而建構香港身份，當中有助理解香港文化在合拍時代的創意韌力。[1]

在進入正式討論之前，先要釐清一些重要理論及歷史問題。

香港文化混雜論述源於九十年代中期，主要論點認為由戰後到回歸前，香港身處英殖及中國政府力量之間，民間文化並未有被任何一方吞噬，反而遊走兩者，甚至能從世界各地汲取各種文化養分，製造出具獨特混雜特質的香港文化（Chow, 1992；羅貴祥、文潔華編，2005；Chan, 2012）。不少學者指出，回歸後若香港文化（包括電影）能維持高度混雜，發揮「不執迷文化上終極的純正」的香港混雜精神，就能維持多元文化的世界主義

1 本文以「合拍時期」泛稱2004年以降，中港合拍片盛行至今的時代。合拍廿載，中國不同時期出現過武俠、戰爭、警匪、英雄及科幻類型電影幾個大小潮流，不同潮流對香港電影拍攝方向會有一定影響。但本文焦點在於合拍廿年的整體成果，暫不探討其各種大小趨勢的分野。

(cosmopolitanism)身份(陳冠中,2007:54)。朱耀偉(2012:37-67)更提出,未來香港電影守住「混雜中華化」,香港性也該是複數(Hongkongnesses)。

本文進一步認為,這種「不執迷文化上終極的純正」,早發生在合拍時期香港電影音樂的創作領域。音樂在電影中可以有多種功能,如營造氣氛或為電影定調等不一而足,惟非本研究關注。多年參與合拍片音樂的作曲家陳光榮說,「香港電影音樂的特色是fusion,意指夾雜了很多不同地方的音樂」。[2] 循着前述混雜理論的思路,本文核心關注為,跨地域文化音樂在香港電影「在地化」(localization)所產生的混雜想像,尤其關切以下兩個問題:

1. 在合拍時期電影製作中,會否有使用不同地域音樂的傾向,從而形成各種「影音融匯」的創作實踐?
2. 當不同具民族標記的音樂,被在地化而使用於香港電影故事時,可以融會出怎樣獨特的混雜香港想像?

以合拍時期電影為例,《黑社會II以和為貴》(2006)以中西合璧的音樂襯托一個黑社會選舉及中港政治的寓言,《月滿軒尼詩》(2010)的愛情小品取景於舊灣仔並配上優雅古典音樂,《殺破狼II》(2015)用跨文化音樂去貫穿一個跨國販賣器官集團的故事,以至同期等等作品,是否代表着不同的影音融匯創作實踐,並提供了甚麼混雜香港想像?

回答以上問題,正好幫助理解合拍時期的香港電影如何和合拍主旋律電影的壓力斡旋,保住多元開放的香港混雜文化精神。

2 陳光榮,私人訪問,張志偉、羅展鳳訪問,張志偉校正,2022年8月30日。

事實上，合拍時期電影音樂的混雜創作路向，與八九十年代所謂黃金時期港產片有着微妙關係：關心香港的電影人，有感黃金年代港片混雜文化有其珍貴之處，惟在新時代必須將其「活化」；是故他們從千禧前香港電影混雜文化中抽取養分，繼而實驗各種新的影音融匯實踐，引發新香港身份想像，藉此尋求觀眾共鳴。可以說，千禧後香港電影，由片種、主題到音樂，都進入更實驗性的階段。上述一切，仍在進行中。本文是嘗試把近廿年香港電影音樂和身份的關係，作一個「尚未完場」的階段性小結。[3]

基於上述背景，本文有以下寫作策略。本文不只探討合拍時期香港電影音樂，還會分析戰後至千禧前的狀況，惟後者會盡量精簡。合拍年代，導演多會和作曲家討論音樂創作方向，但具體音樂創作還得依賴作曲家的技藝，然而限制於篇幅，如非必要，內文電影分析所涉及的作曲家名字，只會在附錄一併列出；同樣地，部分導演名字也只能在內文省略。以上做法，迫不得已，在此致歉。本文亦只會關注電影歌曲、既存音樂（即電影製作前已存在的音樂）及原創音樂的「地域性」，而不會區分三者的品味高低（其實所謂混雜就是要打破品味區隔）。

3 音樂使用和電影內香港身份想像的關係，其實頗複雜。部分電影人，很自覺從香港情懷角度去選擇電影音樂（如杜琪峯、張婉婷、王家衛及林家棟等）。但也有導演會從音樂基本功能入手（配合氣氛、主角性格等），而非考慮音樂會否帶出甚麼香港想像。惟有趣的是，香港電影人多年浸淫港式混雜（電影）音樂製作，也持續接觸全球音樂，在較自由的創作情況下，這群電影人會有「習性」去選擇會催生混雜香港想像的影音融匯實踐。如千禧後很多文藝片不約而同採用古典音樂（詳見第三節），起點可能只是各導演個人品味選擇，但古典音樂卻會為戲內香港城市面貌及人事加上人文關懷想像。不同導演的情況要留待有機會才能深入了解，但這無損本文基本觀點：無論導演是否刻意用音樂去講香港故事，只要涉及跨地域音樂的影音融匯創作實踐，都無可避免會提供各種混雜香港想像。

本文旨趣是力求重新審視合拍時期香港電影的混雜文化。合拍時期過半以上香港電影都關注本地題材（Chen and Shih, 2019），當中只要是具混雜香港想像的電影，不論合拍或港產，都是本文分析的對象；而具香港視野的古裝片也會討論。至於混雜性欠奉的合拍或者港產電影，都非本文關注。過去有不少票房欠佳的香港電影，其文化地位後來被重新肯定，是故，本文分析的電影是不論其票房，而只着重其（混雜）文化表現。

釐清上述背景，我們可以開始探討合拍時期電影音樂及混雜身份的實驗旅程。

1. 粵語電影歌曲：粵語混種

2009年香港電影金像獎五首提名歌曲中，入圍四部均為合拍片（《江山美人》、《赤壁》、《深海尋人》、《畫皮》），用的都是國語歌。粵語電影歌曲，似乎隨合拍片來臨逐漸去本土化。惟仔細看，自合拍年代開始，香港電影其實仍有不少廣東歌，以下先僅以幾個例子展開討論：

- 《麥兜菠蘿油王子》（2004）：粵語插曲《悠悠的風》，旋律來自重新編撰布拉姆斯的《降A大調圓舞曲》。
- 《打擂台》（2010）：主題曲《Fight to Win》取樣自七十年代廣東歌《萬里長城永不倒》，加入中英夾雜的歌詞和嘻哈風。
- 《金雞SSS》（2014）：除了翻唱幾首七、八十年代廣東歌外，還用上my little airport的英式慢版粵語搖滾歌《美麗新香港》。
- 《樹大招風》（2016）：主題曲《讓一切隨風》，改編自日本流行曲。
- 《手捲煙》（2021）：同名原創粵語主題曲，具中板暗黑崩裂搖滾風格。

以上例子有改編、舊曲新唱及新廣東歌，都為配合相關電影具體主題。但本文更想強調的是粵語電影歌曲的第二層意義：在合拍期間，粵語電影歌曲成為保存及重塑兩種香港身份的重要載體——即「粵語香港主體性」及「兼收並蓄香港意識」，我簡稱為「粵語混種」意識。多年來，廣東歌、粵語電影歌及香港身份三者關係密切，這節先以宏觀角度看廣東歌特色、其歷史發展和香港身份的關係，然後再看電影從中扮演的角色。

先看廣東歌兩大特徵：語言上必以粵語入詞（特徵一），[4]而音樂風格則借用歐美、東南亞、中國及其他地方的不同音樂類型，非常彈性（特徵二）（Chu, 2020）。[5]這種以語言為主、而不指涉具體音樂類型的地方音樂定義，極為罕見。[6]這其實關乎千禧前兩段廣東歌發展身世，並與港人身份發展環環相扣，令其成為塑造港人身份的重要媒體。

首先說語言部分。香港系出嶺南，多年來廣東話為民間主要使用語言。[7]惟五、六十年代西方及國語電影及流行曲製作，比同期粵語製作大為先進摩登，故粵語片及流行曲文化地位較低。

4 粵語歌詞以文雅、協音及書面語主導，但口語、拗音及中英夾雜，甚至三及第歌詞都可以。另Benson and Chik（2020）提出以HK-Pop取代Cantopop，認為不應用語言定義香港流行音樂。觀乎近年民間的「撐廣東歌」取向，語言主導的定義仍有很強文化價值。

5 論說八、九十年代廣東歌混雜性，常忽略歐美以外的曲風來源，張國榮的《倩女幽魂》（1987）是現代中國風；Beyond專輯《亞拉伯跳舞女郎》（1987）引入阿拉伯樂器；關淑怡的《梵音》（1991）借用印度梵音。

6 「英美流行曲」一詞，就同時指涉英語及兩地歷史上各自創新的多種音樂類型（搖滾、迷幻、新浪漫等過百類型）；韓國流行曲所指較單一，但也指涉着男團女團的跳舞音樂類型；日本流行曲，也常指向日語系內不同風格如City Pop、Visual Kei、Kawaii Metal等。

7 外省移民為工作及生活便利，多學習廣東話。見鄒嘉彥（1997）。

到七、八十年代，具現代氣息、製作精良的粵語流行文化終於發展成熟，並享譽東南亞及海外華人社群；適逢香港本土意識興起，粵語流行曲——甚至粵語——成為港人自豪身份標記（吳俊雄，2002）。

彈性廣納外來曲風正好反映港人多年有意無意形成的兼收並蓄性格。五十年代，粵語流行曲是新生物，早期作品多受粵曲影響（黃志華，2014）。往後廿年，音樂人對粵語流行曲「現代化」進行多番試驗，當中最大共識，就是曲風上廣納其他地方的摩登風格，必要時改編外來歌曲，並在填詞、編曲、歌唱表演等技藝上鑽研，保持以粵語歌唱，製作精良。[8]八十年代，香港與日本歌手多次同台演出，水準能做到平起平坐，是這兼收並蓄策略成功之處。[9]文首說過回歸後論述香港身份常強調其混雜特質；粵語流行曲在曲風上來者不拒的精神，配上粵語，是建立香港混雜身份的堅實憑證。

脫胎自廣東歌的粵語電影歌曲，自然成為香港「粵語主體」及「兼收並蓄身份意識」的載體。1974年電影《鬼馬雙星》用上許冠傑的鬼馬廣東搖滾歌曲，熱爆香港，是本土意識的濫觴。[10]八、九十年代是港產片及廣東歌製作高峰期，電影和歌曲互相推銷是常規，中型投資以上的港產片，都會有一首或更多全新製作的粵語電影歌，為電影添加粵語混種身份想像。[11]

---

8 宏觀地看，這個現代化歷程很急促，其弊處是壓抑原創音樂風格，但強處卻是資源緊絀下，能把外來風格本土化，並打造出具國際製作水平的廣東歌。

9 八十年代張國榮和梅艷芳於東京音樂節演出，備受讚賞。

10 五、六十年代本土意識未興起，其時粵語流行曲剛發展，可理解為本土意識孕育階段的推手。

11 電影使用廣東歌的手法，質素參差；此處暫關心這些電影的文化性，而非美學成就。有關電影使用歌曲的美學問題，見羅展鳳（2020）。

上述歷史，如今一去不復返——整個粵語流行文化圈，猶如骨牌般倒下。千禧前後，東南亞流行音樂冒起，唱片公司及經理人公司英皇及金牌曾力挽狂瀾，捧紅了陳奕迅、謝霆鋒及容祖兒等紅星，但往後粵語歌本地支持度降至冰點。歷史開了個玩笑，新中港政治下，粵語地位顯著滑落。過去十多年雖不時有撐廣東歌的聲音，但很多新生代卻像五六十年代的青年一樣，捨棄粵語歌，簇擁去聽國語及日韓歌，並以聽BIGBANG為榮，聽廣東歌為恥（2019年前是如此）（阿果，2018：119）。很多年長聽眾則樂於只聽懷舊金曲，看電視節目《流行經典50年》。

上述分析或可推論，合拍時代粵語電影歌曲應該「壽終正寢」。弔詭是，粵語電影歌曲非但沒有消失，甚至頑強存在。前文説2009年電影金像獎五首最佳原創電影歌曲提名，只有一首粵語，但其實整年電影中的粵語歌和國語歌，同樣有十多首。[12] 在廣東歌市場大降的情況下，為甚麼創作人還要費力製作粵語電影歌呢？以下從合拍時期的粵語電影歌曲類型，分析其製作動機。

前述千禧初期，英皇及金牌仍嘗試製作較精良的廣東歌，並嘗試持續使用電影與歌曲互相推銷的策略；較成功的例子有《下一站天后》（2003）、《無賴》（2005）、《十分・愛》（2006）及《我的最愛》（2008）等；這類型歌曲由唱片公司選擇，內容未必和電影有關，但它們的確給電影添上粵語混種的港味。不過在促銷型歌曲外，還有兩種由電影創作人主導、選取上明顯具「文化自覺」的粵語電影歌曲。

第一種是「舊曲新唱」。合拍時代，不少港產片甚至合拍片選用七十至九十年代舊廣東歌，成一時風氣，明顯有意為之。由

---

12 從2009年電影選用的電影歌曲統計。

2003至2023年，據筆者初步統計，這種舊曲新唱最少有38首之多，當中只有9部是合拍片，[13] 這情況非「電影與歌曲互相推銷邏輯」能解釋，尤其是千禧後，唱片業已逐步減少以電影催谷歌曲。然而，不少導演卻不約而同地在電影內使用懷舊廣東歌，配當下香港故事，又刻意找片中演員演繹翻唱。此做法既尋認黃金時代的「港味」（舊曲），亦配合新時代將其「活化」（新唱），背後有着把舊廣東歌「再本土化」的文化自覺。這種手法有時用得輕巧，如重新演繹《大丈夫》（2003）的豪情，乃至《青春豆》（2006）中的天真蠻勁，是輕狂地重塑集體回憶。但也有電影人將舊歌用得沉重，如2003年沙士與七一大遊行後，杜琪峯導演的《柔道龍虎榜》借同名歌曲重構香港逆境自強精神，他說：「七十年代是香港發展得最好的一個年代……現在是最不好的年代，但我最終希望大家明白，最重要的要贏自己。」（三木，2008：77）再看杜琪峯監製的《樹大招風》，主題曲《讓一切隨風》卻借歌詞「北風吹走我夢」慨嘆時代，與《殭屍》（2013）中翻唱《鬼新娘》的沉重異曲同工。無論悲喜、輕重，上述舊曲新唱都將香港作主體召喚，在眾人多年累積下，以歌曲再本土化。

表一：2003年CEPA後香港與中港製作出現「舊曲新唱」的粵語電影歌曲

年份	電影（導演）	電影歌曲
2003	《龍咁威2003》（谷德昭）	《猛龍特警隊》
2003	《大丈夫》（彭浩翔）	《大丈夫》
2004	《鬼馬狂想曲》（韋家輝、羅永昌）	《天才白痴夢》/《天才與白痴》
2004	《柔道龍虎榜》（杜琪峯、羅永昌）	《柔道龍虎榜》

13 以過去廿年電影選用的翻唱歌曲統計。

2006	《大丈夫2》（鍾晴）	《世界圓 dum dur》（改編自《大丈夫日記》）
2006	《至尊無賴》（陳嘉上、林超賢）	《青春豆》（改自《Rasputin》）
2006	《伊莎貝拉》（彭浩翔）	《夢伴》
2007	《每當變幻時》（羅永昌）	《每當變幻時》
2008	《無野之城》（劉國昌、雲翔）	《夢伴》/《當我想起你》/《春夏秋冬》/《朋友一個》/《喜歡你》
2010	《打擂台》（郭子健、鄭思傑）	《Fight to Win》（改編自《萬里長城永不倒》）
2010	《飛砂風中轉》（莊文強）	《飛砂風中轉》
2013	《掃毒》（陳木勝）	《誓要入刀山》
2013	《殭屍》（麥浚龍）	《鬼新娘》
2013	《百星酒店》（谷德昭）	《分分鐘需要你》
2014	《竊聽風雲3》（麥兆輝、莊文強）	《共你痴痴愛在》
2014	《香港仔》（彭浩翔）	《分分鐘需要你》
2014	《點對點》（黃浩然）	《冷雨》
2014	《金雞SSS》（鄒凱光）	《前程錦繡》
2015	《踏血尋梅》（翁子光）	《娃娃看天下》
2015	《五個小孩的校長》（關信輝）	《友誼萬歲》/《小太陽》/《喝采》
2016	《樹大招風》（許學文、歐文傑、黃偉傑）	《讓一切隨風》
2016	《美人魚》（周星馳）	《世間始終你好》
2017	《追龍》（王晶、關智耀、張敏）	《浪子心聲》
2017	《春嬌救志明》（彭浩翔）	《當我想起你》/《傳說》
2018	《黃金兄弟》（錢嘉樂）	《友情歲月》
2020	《麥路人》（黃慶勳）	《心債》
2020	《熱血合唱團》（關信輝）	《誰能明白我》
2021	《殺出個黃昏》（高子彬）	《倦》

舊曲新唱，始終欠缺新一代聲音。2010年前後，中小型製作偶然會採用新音樂人作品。[14]此十年間，年青樂人創作粵語電影歌曲聲勢，感覺還是零散。大抵其時新導演群仍未凝聚成一股新力量，而資深電影人礙於偏好或市場考慮，較少使用新派廣東歌。惟2021年至今，不同香港電影製作的粵語電影歌曲創作班底驟然湧現，當中可見不少年輕音樂人蹤影，如2021年有《狂舞派3》、《鬼同你住》、《手捲煙》、《一秒拳王》及《濁水漂流》；2022年有《緣路山旮旯》、《過時・過節》、《正義迴廊》、《窄路微塵》、《飯戲攻心》及《明日戰記》；2023年有《毒舌大狀》、《1人婚禮》及《死屍死時四十四》等。這些電影的歌曲，顯示新電影人自覺破舊立新，歌詞上具年輕人視野，風格則繼承新一代廣東歌較常見的幾種混種樂風：結他民歌、饒舌、嘻哈、R&B及搖滾等，為電影添增新本土情感。新風潮姍姍來遲，但和2019年後幾個歷史新勢頭匯聚，互增聲勢，受到多年未見的注目：年輕及中生代導演的冒起、撐廣東歌及港產片從空泛口號變成樂迷日常關注、具年輕人取向的流行音樂頒獎禮確立、姜濤「亞洲第一」言論後飆升的廣東歌串流量等（阿果，2022）。以上趨勢，如能持續或增強，將為電影帶來更多引人入勝的新粵語之聲，和新唱舊歌一起把粵語混種身份多元化。

粵語電影歌曲，涉及流行音樂和電影工業創作的複雜互動。餘下四節關注的純音樂創作，音樂工業角色較少，可視為導演及作曲/配樂家在合拍時代的直接創作抉擇。

---

14 如2010年《前度》用過英語搖滾、2014年《金雞SSS》中邀請my little airport作主題曲、2018年《逆流大叔》找來RubberBand做音樂及主題曲等。

2. 再造中樂：港式中國

本節探討合拍期第二種混雜身份——港式中國想像。戰後香港電影逐步現代化，電影人卻沒有迴避中港千絲萬縷的聯繫，反而發揮無比創意，以港人角度，開拓同期中國電影不會呈現的電影題材，並使用現代化民樂，炮製出多元另類的中國想像。這種「港式中國風」，熱愛自由，擁抱現代，吸納前衛，曾是最耀眼的香港混雜身份。惟千禧後港式中國風急退，始作俑者是「華里活」電影。下文分析上述故事，並探討近年香港電影人延續及轉化港式中國風的各種嘗試。

先說背景：千禧後國產大片如武俠、戰爭及科幻動作片等，無不恆常呈現「主旋律中國」及「全球化中國」。前者不用多作解說，後者指向國產鉅片要緊貼同類型荷里活製作水平；在音樂上，這意味着要創作如荷里活大片中常見的鋪天蓋地重型低音管弦樂，中國樂器只屬點綴。武俠片《無極》(2005) 作曲家 Klaus Badelt 曾準確描述當中精粹：「(《無極》的) 音樂風格……是在一個『全世界都能接受』的基礎上加入了一些中國傳統特色。」[15] 這種全球化的 (去) 中國化音樂是全球化中國代言人，仍是中國大片主流風格，可稱為「華里活」電影音樂 (Fleming and Indelicato, 2019)。

儘管部分香港導演曾北上拍攝華里活鉅片，但本節焦點是，身處代表全球化趨勢的華里活音樂模式下，香港電影人如何處理電影內的中樂創作。回望過去廿年香港電影，其實小部分作品有開拓具實驗味的中樂玩法，可稱為港式電影中樂，例子見下：

15 見《無極》電影原聲帶之專輯資料，http://www.hitoradio. com/newweb/2994album (2023 年 5 月 10 日瀏覽)。

- 《功夫》(2004)：把五六十年代在粵語武俠片常用的革命英雄音樂重新編撰，混入其他歐美樂章與歌曲(詳見第四、五節)。
- 《黑社會》(2005)及《黑社會II：以和為貴》(2006)：配樂貫穿兩片帶陰險江湖俠客味道，音樂中西合璧。
- 《傷城》(2006)：西樂為主，迷幻的二胡音色在全片遊走。
- 《三國之見龍卸甲》(2008)：琵琶、笛子及大鼓等傳統中國樂器在全片穿梭，以多種中西曲風演奏，甚為破格。
- 《武俠》(2011)：畫外音是圓舞曲及迷幻搖滾曲風，傳統民樂則以畫內音傳遞。
- 《危城》(2016)：豪邁結他搖滾及銅管樂主導，注入中樂作跨界交響。
- 《濁水漂流》(2021)：主題曲風格暗黑，尾段選用搶耳二胡。

仔細看，上述全片以中國樂器作主導的，只有兩部《黑社會》及《三國之見龍卸甲》，同屬較早期作品，背後反映合拍時期荷里活音樂美學對中樂選用的龐大壓力。作曲家陳光榮曾將這邏輯簡單道來：「譬如《建軍大業》(2017)、《中國機長》(2019)、《中國醫生》(2021)，你看到這些名字都覺得比較龐大，你作為一個寫音樂的人……就會用做(荷里活)大片的角度。」[16] 這種全力追隨華里活而輕視中樂的壓力，在千禧前並不存在。相反，千禧前港人憑着較自由的創作環境，逐步發展出港式中國風，是當時香港文化一大特色。

回望五六十年代，處身英殖管治的香港電影，用上多種中國傳統民樂，只為調解香港及海外華人觀眾的懷鄉情緒，而並非跟

16 同註2。

隨同期內地歌頌革命音樂的使命。這種非政治化、帶懷鄉色彩的中樂使用，可稱為「文化中國風」，是港式中國風的第一波。這包括粵劇電影、黃飛鴻系列的廣東音樂、武俠片的罐頭中國民樂、歌唱片的黃梅調，以及如胡金銓導演的武俠片京劇音樂（李翔齡，2017；余少華，2001，2012，2013；吳昊，2004；黃志華，2008）；[17] 當中有些音樂稍經改編，但傳統氣息仍強。到七十年代，連帶國語武俠片都恆常選用西方罐頭音樂，電影中樂風潮稍退。及至八九十年代，海外華人市場急劇發展，古裝片製作急升，故事加入現代港人倫理及政治隱喻，音樂上亦給予創作人很多機會實驗如何把中樂「現代化」，形成第二波港式中國風。此時期電影的港式中國想像多元豐富，如把黃飛鴻化身為反思中國現代化的英雄，音樂人黃霑為配合同名電影的現代氣息，費盡心思把傳統《將軍令》精簡化，加入搖滾變奏，成為華人圈大熱主題曲《男兒當自強》（1991）（黃霑，2002）。同期也有如配上不同現代化民樂的《笑傲江湖》（1990）、《笑傲江湖 2：東方不敗》（1992）及《白髮魔女傳》（1993）等，呈現另類性別或外族政治的「異色中國」想像；不能或缺的還有《東邪西毒》（1994），電音結合真實洞簫及笛子，加上以琵琶彈奏方法演繹結他，營造出亦古典亦前衛的飄逸蒼茫氣勢。[18]

---

17 五十年代末開始，粵語武俠片大量挪用歌頌革命英雄、社會主義的音樂，但這些音樂卻在其時香港被「非政治化」，因為多數香港觀眾並不曉得這些音樂的背景，以為是民樂或粵樂。見黃志華（2008）。

18 很多香港作曲家參與港式中國風第二波的電影音樂創作，包括創作《絕代雙驕》（1992）音樂的盧冠廷、《太極張三豐》（1993）的胡偉立、《新天龍八部之天山童姥》（1994）的林敏怡。胡偉立為多套其時古裝電影音樂作曲，當中包括很多周星馳主演的作品。

上述時期，在東南亞市場支持下，港式中國風的影音實驗頻繁，成果豐碩，全球化未有帶來太大負面影響。可惜在合拍時期中國電影全球化夢下，港式中國風創作嚴重受到抑制。惟在這困難期，有部分香港影人未完全放棄這種港式中國風創作精神，而在較特殊情況下甚至製作出堪稱典範的佳品。此節餘下部分，將扼要討論幾個合拍時期港式中國風的創作動力和特色。[19]

首先，前述八、九十年代如黃霑、胡偉立等作曲家，為港式中國風的音樂，定下核心創作方向——即必須具備中樂神韻、不乏吸收外來元素、現代感更攸關重要。千禧後活躍的香港電影人，不少深受二人經典作品洗禮，並認同這種港式創作精神。像作曲家黎允文深信，黃胡二人的武俠片音樂，是最有香港特色的電影音樂；[20]《功夫》上映版不乏數碼中樂，而非全為電影原聲的中樂團重新演繹版本，是因為導演周星馳認為這樣才有港味。[21]《黑社會II以和為貴》中，杜琪峯要求作曲家改動一段以傳統方式吹奏中國笛子的音樂，理由是此片非中國電影，而是香港電影。杜氏更向作曲家表明，此片音樂必須要有中國、香港及國際元素（Ellis-Geiger, 2007: 135; 146-148）。幾個例子說明，港式中國風的核心精神，深深影響千禧後的影人。

實踐上，儘管新一代電影音樂人相比上一代較少接受中樂訓練，但他們骨子裏早受用於前人的創作經驗，以自身方法進行新

---

19 本節不會討論賀歲片中較公式的賀歲音樂。

20 黎允文，私人訪問，羅展鳳訪問，張志偉校正，2022年5月18日。

21 據黃英華憶述，周星馳曾向他說：「我沒有錢找Hans Zimmer？我找你，不是因為我沒有錢找Hans Zimmer，我就是要你那些假及爛，為甚麼要這麼好？」參看「黃英華談喜劇音樂」講座，香港原創電影音樂大師班主辦，2022年8月3日。

一波的港式中國風實驗。黃英華早年跟黃霑及胡偉立共同參與製作《梁祝》(1994)的音樂，對中樂早有認識，及後在《功夫》及不同電影都見他對運用港式電影中樂的掌握；原擅長搖滾的陳光榮在《傷城》創作了以16分音符拉奏二胡的音樂，並找來二胡大師黃安源幫忙；另陳氏更為中美合拍片《太極俠》(2013)自學古琴，創作出中樂主導但具現代氣息的音樂；[22] 近年如新晉電影音樂人黃衍仁，也為創作《濁水漂流》主題曲自學二胡。

綜觀而言，面對港式中樂邊緣化的劣勢，合拍時期嘗試港式中國風的香港影人，仍有限度地做了兩種重要的實驗。第一種實驗多發生在合拍武俠片。蒲鋒(2012)認為多數合拍武俠片都「去俠義化」，少講庶民關懷，多講民族及官場犬儒權鬥。惟少數香港導演曾在合拍武俠片尋求突破。陳可辛的《投名狀》(2007)刻劃清末內戰時的人間地獄，當中主角不斷投靠有勢力的軍事陣營，但最後仍是兩面不是人的「異鄉人」(石琪，2012)；電影的音樂刻意在華里活音樂框架內加入搖滾變奏，但相對克制。進一步遠離華里活的是同為陳導演的《武俠》，主角為脫離殺戮良民的家族，隱居鄉間，最後被同鄉追殺，如石琪(2012)說，電影有「避秦」隱喻及異鄉情結。《武俠》音樂比《投名狀》多樣化，畫外音結合不同西方音樂風格，又刻意加入如鹹水歌及中國禮儀音樂作為畫內音，是特殊的中西樂處理。《四大名捕》(2012)也是一例，反叛搖滾之聲貫穿全片，但不時加入傳統洞簫、古琴及手搖鈴。至於《三國之見龍卸甲》(2008)及《錦衣衛》(2010)，都以中國傳統樂器作主導，但其曲式、節奏、演奏方式及音樂類型的

22 陳光榮，私人訪問，張志偉、羅展鳳訪問，張志偉校正，2022年8月30日。

組合，卻相當破格及天馬行空。上述處理都是相當精彩的中西合璧實驗。

以香港城市作背景的合拍電影屬第二種音樂實驗，當中加入新派中樂筆觸，屬八九十年代少見。《旺角黑夜》（2004）用中國敲擊樂和笛子打造一個具俠義的香港地下世界（金培達，2007：43-4）；《傷城》以二胡及維吾爾族男聲吟唱，代表主角殺人復仇的陰暗面；《殺破狼 II》借嗩吶代表主角身陷跨國販毒集團陰謀下的吶喊；《追龍》（2017）中，死亡、離別及兄弟情感均以二胡訴說；《濁水漂流》主題曲尾段也用上二胡短奏，象徵葬禮。以上電影城市感重，全片音樂以西方或世界各地音樂為主，當中的中西樂混合，有限度地延續港式中國風傳統。

能夠大膽以中樂配合電影主題作全片基調，必須提及《黑社會》及《黑社會II以和為貴》兩齣電影。兩片表面上有關香港黑社會「話事人」的選舉故事，但導演杜琪峯進一步說兩片也是有關中國人的歷史（Teo, 2007: 246）。電影裏的中國脈絡，可見於三條重要線索：一、黑社會源於反清復明的社團，信奉「愛兄弟不愛黃金」的義氣信條，但在現今香港已成空話。兩片花時間描寫入會儀式及朗讀情義信條，刻意和片中黑幫殺戮行為造成反差；二、片中黑幫話事人選舉，由少數元老決定，是關心個人利益的傳統老人政治；三、內地官員為免黑幫活動失控，採取招安政策，要黑幫取消話事人選舉，改由他們可信任的現屆話事人一直連任。為配合這幾條危機四伏的線索，導演找來羅大佑為《黑社會》度身訂做充滿江湖殺機的主題音樂《云宮音》，當中結他以武俠片中如古箏般彈奏，配上深沉的大鼓敲擊及零碎落魄的鈴聲，節奏緩慢中暗藏殺機。《黑社會II以和為貴》則請來外籍作曲家Robert Ellis-Geiger以弦樂加強陰深力量，但仍使用張揚的大鼓及中國鈸聲為音樂定調。兩集《黑社會》充分呈現新派港式中國風，是合拍時期影音融匯最成功的作品。

綜合兩節，可見在合拍及全球（荷里活）化力量下，香港電影中廣東歌和港式中樂明顯呈現疲態，可喜是仍有電影人開拓新的粵語混種及港式中國風混雜文化。惟全球化影響力異常弔詭，它壓抑廣東歌和港式中樂製作，但又帶來全球音樂流通，為所有港式混雜電影音樂提供創作養分（包括廣東歌），當中荷里活常採用的西方或全球混種音樂，又成為世界電影音樂創作的趨勢。下兩節探討合拍時期香港電影人，如何利用這些荷里活趨勢，打造港式西化及世界主義身份新想像。

3. 歐美樂章：多元西化香港

比起粵語電影歌曲及港式中樂，合拍時代更常見的是不同類型的歐美音樂。以下先看一些例子：

- 舊歐美流行歌曲：例如《歲月神偷》（2010）的《I Wanna Be Free》、《激戰》（2013）的《Sound of Silence》、《給十九歲的我》（2023）的《Those Were The Days》等。
- 原創英文歌曲：《東風破》（2010）、《狂舞派》（2013）及《狂舞派3》（2021）內有不少原創英語民歌、搖滾及饒舌。
- 既存古典音樂：巴赫、貝多芬、莫札特、舒伯特等作品，可見於《父子》（2006）、《親密》（2009）、《月滿軒尼詩》（2010）、《藍天白雲》(2017) 及《G殺》（2018）。[23]

---

23 嚴格來說《藍天白雲》非使用既存古典音樂，因電影片尾註明其原創音樂是從莫札特作品「啟發」而來。

- 原創歐美風音樂：《伊莎貝拉》（2006）用葡萄牙音樂、《得閒炒飯》（2010）用爵士樂、華爾茲及探戈、《點五步》（2016）用歐美流行樂曲風、《黃金花》（2018）用俄羅斯曲風弦樂、《殺出個黃昏》（2021）則是放克（Funk）樂章。[24]

上述香港電影使用歐美音樂，表面看來無特別之處。近年全球市場競爭愈趨劇烈，好些亞洲電影都使用歐美音樂，營造其西化調子，吸引本土及海外觀眾。[25] 惟這觀點的問題是，它漠視了其實亞洲各地戰後獨特的「西化」史，會導致今天不同地方採用歐美風格電影音樂，產生不同文化意義。具體而言，我想指出，基於香港獨特的「殖民－回歸」歷史脈絡，合拍年代香港電影使用歐美電影音樂，其實參與了建構兩種只有香港人才可感受到的「港式西化身份」。要理解合拍時代的港式西化身份，要先回顧香港獨特的三個西化階段。

1. 第一階段「磨合期」。上世紀五六十年代，香港沒有某些東南亞地區的政治審查，[26] 港人大量學習西洋文化及現代化價值，打開了長達廿年學習「洋為港用」的中西磨合歲月。

---

24 部分電影只用歐美精緻音樂如古典、爵士、前衛音樂等（如《親密》）或流行音樂如搖滾、民歌、電子音樂等（如《狂舞派3》）。但有電影混合使用兩種類型（如《歲月神偷》）。篇幅所限，這裏不作進一步分類。

25 近年最成功例子，是全球大賣及贏得奧斯卡最佳外語片的韓國電影《上流寄生族》（2019），片中不乏令人印象深刻的古典音樂。

26 二戰後亞洲各地有迴異的現代化及西化體驗。如上世紀和香港共稱「亞洲四小龍」的台灣、南韓及新加坡，戰後經濟雖然急劇發展，但此期間南韓有廿多年軍權統治，而台灣有近四十年白色恐怖期；新加坡長期是威權主義統治。反觀同期香港政制雖非民主化，但在法治、言論自由及資訊流通方面卻遠超亞洲各地。可看 Lin et al.（2021）及 Lee（2022）。

2. 第二階段是七十至九十年代的「半唐番期」。這段時期，香港經濟發展迅速，而經過戰後廿年多的中西磨合，大部分港人自覺是個貫通中西的「半唐番」，既尊重孝義、又尊崇西方個人主義，並對香港成為亞洲最自由的中西匯聚城市感到自豪。

3. 千禧後，香港政治、經濟及文化工業發展困難重重，港人憂慮香港的西方聯繫會持續弱化，其自豪的西化身份受到很大挑戰。故近年出現了第三階段較複雜的西化經驗。一方面，有人堅持繼續吸納最新西方文化；從歷史角度來看，這是延續半唐番身份的文化實踐。但同一時間，民間亦出現「舊香港情懷」；不少港人在社交媒體開始集體緬懷英殖時期的舊區景觀、潮流文化、娛樂場所、低下層生活、舊公共屋邨等（林奧莉，2023；Ipsos, 2023）。這些緬懷活動，除了重申對昔日西化香港法治及言論自由價值的渴求，也注入千禧後新港人價值——對舊社區人情味的迷戀。這源於千禧後香港在全球城市發展邏輯下，古蹟及舊社區急速消失，掀起民間保育、懷舊及爭取發展宜居城市的活動。「舊香港情懷」並非一種要回到從前的情懷（restorative nostalgia），相反它巧妙地把新舊香港推崇的西洋價值糅合，是一種希冀這些價值可把香港重納正軌的「新懷舊主義」（reflective nostalgia）。[27]

在上述香港獨特的西化歷史基礎下，我們可以理解，千禧後香港電影，如何參與了建構新時代「延續半唐番」及「新懷舊主義」兩個新西化香港身份。

27 不同社會情境會催生不同懷舊情懷。如Boym（2001）認為懷舊可分成restorative及reflective兩種，前者純粹緬懷，是一種回到浪漫化過去的（不可能）欲望；後者卻明瞭不可能回到過去，透過思考過去的人事，作為重塑未來的基礎。Pickering及Keightley（2006）亦有同類分析。本文認為千禧後的「新懷舊主義」，明顯是後者。

先談「延續半唐番」。八十年代，用音樂走「半唐番」路線早已流行。當時全球音樂版圖中，歐美音樂早被聯繫到優雅、修養及格調（藝術性強的音樂）又或者摩登、時尚及現代（流行音樂）；本地電影人使用各種歐美音樂，配合本土電影故事，催生不同西化香港想像。[28] 千禧後新舊電影人，繼續吸納歐美音樂新潮，提升音樂創意技藝，延續各種半唐番香港想像。千禧後警匪片的現代城市景觀，沿用能量十足的交響樂並增添變化，早期著名例子有《寒戰》及《無間道》系列。杜琪峯拍的一系列都市小品如《單身男女》（2011）及《盲探》（2013），特意請來外籍作曲家撰寫音樂，為片內香港注入歐陸格調。《狂舞派》系列及《殺出個黃昏》等則大玩歐美流行曲風，編曲比八、九十年代更複雜，營造出新式西化時代感。特別的是，跨世代導演不約而同採用各種古典音樂曲風，藉此注入人文關懷色彩，例子如《父子》、《親密》、《暗色天堂》（2016）、《藍天白雲》、《淪落人》（2018）、《黃金花》、《叔・叔》（2019）、《花椒之味》（2019）、《幻愛》（2020）、《流水落花》（2022）、《白日青春》（2023）及《命案》（2023）等。這種偏愛使用古典音樂曲風的情況，比八、九十年代普遍。

至於另一批香港電影，則和近年民間舊香港情懷契合，打造出「新懷舊主義」的西化身份。張美君（2020）提出合拍片年代，出現了一批具「戀地情意結」的新懷舊主義電影。這類作品沒有以千禧年代的香港作故事背景，反而故事常設定於英殖歲月；即

---

28 八十年代起，不少賣座港產片採用本地作曲家寫的各類歐美風電影音樂，成龍的《A計劃》（1983）用交響樂、《龍虎風雲》（1987）用藍調、《秋天的童話》（1987）用爵士、《醉生夢死之灣仔之虎》（1994）用龐克（punk）、《川島芳子》（1990）用前衛、《野獸刑警》（1998）用迷幻搖滾，《無間道》（2002）更以印度色彩的佛教音樂配上交響樂。

便有些故事背景仍屬千禧後香港，但片中卻呈現很多英殖時代的象徵物，如大量取景於當年已存在的社區，或加入回憶英殖時代的情節。張美君說這些電影是回應近年保育運動、反思全球城市及再國族化的產物，但我想補充，使用殖民時代曾流行過的歐美音樂，是新懷舊主義電影內用以喚起觀眾回憶的重要創作元素。代表性例子有：《伊莎貝拉》取景於澳門舊區並用上葡萄牙音樂，也能間接喚起香港觀眾記憶中的英殖風情；《得閒炒飯》以傳統華爾茲、爵士樂及探戈音樂，配上片中華洋雜處幾十年的中環半山，抹上淡淡歐陸色彩；《月滿軒尼詩》以灣仔舊區小店配搭古典音樂，人情味滿溢；《點五步》描繪八十年代公屋生活點滴，音樂用上當時的歐美流行曲風。

上述電影來自跨代創作班底，足見資深及年輕電影人均有着新懷舊主義情感。惟資深導演因有更多個人經歷及資源，在經營新懷舊主義電影方面，或有較持久及突出的表現。張婉婷在《歲月神偷》重塑六十年代上環永利街的庶民生活，電影多番使用搶耳的愛爾蘭笛，又用了當年Monkees流行曲《I Wanna Be Free》。負責音樂的黎允文直言，電影的音樂「有殖民地的感覺」。[29] 在天時地利人和的情況下，此片促使政府放棄重建永利街。張導《給十九歲的我》拍攝千禧後英華女校同學生活，配上1968年Mary Hopkin的大熱英文歌《Those Were the Days》，一種「英殖時代名校在新時代走下去」的味道呼之欲出。[30] 如果張導傾向緬懷英殖年代精英教育，那杜琪峯則是舊區民間的「守護者」。千禧前後杜琪峯（無論監製或導演）沒追趕合拍大片的潮流，反過來記錄

29 黎允文，私人訪問，羅展鳳訪問，張志偉校正，2022年5月18日。

30 此片曾引發紀錄片拍攝倫理爭議而停映，執筆時未知會否再公映。

這城市的舊區情懷與風光；《鎗火》（1999）、《黑社會》（2005）、《放・逐》（2006）、《跟蹤》（2007）、《鐵三角》（2007）、《文雀》（2008）、《樹大招風》（2016）等都是例子。然而，杜琪峯作品除了視覺化香港情懷外，亦仰賴歐陸色彩濃厚的音樂為電影作基調。其實自2006年起，杜琪峯開始探索歐美市場；為了遷就西方品味，音樂上幾近全部使用法國、加拿大或澳洲的作曲家；杜氏要求外來作曲家的創作要以歐陸音樂為主導，並採用迥異於荷里活的手法，更需適時注入一定程度的東方色彩，結果形成一種杜氏電影特有的「歐陸情懷」。例子如大量取景於上環舊區的《文雀》，用上六十年代西方電影常有的法式花都風味音樂及深情軟語香頌，藉此體現懷舊香港風情。新懷舊主義電影作品中，以杜氏作品的歐陸色彩最濃烈及貫徹，強烈呈現他心目中一個要傳承下去的歐陸香港情懷。

前述電影借用音樂建立西化香港的混雜身份，明顯在合拍主旋律電影外另闢蹊徑。但西化以外，香港人多年來還希望在國際層面上被認可為有世界視野的人。西化和國際化都倚仗外來聯繫，但國際化身份更為開明通達——香港人要同時認識及尊重本地/中國、西方，以及非西方領域的世界。[31] 學者稱這種傾向為「文化世界主義」（cultural cosmopolitanism）（Cicchelli, 2019; Hu, 2018）。下兩節會說明，香港電影音樂建構文化世界主義身份的今生與前世。

31 在香港民意研究所的身份認同程度調查中，自2007年起，香港市民對「世界公民」（global citizen）身份的認同感一直在7分左右徘徊（10分代表絕對認同，0分代表絕不認同）。見：https://www.pori.hk/pop-poll/ethnic-identity/q-strength-combined.html（2023年5月29日瀏覽）。

4. 全球混種：民間世界主義

本節探討香港電影音樂在合拍時期打造的第四種香港身份——文化世界主義。這概念最簡潔的說明為：全球化網絡內的社會，文化都傾向對外開放，而世界各地好些媒體產品，都會呈現擁抱跨國族文化的世界主義色彩（Chou, 2020; Jenkins, 2004）。本節先說明電影音樂中全球混種（Global Mix）的創作手法，然後闡明合拍時期香港電影如何以全球混種音樂，打造港式世界主義想像。

先看全球混種。自有聲電影誕生以降，世界各地電影音樂開始互相影響，電影人亦發展出兩種全球混種的創作手法。第一種為跨文化拼湊，即把各種跨文化音樂類型的樂章，各自獨立地配置於同一套電影的不同位置；[32] 第二種為匯流混種，即把不同音樂類型或樂器糅合在新創作的同一首樂章之內；一套電影可以有不同經匯流糅合的樂章。[33] 今日全球混種變成創作潮流，[34] 近年亞洲一些例子有：

- 《大佛普拉斯》（台灣，2017）：以拼湊手法用上民謠、台灣地方小調、日式演歌、南洋風、加勒比海風、衝浪風（Surf）、

32 如三十年代個別中國電影內，就先後出現華爾茲、宗教音樂、爵士樂、拉丁舞曲、中國民歌及時代曲。見葉月瑜（2000：39-66）。

33 如Ennio Morricone在六十年代為意式西部片做的多首樂曲，就分別糅合了意大利歌劇、美國民歌、蓋爾特（Celtic）及額我略聖歌（Gregorian Chant）搖滾、爵士及具象音樂（Musique concrète）。見Leinberger (2004)及Kalinak（2010：73-4）。部分日本作曲家亦是此道高手，可看Lie（2011）。

34 世界主義/國際化成為各地民間及政府用語、跨文化音樂可提升電影國際化形象、數碼科技有利混種音樂創作等，都是全球混種音樂創作越來越受重用的原因。

藍調、搖滾、爵士及電音等。[35]

- 《出貓特攻隊》(泰國，2017)：泰語跳舞流行曲及民歌外，也有既存古典音樂、浩室電音、迷幻舞曲、搖滾及提琴獨奏。
- 《獨行月球》(中國，2022)：重型低音交響樂、環境音樂、簡約主義、金屬搖滾、浪漫主義交響樂、無調性交響樂、中國民歌、美國鄉謠、爵士歌曲、傳統搖滾等類型，有拼湊亦有匯流。
- 《殺破狼 II》(中港合拍，2015)：安魂曲、簡約主義、環境音樂、搖滾電音、工業噪音、浪漫主義古典音樂、現代主義交響樂、聖詩、梵音、結他民謠，也是有拼湊亦有匯流。

全球混種和西化做法不同。全球化時代，多種具民族色彩的音樂類型，都經由美國音樂及電影工業流通全球(尤其是歐洲、非洲及拉丁美洲的音樂)，故不少音樂同時擁有西方及種族標記(western and ethnic markers)(Stokes, 2007)。電影內用的音樂強調民族性還是西方性，要看整體處理。一齣電影只用單一經西方(美國)傳播而廣為人知的民族音樂(如嘻哈)，其西方性會較其民族性突出，前節所述的《狂舞派》是一例；只用古典音樂的電影，其歐式西化情懷則較突出。至於這節上述的跨文化電影音樂，因為其充滿差異的音景(soundscape)，音樂民族標記會較易凸顯出來。如一套電影同時涵蓋歐洲古典音樂、具黑人傳統的藍調及拉丁美洲的Rumba，三者的民族標記會被即時凸顯。如在上述基礎上，使用較少在西方流通的其他民族音樂，如中國、日本、印度甚至廣東歌，整套電影會超越本土及西化色彩，並呈現一種具世界主義的音樂風景及身份想像。

---

35 部分來自電影原聲內的文案。

誠然，跨文化電影音樂至少在聽覺層面，嵌進了一種概括的世界主義精神；但當跨文化音樂被置於不同電影地方主題，會產生具地方色彩的世界主義。如特別強調歌曲、不看重古典音樂及原創音樂的印度電影，就有其獨家混種手法（Beaster-Jones, 2017: 107-119）。但和本文最有關係的，是具中國特色的音樂世界主義。如《戰狼2》全片強調中國營救非籍人民，採用的非洲民樂就被收編入民族主義框架。前述《獨行月球》的音樂進一步開放（見上），但影片由諷刺國際政治的韓國原著變成為國犧牲的愛國電影。全球混種音樂碰上中國主旋律電影，可以算是建構愛國世界主義（cosmopatriot）的工程（Xiang and Wang, 2022）。[36]

合拍時期，有香港導演製作上述主旋律電影，但亦有不少導演，利用全球混種音樂繞過主旋律，打造香港民間版本的世界主義（vernacular cosmopolitanism）。[37] 這種民間路線，有兩種。

第一種樂觀豁達，直信世界主義原則可以放諸香港實現的想像，我稱為自由世界主義。這種樂觀意識，可追溯至深信香港經濟和文化非常國際化的黃金時代主流意識。如《重慶森林》（1994）和《墮落天使》（1995），就演員、景觀到音樂都很國際化，一曲《California Dreaming》更滿載「衝出香港」情懷，同期《金枝玉

36 近年主流中國電影外有新暗湧。如使用全球混種音樂的《除暴》（2020），是中港合拍中型動作片，有大型片少見的警匪心理描寫。中國近年網劇同樣複雜——像網劇《漫長的季節》（2023）講述改革開放後中國弱勢群體的庶民生活，所用音樂從鄉謠到Bossa Nova音樂，再到中國電子搖滾歌曲。內地這種全球混種音樂新趨勢，值得注意。

37 在社會學範疇內，民間（或譯庶民）世界主義，是指具體庶民如何在現實活出具世界主義傾向的生活面向。此觀點可參看Werbner（2006, 2018）及Delanty（2014）。

葉》(1994)亦都把香港拍成跨文化音樂媒介都會。[38] 千禧後，香港經濟節節敗退，發達國際城市想像，漸失去現實基礎。惟一班仍深信自由世界主義的資深導演，無獨有偶，不再以香港現況為起點，改借五六十年代老香港——一個經濟文化曾雙贏的國際都會起源年代，把民間仍存在的國際視野，以近乎烏托邦方式呈現出來。例子如《功夫》(周星馳，2004)，背景是半上海半香港的虛擬民間，又大量挪用香港及西方電影的互文與音樂元素，是合拍初期最樂觀的環球影音嘉年華。《一代宗師》(王家衛，2013)故事則發生於中國內戰前後，當中南北功夫宗師較量，葉問說：「其實天下之大，又何止南北。」天下於此，意即面向世界；電影使用了跨文化音樂，很配合故事(見第五節表二)。[39]《繼園臺七號》(楊凡，2020)以六十年代香港做背景，觸及政治，更多是寫小資產階級的情欲自由，並配上崑曲、饒舌、華爾茲、國語時代曲及印度音樂。幾齣作品風格迥異，但同樣繞過前述的愛國世界主義，亦有強烈衝出香港的情懷；惟由於選擇老香港作故事背景(下節會進一步詳談幾位資深導演對老香港混雜香港文化的執愛)，其國際自由的香港想像變成希望式寄語，而非扎根於千禧後隕落的「後國際香港」民情。

千禧後，也有新世代電影人未懷樂觀，改拍「後國際香港」民間故事。部分作品在上節討論過，如使用歐美音樂的新懷舊主義電影，又或者用古典樂章的文藝片等。這節要說的電影，

38 當年《英雄本色》(1986)或《警察故事》(1984)已經把香港拍攝成國際金融大都會，但音樂上傾向着重西式弦樂。見張志偉、羅展鳳(2023)。

39 《一代宗師》的音樂具強烈世界主義取向；葉偉信導演的《葉問》系列，故事民族取向強，音樂傾向採用第二節所說的華里活風格。

同樣描寫當下香港，卻刻意選擇使用跨文化音樂，為電影內的庶民空間添上混雜多元色彩，並呈現這個多元民間如何和世界主義早已失落的現實香港周旋，最後融會出較鮮明的迴異國際香港新想像。[40] 我稱這取向為「失權世界主義」（disenfranchised cosmopolitanism）。以跨文化音樂方式說「新香港故事」，最少可分成三種創作路線細看，但部分仍屬一次性實驗，之後會否成為新創作常規，還看票房、評論及創作人意向。但這些嘗試各有精彩，值得記錄。

第一種是寫實嘗試。如《夜香·鴛鴦·深水埗》（2019）用寫實手法，以四個不同故事呈現了多種香港地景，包括鄉郊、文青地帶、區選街頭、深水埗大小老店、大牌檔茶餐廳、雨傘及反修例運動前後的中環、金鐘等。這些場所大多非傳統國際都會符號，卻呈現了各種失權庶民面貌，當中包括老一輩僵化的香港意識、舊區士紳化陰霾下的城市空間、龐大的社會下流壓力、急降的香港國際地位、陰魂不散的西方霸權及具國際視野但參政失敗的青年處境。電影中的音樂，整體編織出一幅香港混雜音景，當中有舊式粵語流行曲、本地英式搖滾、華爾茲樂章、歌劇音樂、西班牙結他獨奏，最後還有代表國際共產運動的《國際歌》。導演心思巧妙：現實香港變樣，但民間混雜文化根基還在。[41]

40 有些如《三不管》（2008）、《奪命金》（2011）及《低壓槽》（2018）等，都是描寫千禧後香港都市問題的電影，卻沒用上全球混種的音樂。篇幅所限，有機會再分析。

41 合拍期間許鞍華以寫實手法拍了《天水圍的日與夜》（2008）及《桃姐》（2011），細膩描繪低下層生活，但卻不強調時代背景，音樂也走簡約路線。

第二種是荒誕喜劇。合拍時代，不少電影故事以消失舊區與居住問題作背景，當中有些以荒誕劇情配上具喜感的跨文化音樂，別樹一幟。《死開啲啦》(2015)就把深水埗的「新香港國際空間」呈現出來——追不上時代的人(包括被地盤施工喚醒的善良半唐番殭屍紳士)，不分國籍(戲中有潦倒英籍租客)，都可能成為深水埗住客(因租金較低)，又隨時可被把香港建設為「世界城市」的發展商趕走。影片迴避沉重調子，用笑中有淚的手法揭示民間苦難，其音樂則以華爾茲作基調，並作出多種變奏(如加入古鍵琴、扭曲地拉奏小提琴)，也有以跨文化音樂匯流混種——當中一場少女道士、黑人牧師與半唐番殭屍混戰，就用了嘻哈節奏、詠唱，再加中國笛子及西塔琴演奏。[42] 把深水埗的新國際境遇及民間音景作出如斯混種想像，可能是香港電影第一次。[43]

前述兩種創作路線，較關注全球化及再國族化影響下的本地社會。惟最後一種創作嘗試，來自合拍警匪片《殺破狼 II》；電影提升至控訴今天跨國權力草菅人命的寓言，故這個寓言雖關乎香港，但也關乎全球失權的庶民。這種把本地與全球緊密連繫的電影，Sassen(2003: 24–5)如此形容：「本地與全球現已直接交鋒，全球則內置於本地中。」電影開場頭五分鐘，已把這「本地—跨國」的庶民失權狀態展開：開場小女孩在血海掙扎求生，

42 監製林家棟及作曲家韋啟良表示，深水埗的「國際面向」及跨文化音樂使用是刻意為之。見林家棟及韋啟良，私人訪問，張志偉、羅展鳳訪問，張志偉校正，2023年5月30日。

43 其他電影如《打擂台》、《低俗喜劇》(2012)、《衝鋒車》(2015)、《金雞SSS》及《西謊極落》(2017)也使用荒誕影音融匯手法；篇幅所限，此處未能分析。

之後連串有關跨國販賣人體器官集團的不同活動，在地鐵中的香港孕婦無故被擄走，香港偷運器官集團的活動及警方追查，插入俯瞰國際都會夜景，以及泰國獄長主使擷取人體器官手術等；故事展開後還涉及韓國黑幫。電影內的跨文化音樂，非指涉香港本土混雜文化，而是以人文關懷視點，呈現全球失權庶民的三種狀態：憐憫、絕望、救贖。全片以莫札特的《安魂曲》（Requiem in D minor）開場，有強烈尋求安息和憐憫的調子；片中打鬥情節，用上糅合多種類型音樂的樂章，以暗啞音色統一調子，表達失權者的存活狀態；而多次臥底探員拼死作戰，吶喊式的嗩吶就吹起配合。片末主角和獄長生死戰，交替使用韋華第《四季》（Four Seasons）的《夏：急板》（Summer, Presto）及莫札特《安魂曲》的《赫赫君王》（Rex Tremendae），叩問生命何價，是全片最具救贖意義的一刻。總的來說，《殺破狼 II》以全球的失權民間視點控訴跨國權力踐踏生命，以跨文化音樂編織人文關懷的音景，既香港，又不止香港。[44]

上文例子足夠説明香港電影人，有努力繞過合拍片壓力，用跨文化音樂探索如何呈現具港人視野的不同國際身份想像。上面提及資深導演偏愛將其樂觀世界主義寄寓於老香港故事中，下節將先以《一代宗師》作焦點討論。

5. 時代音景：老香港眾聲道

2013年，王家衛導演的《一代宗師》上演，技驚四座。《一代宗師》的電影音樂佈局巧妙，可分兩個混雜層次，分別衍生兩種

---

44 其他電影如《手捲煙》也有類似處理。

文化世界主義。首先，上節早指出，《一代宗師》整體上有跨文化拼湊音樂使用（第一層次），打造的是自由世界主義；[45] 惟王導在這跨文化拼湊編排之內，再「搭建」了一個五六十年代、跨地區音樂匯流於「老香港」的混雜音景出來（第二層次）；它打造的是「老香港眾聲道」身份。一般而言，由影音融合出來的各種世界主義想像，所用音樂並無時空限制（可見上一節亞洲電影例子）。「老香港眾聲道」想像，卻特別取材自五六十年代香港曾經流行的跨文化音樂類型。它建構的，是屬於老香港的「時代音景」，以及一種獨特的港式文化世界主義身份。

全球發行的《一代宗師》，其實僅使用跨文化音樂拼湊，已足夠滿足世界各地觀眾。惟王導卻堅持在此之內，同時重現五六十年代香港的音景及「老香港眾聲道」想像。這個做法，說是王導利用電影音樂給香港人複雜身世的一封情書，應不為過。[46] 惟眾聲道身份，有頗複雜的老香港背景，我會先以《一代宗師》作例（見表二），逐步展開說明。

《一代宗師》故事可分佛山和香港兩部分。電影前半，故事多發生在佛山最西化的妓院金樓。片中先有現場演出的南音及京

45 全片音樂由梅林茂負責，當中有原創音樂，亦有梅林茂早期為日本電影《其後》(1985) 創作的既存音樂，也有此節所說的時代混種拼湊音景，整體上就是第四節所說的跨文化時代音景。

46 片中純跨文化拼湊音樂（第一混雜層次），因着影音融匯意義上的相對開放性，可同時滿足香港及外國觀眾，做法一石二鳥。首先，跨文化拼湊和中港歷史故事配合，融合出對香港觀眾有特殊意義的自由世界主義。其次，導演深明外國觀眾不諳片內中港歷史，但知道僅僅以精彩的跨文化拼湊音樂，仍可滿足外國觀眾。這「市場」策略，可反映於國際及香港版的電影原聲：國際版刪了幾首老香港歌曲，但在香港版卻保留下來。

表二：《一代宗師》片中挪用歌曲 / 音樂所建構的老香港眾聲道

挪用歌曲 / 音樂	音樂出版年份	劇情年份	劇情發生地點	音樂類型	歌手 / 作曲	人物及情節
何惠群《嘆五更》	1830	1936	佛山	南音	阮兆輝代唱	葉問憶述和妻子上金樓（妓院）聽曲的日子（廣東第一間有電梯的妓院）。
《四郎探母》「坐宮」	1925	1936	佛山	京劇	李晶唱	北派武師宮寶森來到佛山，訪金樓。
《聖母悼歌》（Stabat Mater）	13 世紀[47]	1936	佛山	意大利語宗教音樂	Stefano Lentini 作曲	宮二在金樓等待葉問比武。
《何日君再來》	1939	1938	佛山	上海時代曲國語 / 日語	李香蘭歌唱版本	連串淪陷時期片段的背景樂曲。
《天之嬌女》，原曲來自 Buttons and Bows	1955	1950	香港	粵語時代曲	何大傻、呂紅唱	葉問初到香港。
《良宵真可愛》[48]	1959	1950	香港	粵語時代曲	許艷秋唱	葉問初到香港。
《四郎探母》「見娘」	1925	1950	香港	京劇	余叔岩的唱片版	葉問拜訪丁連山的背景音樂。
《洪羊洞》	1925	1950	香港	京劇	余叔岩的唱片版	宮二拜亡父時音樂。
《玫瑰玫瑰我愛你》	1940	1952	香港	上海時代曲	姚莉	張震開白玫瑰理髮店，並開館教授武功。
《風流夢》	1935	1952	香港	粵曲南音	小明星	大南街茶室內，葉問和宮二會面。
La Donna Romantica，取自電影《大浪子》（Come Imparai Ad Amare Le Donne）	1966	1952	香港	鋼琴協奏曲慢板（原為電影音樂）	Ennio Morricone	大南街茶室外街上，葉問和宮二會面。
Deborah's Theme，取自電影《義薄雲天》（Once Upon a Time in America）	1984	1953	香港	弦樂慢板（原為電影音樂）	Ennio Morricone	葉問定居香港後香港歷史畫面與葉問生活片段。

47 源頭為十三世紀宗教音樂，多年來重新編曲版本不計其數，電影用的是作曲家受約於導演創作的新版本。

48 《良宵真可愛》只在影碟出現，公映版用的是《天之嬌女》。

劇，[49] 然後是畫外音的《聖母悼歌》；[50] 到佛山淪陷，再傳來曾全國流行的上海流行曲《何日君再來》。廣州是當日上海之外中西匯聚的地區之一，王導用音樂把金樓（廣州）塑造成中西文化小熔爐，合乎情理。到電影後半部，政局大變，廣州已非中西音樂交匯之地，劇中主角都在1950年前後遷居香港。此時，在電影前段高級妓院出現過的中西音樂，都更廣泛地流落在香港民間：京劇（錄音）在民居及街頭聽到、國語流行曲在上海理髮店揚起、吸納了南音的粵曲則轉到茶樓娛樂平民百姓。神來之筆還有葉問來港時，配上香港民間自創「洋為港用」的粵語流行曲。五十年代，香港百姓慢慢開始從電影大量接觸西方音樂，王導利用畫外音，用上兩段近乎11分鐘、由Ennio Morricone分別在1966年及1984年創作的電影音樂，利用音樂想像去象徵西方文化在香港民間的生命力；前段配合葉問與宮二於大南街的深情對話片段，後一段置在葉問決定留港生活，畫面是1953年英女皇加冕、炮竹在停泊西洋房車的現代化街道響起、葉問說「從此我只有眼前路」的歲月，片末進入1960年代的香港摩登——一個自清末民初開始，中國最混雜多元的國際大都會繼承者。

為何說《一代宗師》的音樂能建構出「老香港眾聲道」混雜身份？不少學者都指出，五六十年代香港並非文化沙漠，而是當

---

49 當年妓院常見「瞽師」或師娘作地水南音演出，但卻非京劇。不過，其時京劇團有南下廣州演出，如果說戲內南派武師僱用京劇名家演出，藉以禮待北派功夫高手走訪金樓，也合情理。有關南音在粵廣兩地傳播，可看余少華（2014）；京劇在廣州及香港的情況，可看伍榮仲（2019）。

50 雖說廣州是當日上海之外中西匯聚地區之一，但由當代作曲家新編的《聖母悼歌》出現於金樓內，並不符合劇情時空；王導巧妙地用畫外音的方法（即音樂非在畫內故事演出，而是畫外導演安排插播），引入這首樂章，既用來表示女主角複雜的心情，也為金樓塗上西洋色彩。

時文化最混雜多元的華人城市（吳俊雄，2009；黃愛玲，2003；盧瑋鑾、熊志琴，2017）。黃愛玲（2003）說：「五十年代的香港電影和香港社會，是異常多元和複雜的，目下本地文化的很多特質，其實都可以在這個特殊的時代找到根源。」這觀點可應用於音樂。前幾節討論的粵語電影流行曲、港式中樂、西化和全球混種各種混雜音樂，其歷史根源都可追溯至五六十年代「異常多元」的音樂土壤。王家衛在劇情片格局下，有選擇性地使用當年流行過的重要音樂類型，能把戰後香港音樂百川匯流的氛圍呈現出來。以下扼要闡述這情況（吳俊雄編，2021；黃奇智，2000；黃湛森，2003）：

- 南方音樂向來不拘泥淵源，來者不拒。粵語流行文化如粵劇、粵樂、戲棚、大笪地、茶樓歌壇、粵語長片、戲曲廣播、天空小說等吸納外來文化，發展蓬勃。其實1920年代以來，粵劇及粵曲都進行了多次有意識的現代化嘗試，《一代宗師》用的粵曲，既吸納傳統南音又加入西洋樂器就是一例；[51]另外，葉問來港時，電影亦用上了其時剛起步發展的粵語流行曲。
- 國語時代曲和北方音樂人才流入香港，轉眼間國語電影、時代曲、夜總會、舞廳種種西式中國流行文化，移植到港，成為香港文化標記。時髦的上海時代曲，到1960年代中才退潮。傳統京劇用北方話，雖不如粵劇流行，但亦佔一席位。京劇對後來港式文化影響甚深，如動作片的北派動作；[52]很多港產片亦有以京劇表演者作故事主或副線。《一代宗師》用上幾首著名

51 如仙鳳鳴、真善美等不少粵劇團進行音樂、歌詞、演出、舞台現代化的嘗試。見容世誠（2012）。

52 當年早期北派武師如袁小田、于占元、粉菊花及韓英傑等，為日後香港電影靈活巧妙的動作場面設計定下基礎。可看香港國際電影節（2006）。

京劇及上海時代曲，點出香港的京滬文化根基。[53]

- 戰後英殖民香港時代，文化流通更自由，大量歐美以至世界各地的電影及音樂流入香港，成為市民的日常娛樂，就連粵語片都大量援用歐美音樂作配樂。《一代宗師》內收入擅長糅合歐美及各地音樂的電影作曲家Morricone的作品，很能象徵香港民間對外來文化來者不拒的生命力。

以電影音樂構築五六十年代眾聲道，其實早有先例。九七回歸前，香港電影掀起過一股回望五、六十年代香港文化的熱潮，意欲抓緊昔日文化累積，肯定自身價值。例子如《92黑玫瑰對黑玫瑰》（1992）、《射鵰英雄傳之東成西就》（1993）、《新難兄難弟》（1993）、《新不了情》（1993）及《金枝玉葉》（1994）等。雖然上述電影的故事背景由古裝到九十年代皆有，但其時電影名字卻全借昔日經典電影作招徠，同時亦採用大量五六十年代流行的國粵語音樂、歐美甚至世界各地的音樂，有着眾聲道的混雜特色。上述各電影很賣座，當日「老香港眾聲道」，很受香港觀眾歡迎。可以說，《一代宗師》的音樂處理，傳承了九七前早已出現的「老香港眾聲道」。惟王氏用眾聲道音樂來配合電影內為香港多元文化尋根的故事，觸及中港歷史進程，視野上確比九十年代使用眾聲道音景的電影行前一大步。[54]

如此看來，合拍片時代用電影音樂炮製的「眾聲道」身份，就是翻箱倒籠，把老香港的混雜多元、雅俗共融、富世界視野的音樂身世，再來一次紀慶式協奏，向觀眾宣告：「這就是香港多

53 五十年代還有崑曲、潮樂及福建音樂等在港流通，參看余少華（2013）。

54 《金雞》及其續集有嘗試重構七、八十年代音樂氛圍，但用的全是當年的流行曲，而這做法沒有後續。

元包容文化的根源！」——這是為何前文説這是王導給香港歷史致敬的一份情書。惟這種獨特的文化世界主義身份，也許較難得到新一代共鳴。新進影評人多喜愛《一代宗師》，但南音或舊國粵語時代曲早非陪伴他們成長的音樂，其評論並沒談到電影的混雜音景。千禧後，其實周星馳的《功夫》及楊凡的《繼園臺七號》，在音樂上有使用眾聲道手法，其混雜音景也較少受人注目。千禧後較年輕的電影人，如要玩極度混雜的音樂方案，大多採用不同時空的音樂，多過專注某一個時代的舊音樂，這點上節已討論。可喜的是，合拍時期有決心重現五、六十年代香港混雜音景的導演作品，無不是精緻之作，也是欣賞港人重建香港混雜音景的重要窗口。總的來説，「老香港眾聲道」身份的未來走向，還得看歷史發展。

結論

本文研究有兩個啟迪。

一是有關合拍時期香港電影。為求重新審視合拍時期香港電影混雜性，本文引入影音融匯概念，研究跨地域音樂如何於本地電影在地化，並「重新發現」合拍時代五種視聽實踐所創造的混合香港身份想像。説「重新發現」，因為這些視聽實踐早「存在」多年，只是甚少被討論。這些混合香港身份想像，正好揭示合拍時代香港電影（音樂）人的創作韌力。我希望本文具體的研究結果，能對香港電影身份是否消逝的討論有所貢獻。

啟迪二，是由本文引伸出來的新研究方向。

能夠重新發現前述不同混合香港身份想像，全因為本文把電影音樂納入研究焦點。從視聽實踐角度看，歷年來以影像主導的文獻（包括討論合拍時代電影）有兩個缺失。一、多數文獻忽略電影音樂的認知及情感角色，令其分析欠全面；如音樂在千禧後新懷舊主義電影的角色異常重要，但文獻中鮮有系統性討論。其次，由於對電影音樂不敏感，現存文獻對一些看似消逝或新興影音實踐所打造的香港想像，更完全忽視——前者包括仍有一定韌力的粵語混種（如新舊粵語電影歌）及港式中國想像（如《旺角黑夜》和《武俠》），後者則有失世界主義身份（如《死開啲啦》及《殺破狼 II》）。本文引入視聽實踐概念，能彌補上述缺陷，擴闊對合拍時代香港電影身份光譜的認識。

從上述理解出發，我希望提出一個新的香港電影多元身份研究議程。這個議程，由本文合拍時期的焦點，擴展到重新審視不同時代的香港電影，並引入視聽實踐分析，解決過往文獻多以影像為研究基礎的不足。研究者一方面可從現存香港電影研究成果出發，加入音樂分析，重組出不同影音實踐，豐富某些已知香港電影身份想像的認識；這是「更新」過往研究成果。此外，研究者也可用電影音樂作為啟發性工具（heuristic tool），發掘一些其實具獨特影音實踐及本土想像、但卻在過去文獻被忽略的電影；這是「發現」取向的研究。

按香港身份發展趨勢，這新研究議程可分成三段：老香港、黃金年代及合拍時期。這分期有助理解香港電影中本土想像的今生與前世。本文曾指出，合拍時期香港電影的多種混雜身份想像，其實源於黃金時代港產片，當中有繼承，亦有轉化；有些轉弱（如粵語混種、港式中國、老香港眾聲道），有些越戰越強（如西化香港及世界主義），但整體混雜性似遜於黃金時代香港電影。老香港時期，穩定的港人身份還未建立，但仍隱約見到某些身份想像雛形（如文化中國、早期粵語電影歌）。本文有觸及上述過程，但深入理解當中發展的曲折過程，要靠更全面的研究。以下列出一些這新議程的重要研究問題：

1. 老香港（五十至六十年代）時期：此時期穩定鮮明的香港身份仍未成形，但本文「時代音景」一節早指出，這時期也是香港百川匯流、不斷吸納外來文化來進行本地化的多元創作期。以不同方式呈現香港的國粵語片，可有挪用不同西方音樂，建構不同的「西化香港」想像雛形？[55] 另外，從現存少數對此時期武俠片中樂、粵語歌唱片及青春片的研究，可進一步整合出第一波「粵語混種」及「港式中國」想像的雛形（余少華，2012；吳月華，2007，2011；黃志華，2008）。此時期最少討論是世界主義想像，但從音樂角度尋找，多講小市民在新興商業世界打滾的荒誕城市喜劇（頗多由新馬仔主演），常配上世界各地音樂，那會是種甚麼形態的世界主義身份雛形？

2. 黃金年代（七十到九十年代末）：黃金時代，令港人自豪的混雜身份快速成形，而曾被譽為港人身份重要推手的黃金時代港片，究竟用了甚麼巧妙的影音融匯實踐技巧，打造出各種耀眼港人身份？本文扼要提及（但未能詳論）一些其時影音融匯典範的例子，如成龍警匪片用西洋管弦樂、徐克武俠片用港式中樂、王家衛城市片配世界音樂、懷舊電影潮有老香港音樂，以及許冠文電影的粵語歌等，都是可供詳盡研究及解答上述問題的絕佳個

55 如中聯和左派電影公司傾向描繪其時資本主義社會問題；國泰電影公司描繪「上海化」的香港中產階級夢幻形象；光藝電影公司描繪小白領如何融入新興摩登生活等（黃愛玲編，2002，2006；藍天雲，2011）。惟當年電影多用「罐頭音樂」，評論多認為比原創音樂欠缺創意，所以除國泰歌舞片的原創歌曲外，上述電影的罐頭配樂，只有異常簡單的概括陳述，未有詳細記錄及分析。

案。[56] 盛世港片產量甚多，更多典範性電影個案，還有待發掘及分析——如周星馳古裝片用上現代化中樂，也是港式中國想像變奏。而樂觀香港想像以外，不少港片調子灰暗（如某些黑幫及英雄片），能把這些港片也一併研究，會大大豐富對黃金時代港片身份光譜複雜版圖的認識。

3. 合拍時代（2003年以後）：本文扼要勾畫了合拍時期港片如何傳承及轉化黃金年代港片混雜身份的故事。未來研究，可對此故事的資料及觀點提出修正，以及補充本文未有詳細探討的電影個案（如《打擂台》）。當然，還有定時審視之後的情況。

新研究如能進一步搜集音樂創作過程的資料，將為研究成果增添說服力。[57]

總的來說，新研究議程，旨在更完整地重構以下港片混雜身份的歷史發展軌跡：香港混雜文化，始於戰後廣納百川、不執迷於純正的精神，彌足珍貴；在過去幾十年變幻莫測的政經環境下，港式混雜身份在香港電影的影音實踐裏，得到滋潤、孕育、成長、傳承及轉化，以不同面貌回應時代挑戰。本文初探這段歷史，拋磚引玉，未來若能更進一步完整重構其歷史軌跡，相信對重新思考合拍時代香港電影是否「食老本」、被吞噬，又或者展示出「尚未完場」的新生模式，定能帶來更深刻的啟示。

56 現有文獻除了對徐克及王家衛的電影音樂有較多分析，其他電影的評論都少談相關音樂部分。

57 本文有採用這方法。但老香港時代參與音樂製作的人多已離世，亦有很少資料紀錄，是很大的遺憾。

附錄

本文省去許多電影相關的作曲家名字，以下將這些名字，不分資歷，按文章電影分析的討論次序列出。合拍時期香港電影音樂創作人背景混雜，正好呼應着各種影音融匯實踐的多元性格：何崇志、Teddy Robin、韋啟良、黃艾倫、翁瑋盈、my little aiport、陳樂中、黃衍仁、Nate Connelly、林二汶、Jing Wong、RubberBand、戴偉、Jan Curious & tombeats、Mike Orange×孫國華、伍仲衡、周國賢×ToNick、Gareth.T、王菀之、崔展鴻、mansonvibes、Luna Is A Bep、周漢寧、蔡德才@人山人海、馮之行、陳光榮、岑寧兒、黃英華、羅大佑、Robert Jay Ellis-Geiger、黎允文、金培達、Chatchai Pongprapaphan、高世章、王建威、Ken Chan、黃旨穎、Ketchup、阿佛、Heyo、五條秀美、黃祖兒、褚鎮東、Xavier Jamaux、Hal Beckett、恭碩良、馮庭正、鄒方寧、李端嫻、波多野裕介、林鈞暉、陳玉彬、江逸天、鍾志榮、張兆鴻、Dave Klotz 、Guy Zerafa、Fred Avril、梅林茂、于逸堯、Chapavich Temnitikul、盧偉華、陳俊廷、Teenage Riot、梁樂天 & The Outdoor Boys、陳詩慧、盧凱彤、廖頴琛、區樂恆。

參考資料

英文文獻

Beaster-Jones, J. (2017) 'Violence, reconciliation, and memory: A.R. Rahman's "Bombay Theme"', in J. Beaster-Jones and N. R. Sarrazin (eds.) *Music in Contemporary Indian Film: Memory, Voice, Identity.* NY: Routledge.

Benson, P. and Chik, A. (2020) 'Snapshots of multilingualism in Hong Kong popular music', in A. Fung and A. Chik (eds.) *Made in Hong Kong: Studies in Popular Music.* NY: Routledge.

Boym, S. (2001) *The Future of Nostalgia*. New York: Basic Books

Burnand, D. and Sarnaker, B. (1999) 'The articulation of national identity through film music', *National Identities*, 1(1): 7-13.

Chan, K-B. (2012) *Hybrid Hong Kong*. London: Routledge.

Chen, S. and Shih, E. (2019) 'City branding through cinema: the case of postcolonial Hong Kong', *The Journal of Brand Management*, 26(5): 505–21.

Chion, M. trans. Gorbman, C. (2019) *Audio-Vision: Sound on Screen*, 2nd ed. NY: Columbia University Press.

Chou, E. (2020) 'Hybrid/fusion music and the cosmopolitan imaginary', in E. Merson (ed) *The Art of Global Power*. NY: Routledge.

Chow, R. (1992) 'Between colonizers: Hong Kong's postcolonial self-writing in the 1990s', *Diaspora: A Journal of Transnational Studies*, 2(2): 151-170.

Chu, Y.W. (2020) 'Once upon a time in Hong Kong Cantopop: 1984', in A. Fung and A. Chik (ed) *Made in Hong Kong: Studies in Popular Music*. NY: Routledge.

Cicchelli, V. (2019) *Plural and Shared: the Sociology of a Cosmopolitan World*. NY: Brill.

Delanty, G. (2014) 'Not all is lost in translation: world varieties of cosmopolitanism', *Cultural Sociology*, 8(4): 374–391.

Ellis-Geiger, R.J. (2007) *Trends in Contemporary Hollywood Film Scoring: A Synthesised Approach for Hong Kong Cinema*. Unpublished Ph.D. thesis. Leeds: University of Leeds.

Fleming, D. H. and Indelicato, M.E. (2019) 'Introduction: on transnational Chinese cinema (s), Hegemony and Huallywood(s)', *Transnational Screens*, 10(3): 137–47.

Hu, B. (2018) *Worldly Desires: Cosmopolitanism and Cinema in Hong Kong and Taiwan*. Edinburgh: Edinburgh University Press.

Ipsos (2023) *Global Trends 2023: A New World Disorder*. Paris: Ipsos. https://www.ipsos.com/sites/default/files/2023-Ipsos-Global-Trends-Report.pdf

Jenkins, H. (2004) 'Pop Cosmopolitanism: Mapping Cultural Flows in an Age of Media Convergence', in M.M. Suárez-Orozco and D.B. Qin-Hilliard (eds.) *Globalization: Culture and Education in the New Millennium*. Berkeley: University of California Press.

Johan, A. (2018). *Cosmopolitan Intimacies: Malay Film Music of the Independence Era*. Singapore: NUS Press.

Kalinak, K. M. (2010) *Film Music: A Very Short Introduction*. New York: Oxford University Press.

Lee, Y. (2022). *You Call That Music?!: Korean Popular Music Through the Generations*. NY: Routledge.

Leinberger, C. (2004) *Ennio Morricone's the Good, the Bad and the Ugly: A Film Score Guide*. Oxford: Scarecrow Press.

Lie, L. (2011) 'Toru Takemitsu's film music and its corresponding film genres', *International Journal of Arts and Sciences,* 4(1): 145-158.

Lin, C.Y., Chen, Y.S. and Chen, Y.S. (2021) 'Perceptions of censorship on Taiwan's popular music in the post-martial law era', *Asian Education and Development Studies,* 10(4): 525–535.

Pickering, M., and Keightley, E. (2006) 'The modalities of nostalgia', *Current Sociology,* 54(6), 919–941.

Sassen, S. (2003) 'Reading the city in a global digital age – between topographic representation and spatialized power projects', in L. Krause and P. Petro (eds.) *Global Cities: Cinema, Architecture, and Urbanism in a Digital Age.* London: Rutgers University Press.

Stokes, M. (2007) 'On musical cosmopolitanism', *The Macalester International Roundtable 2007, Paper 3.* http://digitalcommons.macalester.edu/intlrdtable/3

Teo, S. (2007) *Director in Action: Johnnie To and the Hong Kong Action Film.* Hong Kong: Hong Kong University Press.

Werbner, P. (2006) 'Vernacular cosmopolitanism', *Theory, Culture & Society,* 23(2-3): 496–498.

Werbner, P. (2018) 'De-orientalising vernacular cosmopolitanism: towards a local cosmopolitan ethics', in A. Giri (ed) *Beyond Cosmopolitanism.* Singapore: Springer.

Xiang, Y. and Wang, J. (2022) 'Nationalism and heroism with Chinese characteristics: a critical discourse analysis of *Wolf Warrior II*', *Continuum,* 36(5): 751-762.

中文文獻

三木（2008）〈在電影中懷舊——獨家專訪杜琪峯〉，《香港電影》，上海：大嘴傳媒，第5期：頁77。

石琪（2012）〈雙城情結異鄉緣〉，收入李焯桃主編《陳可辛　自己的路》，香港：三聯書店：頁136-137。

朱耀偉（2012）《繾綣香港：大國崛起與香港文化》，香港：匯智出版：頁37-67。

伍榮仲（2019）《粵劇的興起：二次大戰前省港與海外舞台》，香港：中華書局。

李翔齡（2017）《從戲台到銀幕：胡金銓電影中的女俠形象、廢墟場景與鑼鼓點》未出版碩士論文，台北：台灣大學。

何故（2004）〈《柔道龍虎榜》上眾生相——跟杜琪峯梁家輝張兆輝對談實錄〉，《電影雙周刊》，香港：電影雙周刊出版社，第658期：頁26-29。

金培達（2007）《一刻》，香港：Cup Magazine Publishing Limited。

阿果（2018）《當日出日落同步上演：致香港流行文化，2012-2017》，香港：突破。

阿果 (2022)〈盛世或虛火——香港流行文化如何重新成為大眾焦點？〉，《端傳媒》2022年5月2日。https://theinitium.com/article/20220502-opinion-hk-popular-culture/
吳月華（2007）〈粵語青春歌舞片歌曲特色〉，收入吳月華、陳家樂、廖志強編《同窗光影：香港電影論文集》，香港：國際演藝評論家協會香港分會。
吳月華（2011）〈從歌唱喜劇窺探戰後粵語電影工業製作的模式〉，收入葉月瑜編：《華語電影工業：方法與歷史的新探索》，北京：北京大學出版社。
吳昊主編 (2004)《邵氏光影系列—古裝・俠義・黃梅調》，香港：三聯書店。
吳俊雄（2002）〈尋找香港本土意識〉，收入吳俊雄、張志偉編《閱讀香港普及文化1970-2000》，香港：牛津大學出版社：頁86-98。
吳俊雄（2009）〈生於1974——香港流行文化的前世今生〉，收入張炳良等著《香港經驗：文化傳承與制度創新》，香港：香港大學亞洲研究中心：頁141-163。
吳俊雄編（2021）《黃霑書房 Vol 3：流行音樂物語 1941-2004》，香港：三聯書店。
余少華（2001）〈香港電影音樂——歷史與政治在香港電影〉，收入余少華：《樂在顛錯中：香港雅俗音樂文化》，香港：牛津大學出版社：頁119-141。
余少華（2012）〈五十年代黃飛鴻電影音樂及其承載的歷史音樂文化〉，收入蒲鋒、劉嶔合編《主善為師——黃飛鴻電影研究》，香港：香港電影資料館。
余少華（2013）〈香港五〇年代「國樂」與國、粵語電影的互動〉，收入鄭政恒編《痛苦中有歡樂的時代：五〇年代香港文化》，香港：中華書局：頁51-72。
余少華（2014）〈「師娘腔」南音承傳人與港澳文化〉，收入文潔華編《粵語的政治》，香港：中文大學出版社。
林奧莉（2023）〈懷舊成世界趨勢/咁多人想香港回到過去/認同比例排全球第四〉，《香港01》，2023年4月12日；https://www.hk01.com/article/872994?utm_source=01articlecopy&utm_medium=referral
香港國際電影節（2006）《向動作指導致敬》，香港：香港國際電影節協會。
容世誠 (2012)《尋覓粵劇聲影：從紅船到水銀燈》，香港：牛津大學出版社。
陳冠中（2007）《我這一代香港人》，香港：牛津大學出版社。
張志偉 (2022)〈《明日戰記》與再造例外的香港〉，《星期日明報》，9月18日。
張志偉、羅展鳳（2023）〈悼：電影幕後英雄 顧嘉煇的音樂本色〉，《星期日明報》，1月8日。
張美君著，蕭恒編譯（2020）《幻魅都市：張美君博士香港電影研究論文集》，香港：手民出版社。
鄒嘉彥（1997）〈「三言」、「兩語」說香港〉，*Journal of Chinese Linguistics*, 25(2): 290–307.
黃志華（2008）〈粵語武俠片音樂閒談〉，收入羅展鳳編《HKinema》，6月第3號，香港：香港電影評論學會：頁6-7。

黃志華（2014）《原創先鋒：粵曲人的流行曲調創作》，香港：三聯書店。
黃奇智編著（2000）《時代曲的流光歲月：1930-1970》，香港：三聯書店。
黃湛森（2003）《粵語流行曲的發展與興衰：香港流行音樂研究（1949-1997）》，香港：香港大學。
黃愛玲編（2002）《國泰故事》，香港：香港電影資料館。
黃愛玲（2003）〈前言〉，收入郭靜寧編《香港影片大全・第四卷（1953-1959）》，香港：香港電影資料館。
黃愛玲編（2006）《現代萬歲—— 光藝的都市風華》，香港：香港電影資料館。
黃霑口述，何思穎、何慧玲訪問（2002）〈愛恨徐克〉，收入何思穎、何慧玲編《劍嘯江湖 —— 徐克與香港電影》，香港：香港電影資料館：頁117-119。
葉月瑜（2000）《歌聲魅影：歌曲敍事與中文電影》，台北：遠流出版。
蒲鋒（2012）〈九七後香港武俠片〉，收入黃愛玲策劃編輯《今天》，冬季號，總第99期，頁92-98。
盧瑋鑾、熊志琴編（2017）《香港文化眾聲道》，香港：三聯書店。
藍天雲（2011）《我為人人：中聯的時代印記》，香港：香港電影資料館。
羅展鳳（2020）〈娛樂與創意——從德寶電影歌曲實踐兼看香港八十年代電影音樂發展〉，收入郭靜寧、黃夏柏主編《創意搖籃——德寶的童話》，香港：香港電影資料館：頁188-194。
羅貴祥、文潔華編（2005）《雜嘜時代：文化身份，性別，日常生活實踐與香港電影1970s》，香港：牛津大學出版社。

數碼技術

香港新聞傳媒數碼化：科技發展與社會因素

陳智傑、李立峯、鄧鍵一、楊子琪

引言

數碼傳播科技成為日常生活不可或缺的部分。隨着社交媒體發展，傳統的電視台、電台、報章再也不是大家接收資訊的主要渠道，新聞傳媒數碼化被視為大勢所趨。在香港，曾經有新聞網媒乘社交媒體普及的浪潮，一度超越主流大眾傳媒，成為香港其中一個最受歡迎的資訊平台。

然而，香港新聞傳媒數碼化的過程也並非一帆風順。壹傳媒集團的「動新聞」（以動畫形式表達新聞內容）網絡頻道雖然曾是城中熱話，卻未能改善壹傳媒的業績。跟其他香港傳媒集團一樣，壹傳媒的業績在2010年代並未能於數碼化潮流下創造明顯的利潤（Lee, 2018）。大部分主流大眾傳媒都有網站及社交媒體帳號，惟這未必代表其編採流程或機構發展，會將數碼網絡作為發展主軸。即使是網媒，也未必能夠在數碼市場創造穩定收入。

回顧過去幾十年，雖然科技變遷一直是影響新聞行業發展的重要力量，然而，科技變遷對個別地區，以至個別新聞機構實體上怎樣發揮影響力，卻視乎各種在地因素。印刷傳媒在二十世紀初的美國興起時，適逢美國「國家化」的鍍金時代：聯邦政府事務漸漸成為全國主要訊息，人們不再只關心自己社區的事（Lippmann, 1922）。這同時也是美國傳媒專業主義興起、不想再依靠黨派（partisanship）的歷史時刻（Schudson, 1998）。及後二十世紀中葉，電子傳媒崛起，廣播傳媒成為大眾傳播的主要工具。人們透過電子傳媒的中介溝通（mediated communication）去理解世界，感悟自己社交圈子以外的社會現實（Thompson, 1995）。互聯網及社交媒體問世，固然與傳播科技息息相關，但更重要的是人們希望挑戰社會權貴對資訊的主導權力，以網絡力量連結全球公民社會、改變社會現實（Castells, 2009）。

本文回顧香港傳媒在數碼化下如何回應社會挑戰的經歷，主要研究材料來自作者們跟新聞工作者的訪談。我們的訪談內容包括以下主要問題：受訪新聞工作者的日常工作流程，他們工作的機構會否因應數碼化的社會環境而作出部署，社會大環境的轉變以及香港近年的大型社會運動會否影響他們使用傳媒數碼科技等。從訪談資料所見，無論是電子及印刷媒體，抑或活躍於網絡及社交媒體的網媒，新聞工作者適應數碼傳播及社交媒體的過程，大多是「摸着石頭過河」，邊做邊試。政治環境轉變，也令一些主流傳媒工作者轉投數碼傳播。香港新聞傳媒數碼化的故事，顯示新聞工作者所理解的新聞價值及專業操作、傳媒行業所面對的政治經濟格局，以至不同傳媒機構的組織和文化，都會影響新聞傳媒適應傳播數碼科技的進程。

新聞傳媒的發展：科技及社會因素

傳媒數碼化是新聞及傳播研究的重要範疇。正如文首所述，傳播學界普遍不會單純以科技決定論（techno-determinism）去分析傳媒數碼化的發展；另外，傳播學的發展趨勢，也着重了解數碼傳播技術在不同環境下的應用和影響。當中除了科技本身之外，資訊怎樣作為一種資本、人際網絡的力量、大數據等因素，都是學者們探究傳媒數碼化的議題（Fuchs & Qiu, 2018）。

數碼科技急促發展及社會傳播環境改變，使新聞傳媒不得不改變生產及發放資訊的方式。資訊傳播變得個人化、零碎化，人人都能以社交媒體平台發放資訊及組建社群，社會的資訊供應暴增，令網絡成為了「充裕選擇的環境」（high-choice environment）（Bennett & Iyengar, 2008）。在社會資訊百花齊放、人們的資訊來源選擇太多的環境中，大眾傳播變為分眾傳播，新聞不再是人們必然用以了解社會現實生活的資訊（Villi et al., 2022），有人甚至會規避新聞和公共討論，以免接收負面和煩瑣的社會資訊（Skovsgaard & Andersen, 2020）。新聞傳媒如何在社交媒體上保持其社會影響力、如何應對社交媒體的演算法及資訊發展傾向、讓人們繼續願意接受新聞，這都是推動新聞傳媒數碼化的根本動力。

不過，新聞傳媒的運作，除了受傳播科技改變的影響外，亦會跟社會上的政治和經濟力量互動。即使是在民主政體，社會資訊、民生經濟數據、重大政策內容等重要的新聞素材，主要都是在政府和各個公權力機關手中（Bennett, 1990; Schudson, 2008）。新聞傳媒固然有獨立監察當權者的專業意志，但新聞內容的深度和批判性，很大程度上視乎社會菁英和主要公權力之間的關係和互動（Hallin, 1986）。新聞光譜的闊度，也很多時反映了社會上當權者們和精英階層內部有多大的分歧（Lee, 2002）。

除了國家權力外，新聞傳媒的發展也與傳媒市場息息相關。傳媒市場意味着新聞傳媒由市民大眾付鈔或廣告收入支持，不再依靠政治捐獻，以維持一種獨立於政權的編採操作（Schudson, 1978）。不過，傳媒市場也可能使新聞傳媒擁抱市場資本、廣告及訂閱客戶，因而偏離公共利益以至其他社會價值（Curran, 2002; Bagdikian, 2000; McManus, 1994）。但另一方面，新聞傳媒行業也與公民社會有所互動，公民社會在推動社會改變時，會想方法吸引新聞傳媒的注意力，並與新聞工作者建立互信關係（Ryan, 1991; Ryan & Jeffreys, 2019）。故此，新聞傳媒行業及機構的發展，往往都在政治、市場及公民社會三方力量互動下不斷變化。

除了上文提及的政治經濟力量的大環境外，新聞專業主義的信念和工作習慣也會影響新聞傳媒行業及機構的業務操作。新聞專業主義是新聞工作者在社會及歷史條件下，為了爭取編採自主及社會認受性而生產的一套理念和規範，以及這些理念和規範背後的理據（Schudson, 2003）。具體地說，新聞專業主義的內容通常涉及對新聞行業的社會功能的理解、新聞報道的倫理模範、自我約束的準則，以及對新聞價值的基本定義等（Maras, 2013）。

總括而言，雖然新聞傳媒行業及機構會面對傳播數碼科技的挑戰，但新聞行業及新聞工作者會如何適應數碼世界及社交媒體，還得視乎社會上的政治力量、傳媒市場、公民社會之間跟新聞傳播行業如何互動，以及新聞工作者對專業主義的理解會否因傳播科技發展而改變等因素。新聞傳媒數碼化的發展，不能只看傳播科技的發展及其社會普及程度。

回顧香港數碼新聞傳媒的發展

香港新聞行業數碼化大抵分為兩個研究方向：大眾新聞傳媒如何適應數碼傳播科技及隨之而來的社會變遷，以及網絡新聞及評論傳媒的發展。傳播科技改變人們接收資訊的渠道和習慣，傳媒市場自然亦有所調節。然而正如上文所述，香港新聞傳媒行業適應及發展數碼新聞，並非只由傳播科技所推動。回歸後香港政治經濟大環境的變遷、新聞自由空間的變化、市民大眾未必再完全信任主流新聞傳媒、網絡冒起作為市民發聲渠道等社會因素，也會左右香港新聞行業數碼化的步伐及方式。

香港雖是彈丸之地，新聞傳播資訊卻十分發達。截至2021年，香港有17份每天都印刷發行的報章、三個免費電視台；寬頻網絡滲透率達九成半、平均每人擁有2.8部流動電話、超過八成人口活躍於社交媒體（Chan et al., 2022）。

而對新聞傳播行業來說，他們要面對最重要的轉變，是愈來愈依賴網絡接收新聞資訊的消費群體。英國牛津大學路透新聞研究社2022年的報告顯示，七成香港市民以手機接受新聞資訊，八成四及六成市民分別以網絡及社交媒體作為新聞消息來源（Newman et al., 2022）。此外，香港市民除了直接前往新聞傳媒的網站，亦有三成多及約一半受訪市民分別以網絡搜尋器和社交媒體去接收網絡新聞（Chan et al., 2022）。換言之，新聞傳媒除了需要好好經營網站之外，也要認識網絡搜尋公司及社交媒體平台的演算法及資訊操作，以求生存。

值得留意的是，數碼新聞的發展並非必然意味着大眾新聞的消亡。上述的研究也提到，分別有五成一、兩成八及兩成七的香港受訪者，每周仍以非網絡方式（offline）分別接收「無綫電視」的新聞、閱讀《頭條日報》及收看NOW電視新聞。此外，香港仍分別有六成八及兩成七市民會觀看電視及閱讀報章新聞；他們也相對比較信任主要電視台、電台及報章的新聞多於網媒的新聞（Newman et al., 2022）。換言之，雖然數碼科技及網絡新聞改變了香港市民接收資訊的生活習慣，但香港新聞傳媒市場暫未放棄廣播及印刷新聞。

香港市民轉向網絡接收資訊，除了因為傳播科技及傳媒市場的力量，回歸後香港新聞自由的言論空間出現變化、政治及資本力量透過直接與間接方式削弱香港傳媒的批判空間，也同時影響了市民對主流傳媒的信任。部分香港市民逐漸轉向接觸網媒資訊，甚至支持網媒。這趨勢尤以香港發生大型社會運動時更為明顯（Chan et al., 2022）。

2003年7月1日，50萬人上街反對《基本法》廿三條保障國家安全的條文在本地立法。這是當時香港回歸後最大規模的示威。往後，香港公民社會迅速發展，網絡電台頻道乘勢而起：一些香港主流媒體不太顧及的小眾社群、社運人士，一些被視為立場偏激的傳媒評論人，透過網絡電台繼續發聲、建立群眾基礎和網絡（Leung, 2015a）。網絡電台的發展，是了解香港傳媒生態、社會價值轉向的一個落腳點。

2004年至2007年，由於香港大眾傳媒愈來愈受政治及資本力量制約，網絡電台成為了香港公民社會「自衛」發聲、保護公民權益的替代平台。其後，香港公民社會開始出現相對激進的聲音及團體：左翼團體於2009年發起的「反高鐵運動」，漸漸發展出政黨政治以外的街頭動員方式；右翼團體開始不斷攻擊主流民主派的溫和議會路線。隨着香港政治氣氛激進化，網絡電台漸漸成為激進及新興政團的發展平台（Leung, 2015b）。

2012年後，在各種政商力量的影響下，香港大眾傳媒容納激進及批判意見的空間進一步收窄。一些被摒棄出主流傳媒的評論人和新聞工作者，便轉移陣地往網絡電台繼續發聲（Leung, 2015b）。受眾方面，市民愈來愈認為香港新聞媒體自我審查日益嚴重，他們也逐漸轉向接觸網絡另類媒體（Leung & Lee, 2014）。

而整個新聞消費習慣的轉變，間接令更多市民具備「對抗型政治知識」（oppositional knowledge）及更加傾向參與社會運動（Lee, 2015）。

香港數碼新聞的發展故事，既源自傳播及數碼科技的發展及隨之而來的市場改變力量，也因應回歸後的政治經濟環境有所改變。互聯網及社交媒體發展，以及市民因傳播科技進步而改變接觸資訊的習慣，固然是網絡電台冒起的技術基礎。然而，香港回歸後新聞自由空間出現變化，新的民間組織不太受大眾傳媒注意，甚至部分原本身在大眾傳媒的新聞工作者及評論人，也因為政治環境變化，不得不離開本來的崗位，轉成為網媒的生力軍。

研究問題及方法

延續之前的歷史回顧，香港自回歸以來備受討論的政治議題持續發酵；傳媒在各種政經力量下的自我審查現象，2010年代開始更加明顯。同時，香港的社會運動也呈現了激進化的趨勢（Cheng, 2016），並先後在2014及2019年爆發佔領運動及反修例運動。反修例運動之後，《香港國安法》實施，香港的政治社會環境及新聞自由狀況急促變化。面對整體政治環境的轉變，加上數碼傳播發展突飛猛進，香港新聞界自2010年代中後開始，如何走過數碼化的道路，是本文探討的主要問題。

筆者們於2022年，訪問了48位香港新聞工作者。當中有20位於受訪時任職網媒，又或者剛卸任不久；其餘28位受訪者則於受訪時任職於主流大眾傳媒，當中包括電視、電台、報章，又或者於受訪前才卸任不久。他們來自不同職級和工種，包括記者、高級記者、採訪主任、評論節目主持、編輯管理層、攝影記者、美術設計，也包括從事港聞、政治新聞、突發新聞、醫療、教育、內地新聞、評論、文化、社區等不同領域新聞的傳媒工作者。年資方面，受訪者當中有具備數十年新聞工作經驗的資深傳媒人，有些是工作了相對長時間的中層人員，也有只跑了數年新聞的前線工作者。

每個訪談大約兩小時，訪談內容主要圍繞受訪者的新聞工作經歷和採訪經驗，而訪談問題也會因應受訪者的工作年資、採訪經驗、工作崗位、服務機構特點而調整。其中，新聞傳媒數碼化及社交媒體的影響是大部分受訪者都會談及的內容。相關討論在跟任職網媒的受訪者傾談時尤其重要。

研究發現

隨着政治環境與新聞言論空間的變化，一些原本任職於主流大眾傳媒的新聞工作者，以及於主流大眾傳媒處於邊緣位置的社運人士，開始轉投網絡世界。2010年代，香港多個網絡媒體出現，創辦人中不乏接受過主流傳媒訓練的資深新聞工作者。他們雖然工作經驗豐富，但面對網媒運作及數碼傳播環境，他們都需要適應和重新學習，摸索營運之道。我們的一位受訪者提及，草創網媒之初，「沒有business model（生意模式）」，只是打算做一次眾籌（向公眾公開募集資金），亦沒有信心得到足夠的廣告支持，連能否吸引客戶訂閱也有點「心虛」。他們在設備簡陋的辦公室，從一個鏡頭、一塊佈景開始，嘗試用直播評論來吸引觀眾。

不少網媒受訪者曾經於主流大眾傳媒工作，他們了解主流傳媒的局限，例如自我審查壓力、精細分工導致流水帳、螺絲釘式的新聞日常工作。因此，他們期待於網媒環境能夠有更大的編採自由和選題彈性。一位受訪者分享，他工作的網媒初期只有十多位全職員工，沒有明確的組織架構，也沒有日常新聞指派記者任務的機制（行內稱「派 assignment」）。另一位受訪者說，在網媒工作時主要是自己想好稿題，跟上司商討後便去採訪及寫稿。網媒相對高的自由度甚至曾經讓他感到有點不安，要刻意找一位比自己資深的員工一起審閱自己的稿件，以檢視是否穩妥。適應數碼傳播和社交媒體，是不少網媒新聞工作者要面對的題目。

網媒發展：新聞價值與網絡空間的磨合

《獨立媒體》（原《香港獨立媒體》）於2004年成立，是比較早期就成立的網媒。它的創辦人有深厚的社運背景，推廣公民記者的理念。後來成立的《立場新聞》（原《主場新聞》）及《眾新聞》由小規模團隊開始，聚焦香港本地議題，及後於2019年反修例運動時獲得大量支持，讓它們擴充人手和增加報道範圍。《端傳媒》以深度報道為主，議題面向兩岸三地，在開創之初頗有規模，後來因營運問題而大規模裁員，轉向訂閱制維持收入。《香港01》則是由曾經營運香港大眾傳媒的商人創辦，草創時資本雄厚，人員充足，分設多種類型議題的團隊。這些香港網絡媒體大約在2014年雨傘運動前後成立，在團隊管理、議題範圍、收入營運以及社交媒體和網絡世界的發展經歷，都因為機構背景及營運者個人信念而頗為不同。

在此背景之下，我們訪問了六間媒體的成員。我們將這六間媒體化名為A、B、C、D、E和F。

網媒A在初創時，管理團隊大多為曾經任職主流傳媒的資深新聞工作者。主流傳媒訓練帶來的新聞專業理念及觀眾讀者網絡，是這批新聞工作者經營網媒的起點和資本。管理團隊的成員A1表示，網媒A的訂戶當中，有很多年紀較大、「可能是認識我們、看着我們長大的人」。A1認為這些訂戶訂閱的目的是捐錢給他們，未必真的有時間閱讀訂戶通訊和新聞內容（關於政治環境轉變和讀者付費給網媒之間的關係，可參考Lee et al., 2023）。然而，與此同時，主流傳媒的烙印也令這個管理團隊更加需要適應網絡世界。在摸索過程中，A1發現，作為一個僅有十幾人的網媒，無法像傳統媒體那樣有足夠人手兼顧各類型新聞，因此需要有選擇性。他們仍以公眾利益為本，但要求記者做出相較主流傳媒獨特的角度，例如法庭報道不會出即時新聞，但會在聽完多日的審訊後做深度報道，「有自己的處理、角度」。深度時事評論和定期的綜合國際新聞評論，是他們發展的其中一種策略。儘管如此，網媒A仍長期面對營運赤字和人手流失的問題。A1坦言若非後期有老牌新聞節目的記者加盟而獲得新一輪讀者付費支持，網媒A或許難以支撐。

網媒B則有較為不同的經驗。網媒B的總編有超過十五年的傳統媒體工作經驗，有趣的是，其初創成員大多並非來自主流媒體。早期，網媒B像網媒A一樣，僅十數人，除了兩名總編，還有數名記者、美術設計同事、一位市場拓展同事及一位人事管理同事。成員B1形容，那是一種「家庭式工廠」的經營模式。記者平分即時新聞工作，輪早晚更，最晚大致到晚上九時下班，周末由總編當值。這種人手安排和運作模式令他們較多採用「炒稿」形式處理即時新聞，因為他們難以像主流傳媒那樣即時派員實地採訪。日常新聞以外，網媒B將人力投放在專題報道，這種體裁的時效性更長，可以產出自家內容。架構方面，網媒B較為扁平，審稿通常由一位採主或總編完成，令新聞操作更加靈活。成員B1回憶，「可能老總覺得某件事重要，便直接走到美術同事的位置，同事製圖又好快手，老總站在他身後看製圖，覺得可以便出街。」

相較於網媒A，網媒B更加注重社交媒體經營和網絡社群的反應。相比一些有網絡數據分析團隊的傳媒，網媒B更加依靠閱讀讀者留言來感受社群情緒、發掘新聞角度。網媒B適應社交媒體及數碼化的歷程，是「試」出來的。在社交媒體帖文的內容和推出時間上，網媒B依靠編採人員的「感覺」，若不成功便在下一次調整。在2010年代初至中段，香港各大傳媒在社交媒體還未有很多發展，成員B2表示，網媒B享受了「頭啖湯」、「如入無人之境」，是香港成功經營社交媒體的第一批網媒之一。不過很快，主流大眾傳媒也開始搶佔社交媒體的曝光率和瀏覽量。B2說，為了應對競爭，他們總結了一些策略：如果消息是其他傳媒的「獨家」消息，那麼未必要很快跟進；但如果是大家都知道、存在於公共領域的消息，則要「鬥快」做，「愈快在市場上愈有優勢」。他坦言，隨着網媒B人手增多，時間上「鬥快」的壓力也相應大了。與此同時，社交媒體的功能設定及訂下的遊戲規則，例如影片直播功能、觀眾投票功能，以及對「過分投入」（engagement rate太高）的商業用戶予以警告，都有影響網媒B的社交媒體編輯發放資料的策略。

網媒B的規模後來發展得愈來愈大，尤其是在2019年反修例運動後迅速成長，有不少原本任職主流大眾傳媒機構的新聞工作者也加入團隊，也漸漸出現了管理架構。網媒B的前中層管理人員受訪者B3憶述，自己與一些具主流傳媒經驗的新同事出現需要磨合和協調的狀況：「當時張敬軒（編按：香港著名歌手）貼出一則社交媒體帖文評論事件，本來我們一定會做：事件有重要性、對方有知名度、帖文效果亦會很好。不過，傳統媒體出身的同事未必想跟進，港聞出身的同事會覺得這是娛樂新聞。同樣，他們也不太想做所謂的 news curation（編按：指綜合其他傳媒的消息作為報道），他們可能覺得這是『炒稿』，他們更情願等待消息來源的訊息。」正如前文所述，香港網媒發展的其中一個動力，是主流傳媒的新聞工作者離開原本的工作崗位，加入數碼網絡世界。然而，這亦意味着網媒可能會逐漸受主流傳媒的新聞價值影響。受訪者B3後來指出，隨着更多來自主流大眾傳媒的新聞工作者加入，該網媒也多了一些較像「傳統港聞」的內容。

機構目標對數碼化的影響

除了新聞價值與網絡世界訊息操作之間的磨合外，不同網媒和主流大眾傳媒的機構目標、組織架構和營運環境，也會影響新聞工作與數碼傳播的相互關係。誠如前文所述，香港傳媒機構的營運利益，並未受益於數碼化的傳媒市場（Lee, 2018）。我們有幾位受訪者來自網媒C。受訪者C1在加入網媒C時，其負責的評論版連同自己在內只有兩名員工。受訪者C1一直以來希望從事有深度的新聞或評論內容，但他所要適應的，不只是深度新聞編採的嚴格要求，還有機構要求：「我可能比較熟悉內地及香港議題，但機構要我處理內地、香港以及台灣的議題，以至是思想等不同領域，所以對我的要求大了很多，剛開始的半年是艱難適應的過程。」

受訪者C1後來出埠公幹，並到台灣結識當地的作者。他所任職的網媒C其後推出收費計劃，不過，這似乎並未十分影響他的編採工作：「我們仍然以傳統新聞的心態，認為這議題有需要，我們便去做，與讀者的互動未必很強。」受訪者C1其後也有策略性地去觀察網絡收視數據，例如披露文章多少段落便有機會讓讀者考慮付費，惟他也覺得機構對讀者數據的理解和分析仍未夠。

相較於上文關心內地、香港及台灣議題的跨境華文網媒，另一所草創於香港的網媒D，則有不一樣的機構文化。無論是訪談時現職或前任員工，都一致地指出網媒D十分重視文章點擊率。其中一名D的前員工憶述說，由於網媒D的觀點版是「老闆」親自監督倡議社會議題的部門，故此其文章未必以點擊率去衡量績效，這讓其他部門很不滿，覺得他們要以文章點擊率為目標並不公平。這位前員工曾經向網媒D的領導人反映過分追求點擊率的問題，惟領導人覺得文章點擊率代表市場需求，大家便要按市場需求走。另一任職於網媒D的中層編採人員D1則表示，除了點擊率外，網媒D也十分重視新聞獎項。有些新聞故事未必有十分高的點擊率，但有機會獲取新聞獎項，其上司也會鼓勵他做。

除了網媒外，面對數碼傳播環境，主流大眾傳媒的機構目標也會影響其新聞工作。受訪者E1是香港一所英文傳媒E的中層編採人員。他任職的英文傳媒機構E被一所大型科技公司收購，並以「數碼為先」(digital first)作為機構目標。在機構E，編採團隊與負責數碼業務的團隊是平等的。受訪者E1說，機構E曾經把每天點擊率最高的文章展示出來，但部分同事覺得這做法對他們不尊重；如今雖然大家都看到這些點擊數據，但一般都不會太過「上心」(take it personal)。然而在受訪者E1的經驗中，數碼傳播數據的出現，對新聞編採還是有影響：一些點擊率低的新聞故事，還是會少做一些；編採團隊也會根據數碼業務團隊提供的資料，在不同時間段調整部分譯名，以同時吸納香港本地和英文國家的讀者。不過受訪者E1認為，新聞編採人員還是很有自主性的：如何向讀者「推薦」(push) 新聞故事，主要是由編採人員決定；有時如果網絡設計師的想法太有野心，太過影響編採人員的工作，他們的提案還是會被放棄。

不過，並非所有傳媒機構的內部文化都十分重視數碼化的改變。有幾位受訪者來自報章F。這報章素以中立客觀的專業價值和編採方針見稱。其中受訪者F1以「清末」來形容其機構數碼化的過程。在受訪者F1的經驗中，該報的網絡版人手少、資源缺，只不過是把其報章內容移放到網站。F1並沒有詳細解釋「清末」這比喻的意思，但以其對報章的描述，大概是指一個積弱的機構面對着從外部而來的巨大震盪，明白需要改變，但又因各種原因和限制，只做到一些小修小補。在筆者們與這家報章的現職或前任員工訪談中，他們均不覺得數碼傳播或社交媒體對其編採工作有重大影響。有研究指出，報章F的策略是仍以紙版內容為中心，網絡數據只作為理解讀者的工具，其新聞工作者最終依靠新聞觸覺決定採寫內容 (Tse, 2021)。

無論是網媒或大眾傳媒，在適應數碼化的環境時，其機構目標及營運方式有重要影響。傳媒機構如何定義營運目標——例如有多重視文章或其他內容的點擊率，會否以其他目標作為營運指標 (例如獲取新聞獎項)，機構內新聞編採人員的發言權，受眾是甚麼人，以至機構有多重視數碼化的轉變，都影響新聞編採工作如何適應數碼化的傳播環境。

討論及總結

本文所記錄的訪談內容，旨在帶出香港新聞傳媒在適應數碼傳播環境時，同時受到香港政治經濟環境轉變、傳媒機構的營運目標和狀況，以及新聞專業理念的影響。在政治與資本力量影響下，大眾傳媒的自我審查問題日益嚴重，一眾秉持新聞專業理念的傳媒人轉投網絡世界。有資深的新聞界前輩憑夥伴們建立多年的口碑和人脈草創網媒，重新適應網絡環境。雖然他們疲於營運，但隨着香港社會爆發大型示威，主流傳媒在政治及資本壓力下越發難以容下新聞工作者的稜角，於是這些網媒最終受到公眾認同和大力支持。與此同時，有網媒則選擇在社交媒體「突圍而出」，以靈巧的組織、卸掉傳統主流傳媒的操作包袱而快速適應社交媒體的運作，並且讓背景不同的同事自由在社交媒體和網絡世界多作嘗試。隨着網媒日漸發展，主流傳媒在政經壓力下遭逢巨變，再有更多主流傳媒的新聞工作者轉投網絡媒體，「網媒人」和「主流傳媒人」的新聞價值磨合和調整問題便更為凸顯。

新聞傳媒在適應數碼傳播環境時，各機構也有不同的應對方法。有的傳媒機構十分重視數碼發展，惟落實過程也要視乎機構文化、新聞編採員工的專業價值與適應程度。上文提及的傳媒機構，有的其領導人較為強勢，把網絡營運指標施加在編採員工身上；但有的則要編採部門與數碼業務部門有商有量；有的仍以新聞編採專業價值為主要原則，數碼化的操作似乎是新聞內容的輔助工具。正如前文所述，香港傳媒市場在數碼化的同時，大眾傳播媒介也並非完全沒有受眾。始終不同傳媒機構面對着不同的市場狀況、讀者群，以及業務背景。

總括而言，新聞傳媒無可避免地受到傳播科技數碼化的影響。然而，科技因素對於新聞傳媒行業及機構的衝擊，始終要放在不同社會的政治經濟大環境下，觀察傳媒市場如何回應傳播科技轉變、當地的新聞專業價值，以至是不同傳媒機構的營運狀況和組織文化，才有較為立體的分析。香港社會正在經歷政治及社會秩序的大轉變，其傳媒市場的資本力量近年也多有變動。這些改變將如何影響香港新聞業界適應數碼科技的歷程，仍要繼續觀察。

參考資料

Bagdikian, B. H. (2000). *The media monopoly*. Beacon Press.

Bennett, W. L. (1990). Toward a theory of press-state relations in the United States. *Journal of Communication, 40*(2): 103-127.

Bennett, W. L., & Iyengar, S. (2008). A new era of minimal effects? The changing foundations of political communication. *Journal of Communication, 58*(4), 707–731. https://doi.org/10.1111/j.1460-2466.2008.00410.x

Castells, M. (2009). *Communication power*. Oxford University Press.

Chan, C. K., Tang, G., & Lee, F. L. F. (2022). *Hong Kong media: Interaction between media, state, and civil society*. Palgrave Macmillan.

Cheng, E. W. (2016). Street politics in a hybrid regime: The diffusion of political activism in post-colonial Hong Kong. *The China Quarterly, 226*, 383–406. https://doi.org/10.1017/S0305741016000394

Curran, J. (2002). *Media and power*. Routledge.

Donsbach, W. (2004). Psychology of news decisions: Factors behind journalists' professional behavior. *Journalism, 5*(2), 131–157. https://doi.org/10.1177/146488490452002

Fuchs, C., & Qiu, J. L. (2018). Ferments in the field: Introductory reflections on the past, present and future of communication studies. *Journal of Communication, 68*, 219-232. https://doi.org/10.1093/joc/jqy008

Hallin, D. (1986). *The uncensored war: The media and Vietnam*. Oxford University Press.

Lee, C. C. (2002). Established pluralism: US elite media discourse about China policy. *Journalism Studies, 3*(3), 343-357. https://doi.org/10.1080/14616700220145588

Lee, F. L. F. (2015). Internet alternative media use and oppositional knowledge. *International Journal of Public Opinion Research, 27*(3), 318-340. https://doi.org/10.1093/ijpor/edu040

Lee, F. L. F. (2018). Changing political economy of the Hong Kong media. *China Perspectives*, 2018/3, 9-18. https://doi.org/10.4000/chinaperspectives.8009

Lee, F. L. F., Chan, M., & Chen, H. T. (2023). Paying for online news as political consumption in Hong Kong. *Digital Journalism* (online first), https://doi.org/10

.1080/21670811.2022.2163412
Leung, D. K. K. (2015a). The rise of alternative net radio in Hong Kong: The historic case of one pioneering station. *Journal of Radio & Audio Media, 22* (1), 42-59. https://doi.org/10.1080/19376529.2015.1015861
Leung, D. K. K. (2015b). Alternative internet radio, press freedom and contentious politics in Hong Kong, 2004-2014. *Javnost – The Public, 22*(2), 196-212. https://doi.org/10.1080/13183222.2015.1041229
Leung, D. K. K., & Lee, F. L. F. (2014). Cultivating an active online counter-public: Examining usage and political impact of Internet alternative media. *International Journal of Press/Politics, 19*(3), 340-359. https://doi.org/10.1177/1940161214530787
Lippmann, W. (1922). *Public opinion*. Harcourt, Brace & Co.
Maras, S. (2013). *Objectivity in journalism*. Polity Press.
McManus, J. H. (1994). *Market-driven journalism: Let the citizen beware*? Sage.
Newman, N., Fletcher, R., Robertson, C. T., Eddy, K., & Nielsen, R. K. (2022). *Reuters Institute digital news report 2022*. Reuters Institute for the Study of Journalism.
Ryan, C. (1991). *Prime time activism: Media strategies for grassroots organizing*. South End Press.
Ryan, C., & Jeffreys K. (2019). *Beyond prime time activism: Communication activism and social change*. Routledge.
Schudson, M. (1978). *Discovering the news: A social history of American newspapers*. Basic Books.
Schudson, M. (1998). *The good citizen*. Free Press.
Schudson, M. (2003). *The sociology of news*. W.W. Norton & Company.
Schudson, M. (2008). *Why democracies need an unlovable press?* Polity.
Skovsgaard, M., & Andersen, K. (2020). Conceptualizing news avoidance: Towards a shared understanding of different causes and potential solutions. *Journalism Studies, 21*(4), 459-476. https://doi.org/10.1080/1461670X.2019.1686410
Thompson, J. B. (1995). *The media and modernity: A social theory of the media*. Polity Press.
Tse, H. T. F. (2021). Measurable audience and journalistic autonomy: The uses and meanings of web analytics in three Hong Kong newsrooms. [Master's thesis, The Chinese University of Hong Kong]. https://repository.lib.cuhk.edu.hk/en/item/cuhk-3121517?solr_nav%5Bid%5D=dfa2237d717d66619822&solr_nav%5Bpage%5D=0&solr_nav%5Boffset%5D=0
Villi, M., Aharoni, T., Tenenboim-Weinblatt, K., Boczkowski, P. J., Hayashi, K., Mitchelstein, E., Tanaka, A., & Kligler-Vilenchik, N. (2022). Taking a break from news: A five-nation study of news avoidance in the digital era. *Digital Journalism, 10*(1), 148-164. https://doi.org/10.1080/21670811.2021.1904266

事實查核如何構建事實：以新冠疫情為例

馮夢哲、曾朗天

前言

近年，假新聞（fake news）、錯誤資訊（misinformation）和刻意的虛假資訊（disinformation）成為全球關注的議題，世界各地相繼成立事實查核（fact-checking）組織以應對這些資訊的傳播。主流研究普遍認為，事實查核組織主要通過闢謠和提倡媒體素養來減低人們對虛假資訊的信任，從而協助公眾理解有爭議的社會現實（social reality）。由於每個社會的媒體文化和政治環境不盡相同，各地的事實查核在操作和效果上存在明顯差異。查核機構選擇哪一條資訊進行查核、採用甚麼信源、用甚麼論述框架撰寫報告等，都會左右查核報告所呈現的客觀性和中立性。此外，學界多用實驗方法來研究事實查核對讀者的影響，鮮有從現實例子中探討實際成效。故此，本文希望通過現有案例，初探事實查核機構能否擔任闢謠和緩解社會衝突的角色。

本文以香港為例，試圖探討事實查核在高度兩極化的社會下的表現。早前研究指出（Feng et al., 2021; Tsang et al., 2022），事實查核行動有可能成為政治動員的一部分，而查核機構的政治立場亦會影響其操作風格。本文將用2020年新冠疫情作為背景，探討查核機構如何處理極具爭議的公共衛生議題。由於新冠疫情涉及各種突發事情，媒體需要在缺乏資訊下提供事實查核。在這個背景下，本文會研究以下問題：查核機構如何構建他們對事實的說法，以及查核機構提供的事實，在社會討論中擔任的角色。總的來說，我們希望透過對查核報告進行內容分析來討論查核機構如何構建對事實的理解。

事實查核的背景和發展

隨着假新聞、誤傳資訊和刻意的虛假資訊成為全球關注的議題，事實查核（fact check）一詞亦流行起來。回顧文獻，事實查核並非新興事物。早在二十世紀初，新聞專業主義在美國興起，準確報道事實成為媒體運作的基本原則，一些媒體就在其編輯室內設立「事實查核員」一職，負責在稿件刊出前對內容進行查證，確保新聞製作的事實準確性（Graves, 2016）。

至二十世紀九十年代末，互聯網的出現令記者和民眾得以即時查證和分析政治言論，並予以反饋。同時，政治人物需要為其公開發言負責，確保發言合乎事實。這個觀念日漸深入人心。事實查核由此進入公眾視野，不再限於內部查證未刊出的內容，還轉為驗證政治人物、選舉參選人、社會名人、記者或其他公眾人物的公開發言。這種事實查核比較接近我們現在熟悉的形式，即評估出現在公共領域的資訊有多準確，並向社會大眾報告（Graves & Amazeen, 2019）。

據 Graves & Amazeen（2019），美國第一個民間事實查核網站 Snopes.com 於 1994 年成立，成立之初，它專門查證網絡謠言和都市傳說。及後，美國賓夕法尼亞大學安納伯格公共政策中心（Annenberg Public Policy Centre）在 2003 年成立的 FactCheck.org，則是第一個由專業記者團隊組成的事實查核機構，它標誌着事實查核專業化的開端。《坦帕灣時報》（Tampa Bay Times）旗下的PolitiFact和《華盛頓郵報》（The Washington Post）旗下的Fact Checker隨後於2007年成立。這類由有新聞背景的機構進行的事實查核，是植根於調查性新聞和專業報道，並秉持新聞專業主義的原則，因此被歸類為典型的專業事實查核（professional fact-checkers）。其特徵是強調信息準確、不偏不倚，以及維護不受政治和經濟利益影響之獨立性（Hallin & Mancini, 2004; Graves, 2016）。

事實查核的浪潮在過去十年席捲各地，發展為一場全球運動。據美國杜克大學記者實驗室（Duke Reporters' Lab）的年度統計，截至2022年6月，全球有378個無黨派或政府背景（nonpartisan）的事實查核項目正在運作，比六年前增加了一倍，橫跨六大洲105個國家。當中約三分之二是有新聞背景的事實查核項目，仍屬主流（Stencel et al., 2022）。同時，越來越多非政府組織、智庫和學術機構相繼加入事實查核的行列，逐漸發展出另一類可以被稱為「倡議型」的事實查核（advocacy fact-checkers）——它們不只視自己的工作為客觀純粹的查核記者，更會自我定位為資訊行動者，認為事實查核應在公民參與、政府透明度和公共問責等議題上發揮重要職能（Graves & Cherubini, 2016）。

儘管組織背景和目標各有不同，事實查核行業的從業者開始建立標準化的操作和國際合作，以維持一定的標準和公信力（Graves & Konieczna, 2015）。美國波因特學院（Poynter Institute）就在2015年成立「國際事實查核聯盟」（The International Fact-checking Network - IFCN），制訂出一套業內的專業守則和認證制度。事實查核組織需要滿足事實查核守則的要求，才能成為認證成員，包括：無政府及政黨背景、不偏不倚、嚴謹一致的查核程序、透明公開的消息來源和查核方法、透明公開的資金來源，以及開誠布公的更正措施等，並需要每年接受覆核和更新認證。截至 2023 年 5 月，IFCN 中共有 113 個認證成員。

對事實查核的爭議和討論

部分早期研究指出，事實查核未必能夠令受眾的信念或行為有顯著轉變，甚至會反過來強化原本的錯誤觀念和政治偏見（Nyhan & Reifler, 2010）。隨着事實查核開始專業化和標準化，主流研究和論述普遍對事實查核的效果持正面態度，認為它可以通過闢謠和提倡媒介素養增加資訊傳播的準確性，減低人們對虛假資訊的信任，從而協助公眾理解有爭議的社會現實（e.g., Gottfried et al., 2013; Nieminen & Rapeli, 2019; Vraga & Bode, 2018）。透過大規模的問卷調查和實驗，新近研究亦發現事實查核能夠有效打擊與新冠疫情有關的錯誤資訊（e.g., Carey et al., 2022; Kreps & Kriner, 2022）。有學者認為，事實查核作為專業新聞的延伸，可以協助公共傳媒捍衛真相，有助於公民社會的發展（Luengo & García-Marín, 2020）。

但對於事實查核的局限，學界仍有很多討論，包括以下方面。首先，越來越多研究表明，事實查核的效果受多種因素影響，並很大程度取決於資訊接收者既有的政治立場和觀念（Walter et al., 2019）——受眾更傾向相信與他們立場相符的事實查核，不相信持相反意見的事實查核。正如很多人日常所見，人們傾向在社交媒體分享對自己陣營有利，或是可以用來攻擊對家的事實查核內容（Shin & Thorson, 2017）。

第二，儘管國際組織提倡事實查核的標準化操作，實際執行上還有不少可商榷之處。學者比較幾個大型的專業事實查核機構的選材和內容，發現它們在抽取查核哪些有爭議的事實、使用的評級方案、查核報告的品質等方面，都有明顯差異（Marietta et al., 2015; Stencel et al., 2022; Uscinski, 2015）。尤其是查核內容的選材，有學者發現，無法驗證（uncheckable）的內容有時也會成為事實查核的對象，包括意見陳述、對尚未發生的事情的預測、公眾人物的私人生活等（Liu et al., 2022; Uscinski & Butler, 2013）。Uscinski & Butler（2013）甚至質疑事實查核的根本，即真相本身是否客觀、毫無異議，還是會受限於不同的詮釋解讀——即事實是否真的能被查核。

另一方面，正如新聞媒體可以成為黨派喉舌，現實中亦存在由政治派別利益驅動、以維護自己陣營或批評對方為目的的事實查核（partisan fact-checking）（Graves, 2016）。它們可能會刻意選擇攻擊自己陣營的假消息來驗證、在驗證過程中加插評論、引用特定的資料來源等。在社會運動等特殊情況下，這類事實查核反過來有機會加劇政治兩極化（Feng et al., 2021）。但如前所述，歐美的事實查核植根於專業新聞操作。在此基礎上的主流研究，傾向以專業事實查核作為研究對象，往往先假設事實查核是持平和獨立的，再去觀察其效果。他們較少關注其他類型的事實查核，或自稱正在做事實查核的組織，包括倡議型組織和有黨派或政治背景的事實查核。同時，建基於西方民主語境的主流研究，亦有機會遺漏對非民主政體中事實查核的社會角色的討論。

事實查核與社會現實

除了研究查核機構和社會背景的關係外，學者也有從不同角度分析事實查核怎樣參與建構社會上不同人對事實的看法。本文梳理文獻，提出三個主要的觀察向度：一、事實查核機構選擇甚麼假消息進行查核；二、他們在查核報告中加入的評論；三、報告採用了哪些消息源。

一、對假消息的選擇：查核機構在選擇查核對象的時候，會受到坊間流行討論的話題影響，特別多查核社會當時流行的假消息類型。同時，查核機構可能會因政治立場、取材傾向、資源限制、編採角度等原因，選擇查核的假消息對象（Amazeen, 2015; Lim, 2018）。此外，組織定位也會影響選擇查核的對象，例如由一班烏克蘭記者及行動者成立的StopFake，就致力對抗俄羅斯政治宣傳，開宗明義針對親俄羅斯的假消息進行驗證（Graves, 2018）。另外，非民主政體的媒體往往比傳統民主社會的專業媒體更容易受政治因素影響。事實查核者有沒有特別查核對某一方不利的消息，是觀察他們議程設定的其中一個指標。在不同立場互相對立的環境下，很多假消息都有所謂「抹黑」成分，被視為旨在攻擊立場相反的陣營。在這個環境下，從效果而言，查核報告可說是為被指控的一方提供辯護，甚至有機會為指控對方製造假消息提供基礎。固然，我們不能簡單從查核組織的背景，去斷定他們建構現實的方法。不過，通過比較各個組織如何選擇假消息進行查核，我們能夠觀察勾勒他們如何理解何謂真假。這雖然不能直接與查核機構的立場和動機掛鈎，但如果一個機構明顯地查核針對某一方的假消息，我們或多或少可以推測其立場和偏向。

二、查核報告中的評論：原則上，查核報告的目標是還原事實，讓讀者自行判斷。專業的查核機構理應較少加入與驗證消息真偽無關的評價。不過，查核報告和普通新聞報道的分別在於，前者有需要指出為甚麼要覆驗現行説法，要告訴讀者為甚麼他們需要知道真相，以及為甚麼需要驗證某個特定假消息（Graves, 2016）。有外國查核機構會加入額外的背景資訊，讓讀者進一步詮釋查核內容，並推動社群互動（Kim et al., 2022），而文章的論調（如幽默和不幽默）也會影響查核資訊的接受程度（Young et al., 2018）。就此，筆者（Feng et al., 2021）早前對香港查核機構的研究，歸納出事實查核報告中可能涉及的五種評論和敘事框架：誤導、不實、煽情、不專業、政治宣傳。它們分別指向假消息的不同特徵、動機或後果，也在某程度上反映查核機構對假消息的理解和傾向。例如，強調假消息的「不實」可以説與事實查核的性質相符；批評一則消息煽情，則涉及猜測消息生產者是否意圖不良。

三、查核報告採用的消息源：消息源是事實查核中非常關鍵的部分，而一個可信的查核報告必須闡明其資料來源。IFCN特別指出，事實查核員應該盡可能查證可用的證據、確認所有證據的來源、為讀者提供相關鏈接，更要盡可能識別使用的來源和假消息本身是否利益相關。以官方消息為例，一般而言，在政府機構壟斷權威信息的情況下（例如發生天災），人們難以避免要依賴官方消息源（Kwanda & Lin, 2020）。但是，當政府成為政治衝突的其中一方時（例如社會運動），單純依靠官方消息便不等於持平，反而可能會強化當權者在公共知識生產中的壟斷地位（Van Leuven et al., 2018）。故此，機構公開展示查核過程中用過的消息源，可以提升報告的透明度和可信度。在一些媒體高度專業化的國家（如德國、美國），查核機構也更傾向列明消息源（Humprecht, 2019）。

事實查核在香港

事實查核運動在全球迅速擴張，香港也不例外。兩位筆者綜合自己的觀察及文獻回顧（Kajimoto, 2023），整理出現時香港事實查核的大致狀況。在香港，較早的事實查核可以追溯到2014年佔領運動期間，當時坊間出現了一些闢謠及提醒公眾注意網上虛假資訊的Facebook專頁和群組（Lee & Chan, 2018）。其中最有影響力的是2014年9月成立，簡介自稱為「Fact Checkers」和「Rumour Busters」的「求驗傳媒」Facebook專頁（下稱「求驗」）。據媒體報道，求驗傳媒由不多於五名沒有透露身份背景的志願成員組成，在工餘時間進行事實查核（《眾新聞》，2019）。儘管資源不多，也非獲得認證的查核機構，「求驗」多年來在坊間累積了一定的公信力，曾獲《明報》、《眾新聞》和BBC中文等媒體的訪問。

早期的事實查核還有國際通訊社法新社（AFP）在香港設立的事實查核團隊（AFPHK），以英文撰寫查核報告。2019年的社會運動和2020年開始的新冠疫情期間，虛假資訊和謠言甚囂塵上，香港事實查核的格局也發生變化。自2019年以來，新聞媒體、非營利組織、學術機構、公民團體等相繼發起新的事實查核項目。成立於2019年10月的Facebook專頁「真聞TrueNews」(下稱「真聞」)，在成立之初積極查核與反修例運動有關的虛假資訊。其Facebook的封面圖片顯示「準確無誤」、「深入調查」、「真實性」、「fact check」、「公開公平公正」等字眼，但沒有提供任何背景和成員的資料。同年同月，香港大學新聞及傳媒研究中心、亞洲新聞與資訊教育工作者網路（Asian Network of News & Information Educators）合作成立Annie Lab。作為一個由香港大學新聞系學生主導的項目，Annie Lab於2022年1月獲得IFCN認證。以調查報道為主的獨立新聞通訊社「傳真社FactWire」於2020年2月開始事實查核業務，直至2022年6月通訊社停止運作。事實查核實驗室Factcheck Lab於2020年5月成立，初始資金來自慈善機構「文化及媒體教育基金有限公司」，編輯團隊由新聞工作者和學者組成，並於2021年10月獲得IFCN認證。另一個有學術機構背景的事實查核，是成立於2020年12月的浸大事實查核（HKBU Fact Check），由香港浸會大學傳理學院營運，於2022年12月15日獲IFCN認證。

總括而言，香港的事實查核由2019年起呈現明顯的專業化趨勢，現時有AFPHK、事實查核實驗室、Annie Lab和浸大事實查核四家有IFCN認證的專業事實查核機構。儘管背景和成員組成各有不同，這些機構的網站都詳列了它們如何遵守IFCN的守則並得到認證、具體的查核方法及準則，並強調不偏不倚和自主運作。

關於香港事實查核者的研究目前仍比較少。兩位筆者和李立峯教授曾對反修例運動中，香港的事實查核機構做過一些表現分析（Feng et al., 2021; Tsang et al., 2022），我們對比了「求驗」、「真聞」、AFPHK有關社會運動的報告。我們發現，「真聞」傾向選擇性查核對香港政府和建制陣營不利的假消息，會在報告中批評示威者，也更多引用政府口徑作為唯一消息源等，整體上表現出相對親政府的傾向。

「求驗」則呈相反的傾向，他們傾向選擇查核對運動及其支持者不利的假消息。但同時「求驗」表現出較高的專業性，例如選擇性查核的程度較「真聞」低，會強調媒體素養，提醒網民不論持甚麼政治立場都要警惕假消息。AFPHK則沒有明顯的偏向、不會在查核事實以外加入評價，亦會盡可能引用多方消息源，可說是專業查核機構的標準操作。

從這些研究，我們可以看出，事實查核有潛力透過不同操作，成為社會運動中動員和反動員的一部分。我們亦發現，即使在操作上有政治立場，和「真聞」相比，「求驗」在各個指標都較為貼近AFPHK，可見政治立場和專業性並非互相衝突。鑑於事實查核領域快速發展，我們需要更多對其他事實查核者和在不同語境下的研究，進一步探討事實查核的多樣性和複雜性。

研究問題、資料來源和編碼方法

由上述討論可見，事實查核和社會事件密不可分。本文檢視新冠肺炎這個全球公共衛生危機中的事實查核。具體而言，查核組織如何處理公共衛生議題？如何建立它們對「事實」的說法？我們選取了「求驗」、「真聞」、AFPHK發佈的查核報告作為分析對象，希望比較不同類型（不同政治傾向和相對中立專業）的查核機構各自操作的異同。兩位筆者先瀏覽三個機構的Facebook專頁和網站，搜集和疫情有關的、在新冠疫情的第一年（2020年1月1日—2020年12月31日）內的事實查核報告，繼而分析報告內容。我們共獲得372份報告，其中113個（30.4%）來自「求驗」Facebook專頁、185個（49.7%）來自「真聞」Facebook專頁、74個（19.9%）來自AFPHK網站。

編碼工作由兩位筆者共同完成，編碼均通過編碼員間信度（intercoder reliability）測試，確保一定的客觀性和可靠性。最後，卡方檢定被用於驗證各機構在每個類別的差異是否有統計學意義。我們期望通過研究三個機構在選擇甚麼假消息進行查核、在報告加入甚麼評論和使用甚麼消息源三個向度，來了解事實查核會如何在現實中建立一套對事實的説法。

首先，我們表列了數據中各大類別的假消息，每個類別都有附上例子。

1. 被查核的假消息涉及甚麼主題

主題	例子
政府政策	教育局宣佈全港學校下周停課 今天兒子在警署又多拿了一盒CSI回來，家裏夠多了
偽科學	武漢的病毒一碗煮沸的濃大蒜水就能喝好 紅茶跟普洱茶所含的茶黃素（TF3）……能夠阻止冠狀病毒的複製……
疫情情況	臺南已經屍橫遍地了，大家注意安全，戴好口罩
病毒起源	武漢軍運會期間美國人傳播病毒 武漢實驗室製造新冠病毒
疫苗相關	癱成這樣？輝瑞疫苗出問題，網傳志願者面癱照
其他 / 無法分類	/

2. 被查證的假消息對誰不利

假消息針對的對象	例子
中國政府 / 民眾	中國大陸贈送防護服，法國一線人員穿上碎成渣
香港政府或建制陣營	今天兒子在警署又多拿了一盒CSI回來，家裏夠多了
香港反建制陣營	香港眾志組織的「中學生罷課籌備平台」呼籲罷考DSE
美國政府	美國副總統彭斯「造假」，用空箱扮送物資
其他	/

其後，我們沿用過往研究的分析，觀察查核報告中有否出現以下評價：

1. **誤導**：強調假消息的欺騙意圖，關鍵詞包括「造謠」、「欺騙」等。

2. **不實**：強調假消息的虛假性和低可信度，關鍵詞包括「沒有證據」、「虛構」、「沒有來源」等。

3. **煽情**：強調假消息的煽動性，關鍵詞包括「煽動」、「標題黨」、「引起恐慌」、「炒作」。

4. **不專業**：批評傳媒在製造或傳播假消息中的新聞操作，關鍵詞包括「不專業」、「偏頗」、「偷圖」。

5. **政治宣傳**：批評假消息意圖影響公眾輿論，關鍵詞包括「政治文宣」、「政治化」。

最後，筆者經歸納數據得出，查核報告引用來作為證據的消息源分別有：(1) 追溯假消息源頭，例如回溯假圖假片的出處及被修改的地方；(2) 媒體，包括傳統紙媒及網媒；(3) 政府消息，例如政府公告或官員回應；(4) 專家，包括學者和醫生；(5) 其他查核機構；(6) 其他不屬以上類別的消息源。

分析結果

數據顯示總體而言，關於香港政府政策的假消息最受查核機構關注，其次是疫情情況和病毒起源。需要再次說明的是，事實查核機構關注的內容，與坊間流傳甚麼類型的假消息有很大關係。例如我們可以推測，疫情期間香港社會出現較多和政府政策有關的假消息，某程度也反映社會大眾的關注點。

但對比「求驗」、「真聞」和 AFPHK，雖然同在香港，它們關注的主題仍有區別，尤其是在香港政府政策和疫情情況兩個主題上有顯著差別（表一）。「真聞」有幾乎一半的報告是查核政府政策類的假消息（47.6%），明顯多於其餘兩個機構，反映「真聞」認為此類信息最為重要，需優先澄清。AFPHK最少涉及香港政府政策（20.3%），「求驗」則介乎兩者中間。AFPHK相對明顯更關注疫情情況的假消息（21.6%），「求驗」次之（15.9%），「真聞」最少（8.1%）。

值得一提的是，各事實查核機構均有大約三成到四成的查核主題是屬於未能分類的類別。這類別的假新聞大多圍繞一次性的事件或現象，例如：「鍾南山料花灑或排氣管洩漏播毒」、「內地人假扮香港人在日本爆買口罩」或「武漢人來香港在電梯裏吐口水」等難以分類的陳述。這個現象也反映在疫情期間，不少假消息是源自資訊混亂和不流通，意圖為變化莫測的事態發展提供說法。三個事實查核機構都有嘗試針對這種一次性的假消息進行查核。

表一：被查核的假消息涉及甚麼主題

	求驗	真聞	AFPHK	總體
香港政府政策 ($X^2 = 19.49, p < 0.001$)	31.0%	47.6%	20.3%	37.1%
疫情情況 ($X^2 = 9.52, p < 0.05$)	15.9%	8.1%	21.6%	13.2%
病毒起源 ($X^2 = 2.45, p = 0.29$)	6.2%	10.3%	5.4%	8.1%
偽科學 ($X^2 = 2.48, p = 0.29$)	7.1%	3.8%	8.1%	5.6%
疫苗相關 ($X^2 = 1.29, p = 0.53$)	2.7%	1.1%	2.7%	1.9%
其他 / 無法分類 ($X^2 = 4.46, p = 0.11$)	37.2%	29.2%	41.9%	34.1%

註：單元格中的百分比為該類別佔該查核機構總貼文數的百分比，我們記錄的是貼文涉及的最重要的一個主題，因此每一豎欄的百分比總和為100%。

在被查核的假消息針對對象方面，除「其他人、組織或國家」外，三間機構在每一個類別都有統計學上的顯著差別（表二）。「真聞」的親政府立場尤為明顯，分別有超過四成（42.2%）的報告是查核抨擊中國政府和香港政府或建制陣營的假消息，比例遠遠高於其餘兩間機構。如果將中國政府、香港政府和建制陣營合併來看，「真聞」有75.7%的報告是澄清針對當權者的假消息，「求驗」和AFPHK分別僅有21.9%和35.1%。同時，「真聞」僅有18.9%的查核報告不涉及任何政府或陣營，明顯少於「求驗」（45.1%）和AFPHK（54.1%），某程度反映「真聞」在資訊政治的參與程度較高。

另一個值得留意的發現是，「求驗」明顯查核更多對香港反建制陣營不利的假消息（14.2%）（其餘兩個機構幾乎沒有）。同時，「求驗」亦明顯查核較多針對美國政府的假消息（13.3%）。在新冠疫情的資訊政治角力中，美國政府常處於中國政府的對立位置，結果一定程度反映「求驗」的反建制傾向。

表二：被查核的假消息對哪個政府或陣營不利

	求驗	真聞	AFPHK	總體
中國政府／香港政府／建制陣營 ($X^2 = 90.24, p < 0.001$)	21.9%	75.7%	35.1%	51.3%
中國政府	*11.5%*	*42.2%*	*32.4%*	*30.9%*
香港政府／建制陣營	*12.4%*	*42.2%*	*2.7%*	*25.3%*
美國政府 ($X^2 = 12.51, p < 0.05$)	13.3%	2.7%	6.8%	6.7%
香港反建制陣營 ($X^2 = 34.26, p < 0.001$)	14.2%	0.5%	0.0%	4.6%
其他人、組織或國家 ($X^2 = 1.34, p = 0.51$)	5.3%	2.7%	4.1%	3.8%
沒有針對任何人 ($X^2 = 38.32, p < 0.001$)	45.1%	18.9%	54.1%	33.9%

註：單元格中的百分比為該類別佔該查核機構總貼文數的百分比。因一則帖文可以同時針對不同陣營，每一豎欄的百分比總和可能大於100%。

觀察報告中包含的評論(表三),每一個類別都有統計學上的差異。AFPHK完全沒有在查核以外加入其他評價,與其專業性相符。「求驗」有22.1%的報告沒有加入評價,遠低於AFPHK,但仍比「真聞」(13.0%)多,相對貼近專業性標準。如果只比較「求驗」和「真聞」,可以看出非常明顯的區別和側重。「求驗」更多強調假消息的不實性(39.8%)和不專業操作(12.4%),可見其更注重消息的可信度和新聞報道的專業性。在指出假消息的不實性時,「求驗」經常加入提醒,呼籲網民不要傳播沒有證據的資訊;對新聞操作的批評,則建基於求驗認為新聞工作者必須堅守專業性的判斷。由此可見,除事實查核外,「求驗」也關注媒介素養(media literacy),以及將事實查核看成是一種建立健康資訊環境的介入方式。

「真聞」則傾向批評假消息是有意誤導(68.6%)、煽情(36.8%)和帶有政治宣傳(11.9%),似乎更強調假消息製造或傳播者的不

表三:事實查核機構如何評價這些虛假資訊

	求驗	真聞	AFPHK	總體
誤導 ($X^2 = 54.09, p < 0.001$)	24.8%	68.6%	0.0%	41.7%
不實 ($X^2 = 27.02, p < 0.001$)	39.8%	13.5%	0.0%	18.8%
煽情 ($X^2 = 44.95, p < 0.001$)	2.7%	36.8%	0.0%	19.1%
不專業 ($X^2 = 4.62, p < 0.05$)	12.4%	5.4%	0.0%	6.5%
政治宣傳 ($X^2 = 11.93, p < 0.001$)	0.9%	11.9%	0.0%	6.2%
沒有加入評價 ($X^2 = 4.28, p < 0.05$)	22.1%	13.0%	100.0%	33.1%

註:單元格中的百分比為該類別佔該查核機構總貼文數的百分比。因為一則帖文可以同時涉及不同批評,因此每一豎欄的百分比總和可能大於100%。卡方檢定只用於比較求驗傳媒和真聞。

良意圖和政治效果。一來，對他人「意圖」的推測往往涉及主觀判斷，換句話說，不論事實上傳播者的意圖為何，基本上都不在「可查核事實」的範疇內；二來，「煽動」、「文宣」等論述，常被建制媒體及政府用來指控反對派陣營發佈的資訊，也間接反映出「真聞」在事實查核外的政治性。

消息源方面（表四），如前所述，事實查核的要義之一是提供透明公開的消息來源，以供讀者進行交叉驗證和判斷。AFPHK全部報告都有提供證據和資料來源，再次驗證其專業化操作。「求驗」和「真聞」分別有6.2%和11.4%的貼文沒有提供消息來源，前者相對而言仍是更為接近專業化的標準。

追溯假消息源頭是AFPHK（83.8%）和「求驗」（64.6%）採用最多的方法，「真聞」則遠遠比AFPHK和「求驗」少沿用追溯源頭的查核方式（21.6%），反映前兩者都傾向選擇查核憑消息源頭已可無庸置疑地驗證真偽的假消息，例如改圖、改片、張冠李戴等。同時，AFPHK比「求驗」和「真聞」更多採用各種消息源，包括媒體消息（33.8%）、專家（13.5%）和其他消息源（36.5%）。究其原因，作為大型國際通訊社，AFPHK有更多人手和資源獲得多方資料，例如可直接聯絡多方人士或專家進行求證，亦可看出其追求多角度驗證（triangulation）、更嚴謹。另一發現是，「求驗」明顯比「真聞」和AFPHK都少引用政府消息源，前者只有15.0%，「真聞」和AFPHK分別有35.7%和33.8%。如前所述，政府消息源在社會災難或大型危機中尤為重要，很多時候甚至是唯一的可靠消息來源；但另一方面，當政府是受爭議一方時，全盤接受政府説法未必等於揭示事實。總括來説，「求驗」對引用政府消息持較為保守的態度。

表四：事實查核機構採用哪些消息源作為證據

	求驗	真聞	AFPHK	總體
追溯假消息源頭 ($X^2 = 102.07, p < 0.001$)	64.6%	21.6%	83.8%	47.0%
政府消息 ($X^2 = 15.50, p < 0.001$)	15.0%	35.7%	33.8%	29.0%
媒體 ($X^2 = 7.42, p < 0.05$)	16.8%	27.0%	33.8%	25.3%
專家 ($X^2 = 11.68, p < 0.05$)	0.9%	8.1%	13.5%	7.0%
其他查核機構 ($X^2 = 2.78, p = 0.25$)	4.4%	1.6%	1.4%	2.4%
其他消息源 ($X^2 = 22.24, p < 0.001$)	8.8%	18.4%	36.5%	19.1%
沒有提供證據 ($X^2 = 10.20, p < 0.05$)	6.2%	11.4%	0.0%	7.5%

註：單元格中的百分比為該類別佔該查核機構總貼文數的百分比。一則帖文可以同時引用多個消息源，因此每一豎欄的百分比總和可能大於100%

總結討論

本文伸延以往有關反修例運動中的事實查核的研究，將焦點移至公共衛生議題。結果顯示，在與新冠疫情相關的議題中，查核機構的角色不是單純的糾正虛假消息和呈現事實。擁有的資源、政治偏向、團隊的專業性等因素，都會左右查核機構的具體操作。同時，查核機構可以通過篩選議題、撰寫報告時加入某些論述框架和評論、篩選信源等方式，來設定議程，定義甚麼事實和議題對社會大眾來說是重要的。

在香港，社會運動中的兩極化和政治化在新冠議題上延續，「求驗」和「真聞」尤其關注和政府政策有關的虛假消息，並呈現各自的反建制或親政府傾向。總括來說，三個查核組織均有對關於中國政府和香港政府及建制組織的假消息進行報道，而這些假消息佔總比例為數不少。這個現象並不意外，畢竟疫情初期和反修例運動重疊，不少政治訴求或社會不滿透過假消息得以延續。然而，假消息並不純是政治工具：在缺乏正確或權威資訊流通時，人們會用流言蜚語去給予未能解釋的事情一個說法，更有學者形容這是一種在極端狀態下的信息交流（Shibutani, 1966）。新冠肺炎就好比一場日常的中斷，破壞了常規獲取正確資訊的渠道。人們需要通過評估各種可能（plausible）與可信（credible）的說法來解釋現實（Fine & Ellis, 2010），就好像關於疫情的陰謀論從相對單純的「誤報死亡」論發展到後期的「生化武器」論（Greve et al., 2022）。我們同樣在香港觀察到肺炎的假消息不限於單一題材，也涵蓋病毒起源、疫情發展以至偽科學等各種內容，反映大眾嘗試用各種說法來解釋非常時期下的生活。故此，假新聞的流通除了具備政治性外，亦具備另一種公共溝通的面向，而查核機構從中擔任協調人來過濾錯誤和未經核實的資訊。事實查核通過干預假消息和流言的傳播來確立大眾事實的基礎，並在可信和不可信的說法間劃下邊界。

事實查核機構亦不只是資訊傳播的中轉站，它們充當仲裁者來規範大眾應該接受甚麼資訊，定義甚麼為正確資訊，以及建構一套關於公共事實的說法。然而通過報道來確立大眾事實並不是前所未見，傳統媒體（尤其以西方民主社會為主）一直以來用專業化的論述來自證所言為客觀中立（Carlson, 2017），包括強調媒體透明度和獨立於政治影響。如上文所述，主流查核機構亦嚴遵媒體專業化的風潮，在報告中會強調查核事實的基礎來增加說服力。在香港，三個機構均有採用多種消息源來進行查核，儘管在每個消息源上的比重不盡相同。本文難以確實解釋比例上的分歧，可能是由於組織架構、編採資源或媒體定位等因素所導致。但我們從中得知，AFPHK和「求驗」相對傾向溯源，「真聞」就多用政府消息來查核假新聞。同時，AFPHK並沒有在報告中表達任何主觀評論，傾向僅僅陳述事實以供讀者判斷。「求驗」和「真聞」都有在報告加入評價，但前者比後者有更多沒有加入評價的報告。這些觀察和我們之前的研究吻合：AFPHK最接近專業化媒體的操守，「求驗」則比「真聞」在選材和報告上相對專業化。大多研究指出媒體的說服力基於如何呈現消息源和其報道風格，而AFPHK常用多個消息源來展示其報道的專業性，「求驗」和「真聞」就利用評論來強化報告的重要性。

雖然媒體專業化能建立客觀性，我們暫時沒有數據證明讀者多大程度上會因為報道風格和消息源而相信查核報告。主觀評價不一定促使大眾接受查核機構對事實的看法，反而可能激發社群中相信報告者和不相信報告者之間的分歧。同時，當社會風氣日益兩極化，人們會為了捍衛自己的立場信仰而拒絕意見相反的看法（Kreiss, 2017），這與查核報告專業與否未必有關。故此，我們認為除了研究查核機構如何支持它們對事實的看法外，也應該觀察社會對新聞媒體的態度如何影響事實的構成和傳播。另外，我們觀察到「真聞」近來已很少以事實查核的名義或格式發表帖文，轉而發表更多時事評論，似乎和建制網媒越趨類同。筆者於2023年5月撰寫本文時再查看，「真聞」Facebook專頁的簡介由空白改為「挖掘香港、台灣政壇及政圈荒唐事，可能對包含Facebook團隊在內的特定政治光譜人士是政治不正確的專頁」。這種先自稱為查核機構，進行至少是名義上的查核工作，累積一定程度的公信力和影響力後，再轉化成某一個陣營喉舌的模式，未必是單一例子。在特定社會脈絡下，媒體機構和公民社會其他成員的分工相對模糊，導致查核機構出現政治傾向甚至參與議政。由於根植於民主社會的專業化傳統，西方學術研究不一定能夠解釋和説明媒體和政治的交錯，而我們更需要留意每一個媒體生態的特殊性（Hallin & Mancini, 2004）。這種在非西方社會的政治、媒體專業化、事實查核三方角力，可以是另一個值得研究的課題。

最後必須指出本文的局限性。一來，本文僅是一個建基於一段特定時間內（新冠疫情的第一年）的分析，不能代表整個新冠時期，乃至其他語境和案例的情況；二來，本文僅選擇了兩個有立場偏向、專業程度相異的查核機構（「求驗」和「真聞」）及一個典型的專業查核機構（AFPHK）進行觀察，結果不能涵蓋所有查核機構乃至整個事實查核行業。第三，本文是一個基於幾個指標的描述性的內容分析，只能呈現特定方面的模式。我們無法由結果直接窺視和推論查核操作者的意圖。如要完全解釋差異背後的原因，還需要更多解釋性的研究。

有人可能會質疑，「真聞」或「求驗」是否屬於或能否被稱為事實查核機構？如果不是，這個研究還有沒有基礎？然而，我們想問的不在於嚴格意義上或學術定義上，哪些機構、要符合甚麼條件，才算是查核機構。而是，當一些人、一些組織自稱在進行事實查核工作時，它們就在建立某種對何謂事實的權威和理解。同時，當網民或資訊消費者將這些組織的行為視為事實查核、將其生產的內容視為事實查核內容時，可能會產生和接收一般資訊不一樣的影響。值得我們繼續思考的問題是，這樣的事實查核能否有效緩解社會衝突和提高媒體素養？還是會成為激化社會衝突的另一因素？另外，讀者又是怎樣理解這些查核機構和查核報告？筆者在此拋磚引玉，希望未來有更多立足香港的事實查核研究。

參考資料

英文文獻

Amazeen, M. A. (2015). Revisiting the epistemology of fact-checking. *Critical Review, 27*(1), 1-22.

Carey, J. M., Guess, A. M., Loewen, P. J., Merkley, E., Nyhan, B., Phillips J. B., & Reifler, J. (2022). The ephemeral effects of fact-checks on COVID-19 misperceptions in the United States, Great Britain and Canada. *Nature Human Behaviour, 6*, 236–243.

Carlson, M. (2017). *Journalistic authority: Legitimating news in the digital era*. New York: Columbia University Press.

Feng, M., Tsang, N. L. T., & Lee, F. L. F. (2021). Fact-checking as mobilization and counter-mobilization: The case of the anti-extradition bill movement in Hong Kong. *Journalism Studies, 22*(10), 1358–1375.

Fine, G. A., & Ellis, B. (2010). *The global grapevine: Why rumors of terrorism, immigration, and trade matter*. Oxford; New York: Oxford University Press.

Gottfried, J. A., Hardy, B. W., Winneg, K. M., & Jamieson, K. H. (2013). Did fact checking matter in the 2012 presidential campaign? *American Behavioral Scientist, 57*(11), 1558–1567.

Graves, L. (2016). *Deciding what's true: The rise of political fact-checking in American journalism*. New York, NY: Columbia University Press.

Graves, L. (2017). Anatomy of a fact check: Objective practice and the contested epistemology of fact checking. *Communication, Culture & Critique*, 10, 518-537.

Graves, L. (2018). Boundaries not drawn. *Journalism Studies, 19*(5), 613-631.

Graves, L., & Amazeen, M. A. (2019). Fact-checking as idea and practice in journalism. In Graves L., Amazeen M. A. (Eds.), *Oxford research encyclopedia of communication*. Oxford University Press.

Graves, L., & Cherubini, F. (2016). *The rise of fact-checking sites in Europe*. Oxford: Reuters Institute for the Study of Journalism.

Graves, L., & Konieczna, M. (2015). Sharing the news: Journalistic collaboration as field repair. *International Journal of Communication, 9*, 1966–1984.

Greve, H. R., Rao, H., Vicinanza, P., & Zhou, E. Y. (2022). Online conspiracy groups: Micro-bloggers, bots, and coronavirus conspiracy talk on Twitter. *American Sociological Review, 87*(6), 919–949.

Hallin, D., & Mancini, P. (2004). *Comparing media systems: Three models of media and politics*. New York: Cambridge University Press.

Humprecht, E. (2019). How do they debunk "fake news"? A cross-national comparison of transparency in fact checks. *Digital Journalism, 8*(3), 310-327.

Kajimoto, M. (2023). Fact-checking in Hong Kong: An emerging form of journalism and media education amid political turmoil. In: Fowler-Watt, K., McDougall, J. (Eds.), *The Palgrave Handbook of Media Misinformation* (pp. 121-137). Palgrave Macmillan, Cham.

Kim, H. S., Suh, Y. J., Kim, E. M., Chong, E.R., Hong, H. J., Song, B. Y., Ko, Y. N., & Choi, J. S. (2022). Fact-checking and audience engagement: A study of content analysis and audience behavioral data of fact-checking coverage from news media. *Digital Journalism*, *10*(5), 781-800.

Kreiss, D. (2017). The fragmenting of the civil sphere: How partisan identity shapes the moral evaluation of candidates and epistemology. *American Journal of Cultural Sociology*, *5*, 443-459.

Kreps, S. E., & Kriner D. L. (2022). The COVID-19 infodemic and the efficacy of interventions intended to reduce misinformation. *Public Opinion Quarterly, 86*(1), 162–175.

Kwanda, F. A., & Lin, T. T. C. (2020). Fake news practices in Indonesian newsrooms during and after the Palu earthquake: A hierarchy-of-influences approach. *Information, Communication and Society, 23*(6), 849–866.

Lee, F. L. F., & Chan J. M. (2018). *Media and Protest Logics in the Digital era*. New York: Oxford University Press.

Lim, C. (2018). Checking how fact-checkers check. *Research & Politics, 5*(3). Advance online publication, DOI: 10.1177/2053168018786848.

Liu, Y., & Zhou R. (2022). "Let's check it seriously": Localizing fact-checking practice in China. *International Journal of Communication, 16*(2022), 4293–4315.

Luengo, M., García-Marín, D. (2020). The performance of truth: Politicians, fact-checking journalism, and the struggle to tackle COVID-19 misinformation. *American Journal of Cultural Sociology*, *8*, 405–427.

Marietta, M., Barker, D. C., & Bowser, T. (2015). Fact-checking polarized politics: Does the fact-check industry provide consistent guidance on disputed realities? *The Forum, 13*(4), 577–596.

Nieminen, S., & Rapeli, L. (2019). Fighting misperceptions and doubting journalists' objectivity: A review of fact-checking literature. *Political Studies Review, 17*(3), 296–309.

Nyhan, B., & Reifler, J. (2010). When corrections fail: The persistence of political misperceptions. *Political Behavior*, *32*(2), 303–330.

Shibutani, T. (1966). *Improvised News*. New York: Bobbs-Merrill.

Shin, J., & Thorson. K. (2017). Partisan selective sharing: The biased diffusion of fact-checking messages on social media. *Journal of Communication, 67*(2), 233–255.

Stencel, M., Ryan, E., & Luther, J. (June 17, 2022). *Fact-checkers extend their global reach with 391 outlets, but growth has slowed*. Duke Reporters' Lab. https://

reporterslab.org/fact-checkers-extend-their-global-reach-with-391-outlets-but-growth-has-slowed/

Tsang, N. L. T., Feng, M., & Lee, F. L. F. (2022). How fact-checkers delimit their scope of practices and use sources: Comparing professional and partisan practitioners. *Journalism*. Advance online publication, DOI: 10.1177/14648849221100862

Uscinski, J. E. (2015). The epistemology of fact checking (is still naive): Rejoinder to Amazeen. *Critical Review, 27*(2), 243–252.

Uscinski, J. E., & Butler, R. W. (2013). The epistemology of fact checking. *Critical Review, 25*(2), 162–180.

Van Leuven. S., Kruikemeier, S., Lecheler, S., et al. (2018). Online and newsworthy. *Digital Journalism*, 6(7), 798–806.

Vraga, E. K., & Bode, L. (2018). I do not believe you: How providing a source corrects health misperceptions across social media platforms. *Information, Communication & Society, 21*(10), 1337–1353.

Young, D. G., Jamieson, K. H., Poulsen, S., & Goldring, A. (2018). Fact-checking effectiveness as a function of format and tone: Evaluating FactCheck.org and FlackCheck.org. *Journalism & Mass Communication Quarterly, 95*(1), 49–75.

Walter, N., Cohen, J., Holbert, R. L, & Morag, Y. (2019). Fact-checking: A meta-analysis of what works and for whom. *Political Communication, 37*(3), 350-375.

中文文獻

《眾新聞》。2019年12月1日。〈《求驗傳媒》教三招Fact Check對抗假新聞〉。

香港互聯網使用者的數據素養——問卷量化分析

葉家威、梁洛宜

引言

香港正在經歷數碼化的進程，科技發展和大數據的應用為社會帶來了種種益處。除了提供更方便的信息交流方式外，這些進展還促進了經濟發展和改善了公共服務。然而，這些日新月異的技術同時也帶來了不少風險。例如，近年來在香港一直存在着私隱外洩、網絡詐騙和虛假信息傳播等問題。此外，數碼鴻溝也帶來了歧視和不公平的情況。

為了應對這些不斷增長的風險和快速變化的數碼環境，社會需要市民發揮積極作用。他們不僅需要具備數碼技術和知識，還需要培養一種全新的素養形式——「數據素養」。在這個過程中，市民需要對數碼科技在社會中的應用和影響有充分的認知和反省，從而改變他們的態度和行為。同時，政府為了提升智慧城市的效能和效率，也需要獲得市民的支持、信任和參與。這包括讓人們願意分享自己的個人數據，使用政府的電子服務，以及參與討論制訂數據應用的政策方案。

為了進一步了解市民如何在數碼社會中自處，我們針對香港互聯網用戶的數據素養進行研究，當中包括三大範疇：數據思維、數據處理和數據參與。研究團隊分別進行了線上問卷調查、調查實驗與焦點小組，本文將集中分享在線調查的結果和分析。

大數據應用的機遇與挑戰

在科技發展中，大數據的應用通常指政府或私人機構利用高強度運算，在各個領域大量收集、分析和應用人們日常活動所產生的數據。早期的大數據研究主要關注大數據的規模、數量、多樣性和速度（Diebold 2012; Laney 2001），但隨後越來越多的學者開始探討大數據的應用能如何解決社會、政治和經濟難題。他們認為大數據能夠提供比以往更準確、客觀和有代表性的分析（Boyd and Crawford 2012）。

就像過去的技術變革一樣，大數據的發展為社會帶來了機遇。大數據技術在智慧城市發展中發揮了重要作用。這些技術使得智慧城市能夠通過各種攝錄機和感應器等渠道收集大量數據，並通過分析將這些數據應用於交通、能源、醫療、衛生和教育等領域（Hashem et al. 2016）。以香港為例，創新科技局提出的香港智慧城市藍圖提供了許多大數據和數碼科技在城市中的應用案例。例如，醫院管理局推出了大數據分析平台，以促進醫療保健相關的研究（Innovation and Technology Bureau, 2020, 13-14）。此外，多功能智慧燈柱的推行能夠即時收集城市數據，加強城市管理和其他公共服務（Innovation and Technology Bureau, 2020, 23-24）。

然而，轟動一時的史諾登告密事件為人們揭示了大數據發展所帶來的風險，他和不少學者都認為大規模的數據收集和監視對社會個人與群體的隱私構成了侵犯（Turow 2011; Lyon 2014; Mittelstadt 2017; Zuboff 2019)。根據 Vodafone Institute（2016）的報告，不少歐美受訪者認為數據收集侵犯了他們的隱私，這種行為損害了公眾對政府及大型機構的信任，從而降低了他們分享個人數據的意願。在COVID-19疫情爆發期間，電子與社交媒體的普及加速了虛假訊息的傳播，不少研究指出，相信虛假新聞的群眾更不願意接納政府與專業醫療機構所提出的抗疫政策，從而阻礙了這些措施的有效性，減慢了抗疫工作的進展（Vraga, Tully and Bode 2020; Carmi et al. 2020）。當COVID-19在香港爆發的期間，政府針對疫情而推出的風險通知行動應用程式「安心出行」引起了爭議。一些市民對應用程式的安全性和保密性表示懷疑，引發了對政府的「信任危機」。

「數據素養」與「數碼公民」

要討論「數據素養」的定義，我們首先需要理解「素養」一詞的含義。從英文字面上來看，"literacy" 代表讀寫能力，但隨着大量的引用和字面意思的演化，它也泛指在某個領域或方面的知識和能力。例如，「科學素養」指個人對科學本質的欣賞，以及獲取科學相關技能和價值觀的能力（Holbrook and Rannikmae 2009）；「文化素養」指人們了解、溝通和參與特定文化，並使用相關語言的能力（Ochoa, McDonald and Monk 2016）；而「理財素養」則指人們有效管理資金所需的知識、技能、信心和動力（Remund 2010）。

學術界對於「數據素養」（digital literacy）的定義並沒有統一定案。最早由Gilster（1997）提出的「數據素養」指的是理解和使用電腦中各種格式和形式的數據的能力。後來，Eshet-Alkalai（2004）認為「數據素養」還應包括人們在數碼環境中所需的認知、技術和情感能力。而Hargittai & Hsieh（2012）則提出應把對網絡相關術語的熟悉度納入「數據素養」的範疇，因為這有助於提升人們在網絡中尋找準確資訊的能力。在這些定義中，我們理解「數據素養」的概念包含了「數碼能力」（digital competence）和「數碼技能」（digital skills）所強調的「硬技能」。然而，為了更好地參與數碼社會，人們還需要一些「軟技能」。他們需要了解數碼發展對他們生活和社會的潛在影響，並理解如何以數碼形式參與社會和公共事務。此外，「數據素養」與其他素養一樣，也強調了批判性思考和反思的重要性。通過分析數碼世界中所見所聞，人們才能在使用數碼科技時做出明智判斷，並將他們的思考和想法應用於日常的數碼參與中。因此，「數據素養」是一種綜合能力。

在進行這項研究時，我們採用了Yates及其團隊（2020）提出的「數碼公民」框架作為參考。這個框架提出了人們參與數碼化社會所需的技能、思維和行為，並強調了「在社會數碼化及以演算法及大數據驅動的決策已日益常態化時，公民擁有批判性思維與積極立場的重要性（p.10）」。我們認為這個框架能夠準確地定義和界定「數據素養」的範疇和維度。根據該框架，「數據素養」由三個主要範疇組成（Yates et al. 2020, 12-14；參見Camri 2020, 10）：「數據思維」（data thinking）、「數據處理」（data doing）和「數據參與」（data participation）。

首先，「數據思維」指個人對數據的批判性理解，包括對資訊安全的意識，相關權利與規範的了解，能夠使用數據進行闡述與溝通的能力，以及對不同資料收集渠道的認識。其次，「數據處理」指個人在日常使用數據的能力，例如合乎倫理地使用數據、評估數據的品質與可信性的能力（如事實查核），以及如何安全可靠地管理數據。最後，「數據參與」指個人透過數據使用來塑造集體體驗與貢獻社會的能力，例如如何積極保護自身和他人的隱私，利用數據進行社會和公民參與，以及對抗平台和大機構在處理數據時的霸權做法。因此，根據「數碼公民」框架，「數據素養」包含認知、態度和行為三個主要維度。在我們的研究中，我們選擇使用問卷調查的形式來評估香港互聯網使用者的數據素養程度。

在「數碼公民」框架中，「公民」的概念解釋了人與國家之間具有約束力的關係，其中包括各種權利（如投票、擔任公職和獲得公共服務）和義務（納稅、服兵役和遵守法律）（Tilly 1997）。同時，「公民」還強調了人們在社區中參與政治、社會和經濟進程的義務（Bellamy 2008）。我們認為將「公民」的概念納入「數據素養」非常重要，因為它強調了公民的能動性（agency），並指出個體能夠通過反思、積極參與和實踐推動社會變革（Hintz, Dencik & Wahl-Jorgensen 2018, 30）。因此，在數碼社會中，個體的身份應該是更主動的「公民」角色，而不僅僅是使用者（user）或消費者（consumer）的被動角色。此外，「公民」的概念還強調了積極參與社會和公共事務的重要性，並與造福社群和建設社會等好處相關聯。因此，我們認為「數據素養」還包括以不同程度的數據參與，為實現更美好的數位環境和社會的願景做出貢獻。

香港的數碼發展研究和數據素養研究

根據塔夫茨大學弗萊徹學院制訂的數碼智慧指數（Digital Intelligence Index）研究，香港是全球數碼化程度最高的經濟體之一。香港在數碼環境和基礎設施方面表現出色，被認為擁有完善的數碼基礎設施。這不僅促進了各領域的數碼互動和交易，還有利於香港數位經濟的發展和創新。此外，香港人在社交媒體、電子商務和行動支付等數碼科技的參與度在全球也名列前茅

（Chakravorti et al. 2020, 33）。此外，研究還指出，香港人對於數碼科技持正面態度，認為人工智慧能夠改善生活，並對數位和人工智慧驅動的產品和服務抱有信心。然而，他們普遍認為自己對人工智慧的知識和了解不足，並且相對不願意分享自己的數據（KPMG 2020, 23-36）。

在2019至2021年期間，香港大學教育學院進行了一項名為「香港學生數碼公民素養發展縱向研究」的調查，該研究旨在了解學生從兒童到成年早期各個階段的數碼公民能力發展情況（香港大學 2022）。研究結果顯示，在這兩年裏，香港學生的數碼能力有所提升，很大程度是因為在新冠疫情期間，學生需要頻繁地使用數碼科技進行學習和休閒活動。然而，學生在校內和校際的數碼能力存在着差距，學生的家庭社經地位與他們的數碼素養表現呈正相關。如果學生之間的數碼素養差距持續擴大，將對他們的學業及身心健康產生負面影響，並進一步加劇學習鴻溝的問題。

在2017年，香港中文大學新聞與傳播學院的朱順慈教授創立了社會企業「火星媒體」，旨在向年輕人推廣「媒介與資訊素養」。這種素養指個體根據自身目的和需求，使用、分析、評估和製造媒體資訊的能力。朱教授認為媒體素養是社會的「公共物品」，每個人都應該具備並能夠獲得這種能力（Chu 2022）。她於2019年進行了一項問卷調查，了解香港中學生對假新聞的態度和應對假新聞的方式 (Chu and Wong 2023)。研究結果顯示，學生對假新聞議題的關注度、辨別假新聞的能力、個人價值觀（如對真相的追求）、公民意識和社交媒體的參與度都會影響他們應對假新聞的方式，例如進行事實查核。

我們注意到關於香港數碼發展和數碼素養的現有研究普遍忽略了對整體香港市民在數碼化進程中批判性反思能力的探究，也鮮少關注人們通過積極參與塑造數碼環境的體驗。我們的研究旨在填補這方面的空白，並應用「數碼公民」的框架來評估香港互聯網使用者的數據素養。我們相信市民的數據素養水平與智慧城市的發展程度密切相關，因此對數據素養的不同維度（如資料思維、處理和參與）進行評估，將成為政府和相關機構制訂更明智數碼化決策的重要一步。

研究方法

我們的研究採用了網上問卷調查的方法，調查對象是年滿18歲且能閱讀中文的互聯網使用者。研究團隊負責問卷的設計和數據分析，而實際的問卷調查由香港民意研究所（HKPORI）負責執行。最終問卷的樣本量為3,279位受訪者，其中15.7%來自機率抽樣組，84.3%來自非機率抽樣組，這兩個抽樣組都由HKPORI建立和維護。

我們決定選擇線上問卷調查，而非較傳統的電話調查的原因有二。首先，線上問卷調查和電話調查同樣能產生準確的研究結果。近年來，許多國際知名的民調機構，如皮尤研究中心、蓋洛普民調和YouGov等，都採用線上問卷進行調查。學者認為相較於需要訪談人員參與的調查形式，線上問卷可以減少調查的社會期望偏差（Chang and Krosnick 2009; Kennedy and Deane 2019）。其次，使用線上問卷使研究人員能夠在較短的時間內以較低的成本獲得更大的樣本量。由於我們的研究將進行後續的調查實驗，初始調查的樣本量越大，後續參與問卷實驗的潛在參與者就越多。

然而，我們也承認進行線上問卷調查排除了不使用網絡的人群。不過，由於香港的網絡普及率非常高，根據2020年政府統計處提供的數據，10歲以上的香港人口中有91.7%使用網絡。因此，我們認為在進行線上問卷調查時排除的香港人口比例是有限的。為確保數據的代表性，我們根據政府統計處的數據和HKPORI定期進行的電話追蹤調查數據進行了加權分析。

研究結果

問卷調查的內容可以分為五個主要範疇：數碼活動（digital activities）、數碼態度（digital attitudes）以及「數碼公民」框架下的「數據素養」的三個維度：數據思維（data thinking）、數據處理（data doing）和數據參與（data participation）。線上問卷的篇幅較長，以下是對研究結果的整合和分析。在描述數據時，分數代表該項目的平均分，1分為最低分，5分為最高分。

問卷調查的樣本數為3,279人，他們的人口統計資料分佈如下：（1）性別—男：46.5%，女：52.4%，其他：1.1%；（2）年齡—18-29歲：13.7%，30-39歲：15.7%，40-49歲：17.8%，50-59歲：19.8%，60-69歲：27.4%，70歲或以上：5.6%；（3）教育程度—小學或以下教育：1.7%，初中教育(中一至中三)：10.2%，高中教育(中四至中七/文憑試/毅進)：53.1%，高等教育及非學位課程(包括文憑/證書/副學位課程)：10%，學士學位：19.4%，研究生或以上學歷：5.6%。

數碼活動

首先，我們希望了解受訪者日常使用網絡的情況，當中包括他們進行線上活動及使用社交媒體和即時通訊軟件的體驗。從分析可見，互聯網已經滲透香港人日常生活的每一部分，無論是工作還是娛樂，互聯網的使用都是不可或缺及無可避免的。我們發現近三分之一的受訪者（28%）是互聯網的「重度使用者」，他們每天花八小時或以上時間上網（見圖表一）。另外，不少受訪者都熱衷於網上社交和娛樂，幾乎所有受訪者都有至少一個社交媒體帳號（91.4%）及曾使用至少一個即時通訊工具與他人聯繫（95.9%）。在線上獲取有用資訊（90.5%）及閱讀新聞資訊（70.6%）也是受訪者常做的線上活動。約六成的受訪者曾經使用網上付款（63%）及進行網上交易（62.1%）。

圖表一：受訪者過去一個月的平均每日上網時間

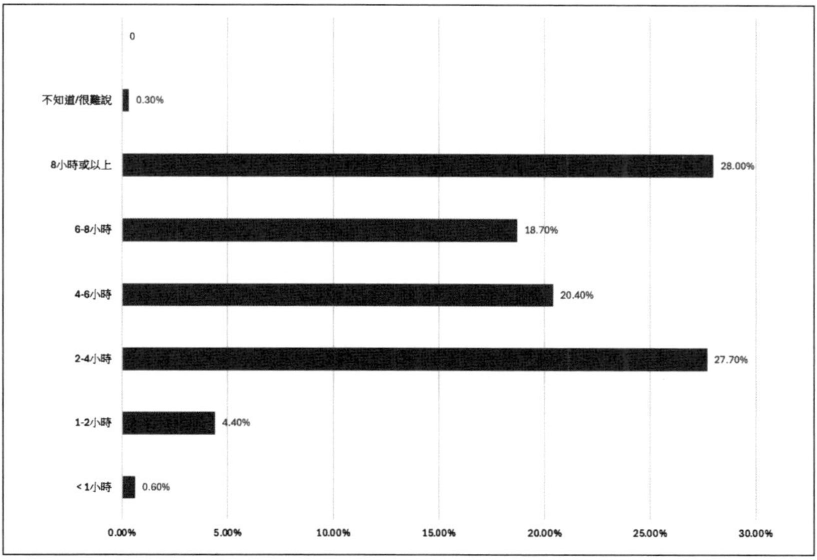

數碼態度

與過往的研究結果相似，受訪者普遍對數碼科技抱持正面態度，近八成受訪者（78.3%）認為數碼科技改善了他們的個人生活；然而，他們對數碼科技是否改善了他們的社會則傾向保守（59.5%）。這個差距可能意味着：雖然大多數受訪者都從數碼科技中受益，但他們意識到在社會中濫用數碼科技可能導致的潛在惡果，如社會不平等的加劇與大規模的監視。

大多數受訪者傾向相信使用數位措施可以確保他們的資訊安全，例如使用多因素身份驗證（4.03分）、定期更改隱私設定（3.99分）和使用防毒軟件（3.91分）（見圖表二）。然而，當涉及聲稱他們有信心保護自己的資料時，受訪者則比較保守。他們對於自己判斷資料真實性（3.3分）和使用網上資訊解決問題的能力（3.14分）較有信心。但對於理解網站和應用程式的條款（Terms & Conditions）（2.91分）和保護自己的線上隱私（3.04分），他們則較缺乏信心（見圖表三）。我們認為受訪者普遍認為單憑個人能力很難保護他們的資料，而且他們缺乏渠道來確保自己已經妥善保護這些資訊。因此，他們把數位措施視為增強信心和防禦網上風險的工具。

圖表二：受訪者對於數位措施能夠確保他們的資訊安全的信心

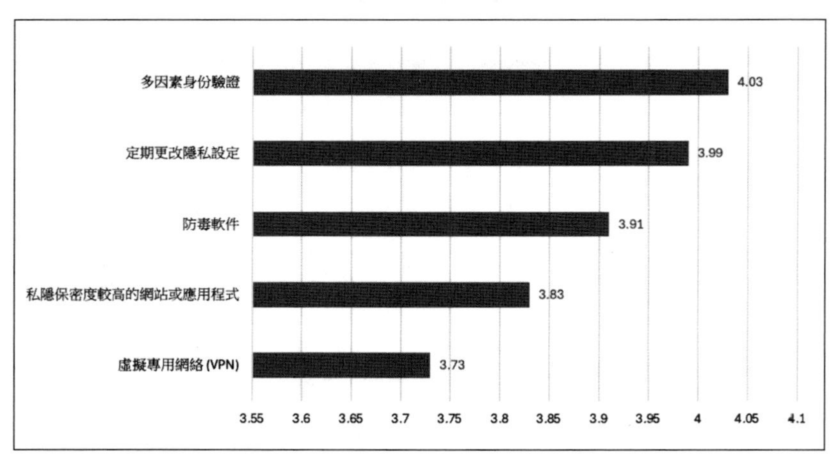

圖表三：受訪者對於能夠透過個人能力確保他們的資訊安全的信心

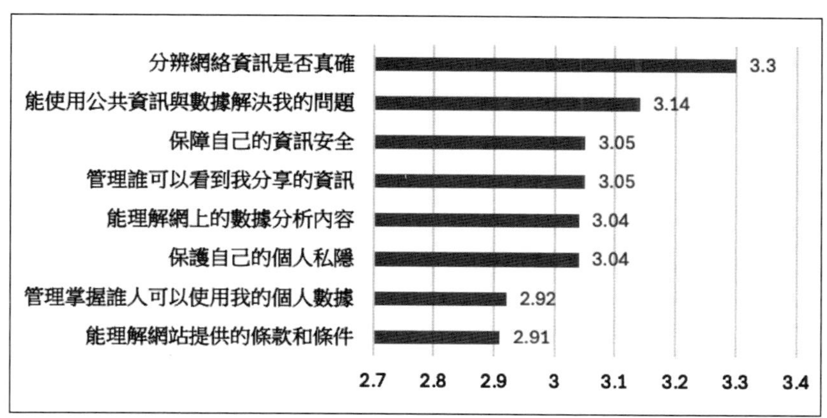

我們觀察到受訪者和科技公司之間存在明顯的權力失衡，這使得受訪者感到非常無力。大多數受訪者（82.6%）認為他們無法控制科技公司如何收集和使用他們的個人資料，而超過一半的受訪者（65.7%）認為儘管科技公司對社會造成負面影響，他們也沒有發言權。61.9%的受訪者認為向線上平台舉報不當或有害內容是無效的，因為平台並不會重視他們的舉報。總體而言，受訪者對科技公司表現出強烈的不信任，認為這些公司更關注自己的利潤而非使用者的利益。這種權力失衡讓受訪者感到無力，他們認為他們無法有效地影響科技公司的行為，並擔心自己的個人資料可能被濫用。

受訪者對網站和應用程式的條款和條件（T&C）亦表現出強烈的無力感。大多數受訪者（74.6%）在使用網站和應用程式之前並未閱讀和理解這些條款，81.3%的受訪者認為閱讀這些條款毫無意義，因為他們必須同意這些條款才能使用相關服務。從中可以看出，用戶在面對條款時只有兩個選擇，要麼接受條款，要麼退出服務。在我們之後的焦點小組討論中，我們追問了受訪者對這些條款的看法，他們普遍認為這些條款都很冗長、複雜和重複，不僅內容難以理解，條款的字體太小也讓他們難以閱讀。此外，部分受訪者還表示，科技公司讓他們在自訂個人隱私設定時困難重重，調整這些設定所花費的時間和精力過多，而且對於保護個人資訊的效果未必顯著。因此，他們大多遵循科技公司所建議的預設隱私設定。

受訪者普遍不願意向科技公司提供個人數據和資料，但他們認為為了使用這些服務，提供數據是不可避免的。這種複雜情緒被 Draper & Turow（2019）稱為數碼放棄感（digital resignation），即使用家明知道使用某種數碼科技可能為他們帶來風險，但因為使用該服務的必要性而無法割捨。不少受訪者（67.5%）甚至認為科技公司正在過度收集他們的個人資訊，對需要提供不必要的敏感資訊感到不滿。過度收集指的是人們認為科技公司收集的資訊過多，並與他們所提供的服務不符。儘管超過半數受訪者（53.6%）表示他們不會為了額外的服務和福利而披露更多個人資訊，但他們並不完全反對科技公司收集他們的個人資訊，尤其是當他們充分了解如何管理這些數據並能夠選擇向機構披露甚麼數據時。研究結果反映受訪者非常關注他們的主動性，他們對科技公司的不滿主要來自於科技公司缺乏透明度所帶來的權力失衡和無力感。

此外，受訪者對科技公司也表現出一定程度的不信任。除了收集他們的線上活動記錄和資料（89.7%）外，許多受訪者堅信網站或應用程式在沒有他們明確授權的情況下正在收集他們的離線儲存數位數據（63%），保存在設備上的生物識別數據（54.5%）以及他們的線下足跡和習慣（75.5%）。在焦點小組討論中，有相當數量的受訪者提出了他們的線下生活被監聽的「陰謀論」，他們以自己在線下提及某產品或話題後很快在線上看到相關廣告的經驗作為證據。

就網上權益而言，過半數受訪者（58.6%）認為他們有權匿名表達自己的意見，近半數（43%）反對限制網上言論自由和任何形式的言論審查。數據的真實性是受訪者關注的問題之一，幾乎所有受訪者（95.5%）都不會完全相信他們在網絡上獲得的資訊，並持有一定的懷疑態度。我們觀察到，過半數受訪者（59.5%）傾向於選擇與他們觀點一致的網上資訊。如果受訪者長時間只接觸到特定立場和觀點的資訊，他們更容易受到「回音室」（echo chamber）效應的影響，並且接觸到不同觀點和意見的機會會越來越少。

數據思維

「數據思維」旨在探索受訪者對數據的批判理解及處理能力，我們向受訪者提出了八個與「數據思維」相關的問題，並涵蓋了七個不同層面，包括：批判性數據分析、數據經濟、數據解難、數據隱私、數據安全、數據收集及數據權益。受訪者的答題正確率為4.3/8。儘管用八個問題很難全面評估受訪者的「數據思維」能力，但結果顯示，如果互聯網使用者在某些層面上缺乏「數據思維」能力，他們更容易受到網絡資訊的誤導或操縱，也更容易面臨隱私外洩和網絡詐騙等風險。數碼社會存在着不同的措施和機制來保護人們的隱私和線上數據，網絡使用者應主動了解這些資訊，而政府也應該在這方面做更多的推廣。

數據處理

「數據處理」旨在了解受訪者在管理數據方面的實踐，特別是在應對風險時的處理方式。當問及保護個人資料和數據時，受訪者傾向於使用強密碼（3.8分）、防火牆（3.63分）和定期進行軟件更新（3.65分）來保護自己。然而，他們相對不願意花時間和精力去修改隱私設定（3.09分）或刪除cookies或瀏覽記錄（3.12分）（見圖表四）。我們認為受訪者對於保護個人資訊和數據有一定的意識和認知，並會積極透過數位措施來保護自己，這體現了他們在使用互聯網時的主動性。在選擇數位措施時，他們更傾向於選擇免費和方便的措施。對於措施有效程度的不確定性與脫離預設設定的調整門檻都減低了受訪者對相關措施的使用度。

圖表四：你會否作出以下行動？

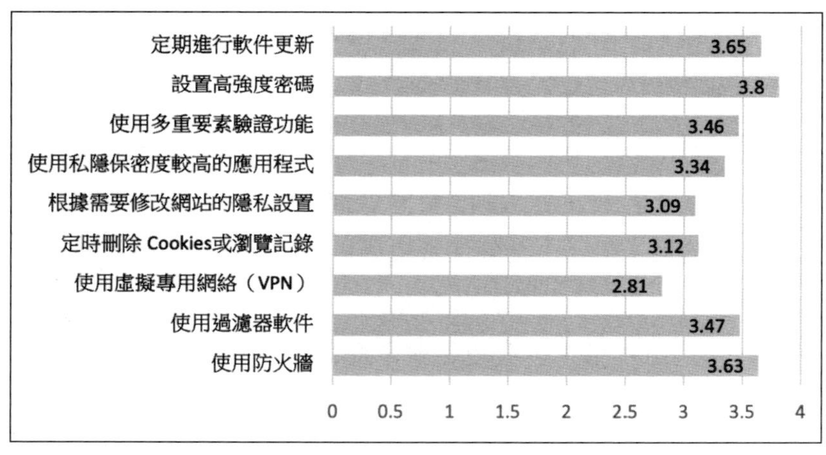

許多受訪者對於在社交媒體上分享個人資訊（2.49分）和政治事務（2.67分）表示抗拒，他們在使用社交媒體時傾向於自我審查，這減少了他們在網上發言的頻率，同時也提高了他們在發佈內容時的謹慎程度。部分受訪者對於虛假訊息的傳播感到擔憂，並強調查核事實的重要性。超過一半的受訪者（57.2%）會通過從多個消息渠道收集資料來區分錯誤和具有誤導性的資訊。

數據參與

「數據參與」旨在了解受訪者主動參與數碼社會的體驗。首先，我們觀察到大部分受訪者都曾使用過政府的電子化服務（E-government），包括查詢公共服務資訊（94%）及使用政府的網上服務（95.5%）。受訪者在網上的社政參與傾向保持低調，這很大機會是受到近年推行的《香港國安法》影響。然而，我們認為社交媒體上社區及公共事務群組的興起可能成為香港公民社會參與的另類形式，73.6%的受訪者表示他們曾經參與這些群組。

大部分受訪者都曾採取積極行動來幫助建設理想的網上環境，例如他們會舉報垃圾訊息（56.1%），為他人澄清不實資訊（47.4%），以及舉報有害或不雅的網上內容（43.4%），他們的行為可以有效阻止錯誤資訊傳播所帶來的負面影響。過半受訪者（53%）曾幫助身邊的人保護他們的資料和資訊。上述的結果均反映受訪者認同保護資料隱私和安全是一項需要集體努力的共同責任。

總結

總括而言，研究團隊基於「數碼公民」框架制訂了適用於香港情況的網上問卷調查，並對香港互聯網使用者的「數據素養」進行了嚴謹的評估。調查結果顯示，培養「數據素養」需要的不僅僅是數碼知識和技術等硬技能，還需要人們對日常數碼實踐進行批判和反思，並了解數碼科技在社會中的應用和作用。近年，層出不窮的網絡詐騙手段在社會蔓延，鬧得人心惶惶，引起了香港市民對保護個人隱私與資訊安全的關注，政府和媒體的積極宣傳和教育能夠有效提高香港人的「數據素養」，使他們能夠更加警覺地應對網上風險，避免受到損害。

2019年的反修例事件和《香港國安法》的實施對市民的「數據參與」產生了重大影響。除了部分參與政治和公民社會的形式被禁止外，立法還導致許多受訪者在分享個人資料和意見之前進行自我審查，有些人甚至決定退出社交媒體。一些悲觀的觀點認為香港的公民社會已經不復存在，但也有人認為市民參與社會的方式正在不斷轉變以適應社會情況的變化。在未來的研究中，我們將更積極地探索和發現那些隱藏在角落中或已經轉變成不同形式的參與模式，以重新塑造香港公民社會的面貌。

自COVID-19疫情爆發以來，政府在實施社交距離和防疫措施的同時，大幅減少了實體服務，並積極推動數位化公共服務的普及，如電子消費券和「安心出行」應用程式。然而，在我們的社會正朝着全面數位化的方向發展時，是否所有市民都具備足夠的「數據素養」來應對未來的挑戰？對於「數據素養」程度較低或選擇退出數位化的公民，政府是否需要繼續為他們保留一些線下選擇？否則，社會是否會排斥那些在數位化進程中落後的群體？我們認為這些都是值得深思的問題。

參考資料

英文文獻

Bellamy, Richard. 2008. *Citizenship: A Very Short Introduction*. New York: Oxford University Press.

Boyd, Danah, and Kate Crawford. 2012. "Critical questions for big data: Provocations for a cultural, technological, and scholarly phenomenon." *Information, Communication & Society* 15.5: 662-679.

Carmi, Elinor, Simeon J. Yates, Eleanor Lockley, and Alicja Pawluczuk. 2020. "Data citizenship: Rethinking data literacy in the age of disinformation, misinformation, and malinformation." *Internet Policy Review* 9, no. 2: 1-22

Chang, Linchiat, and Jon A. Krosnick. 2009. "National surveys via RDD telephone interviewing versus the Internet: Comparing sample representativeness and response quality." *Public Opinion Quarterly* 73, no. 4: 641-678.

Chakravorti, Bhaskar, Ravi S. Chaturvedi, Christina Filipovic, and Griffin Brewer. 2020. "Digital in the Time of Covid: Trust in the Digital Economy and Its Evolution Across 90 Economies as the Planet Paused for a Pandemic." The Fletcher School Tufts University. https://sites.tufts.edu/digitalplanet/files/2020/12/digital-intelligence-index.pdf

Chu, Donna. 2022. "Funding Media Literacy: Hard-Earned Lessons from a Social Enterprise." *Media Education Research Journal*, vol. 11, no. 1: 1-18.

Chu, Donna, and Wong, Frankie Ho Chun. "Fact-checking or not? News verification behaviours of young people in Hong Kong." *Journal of Education*, 22 Mar. 2023, pp.1-12.

Diebold, Francis.2012. "On the Origin(s) and Development of the Term 'Big Data'". PIER Working Paper No. 12-037.https://papers.ssrn.com/sol3/papers.cfm?abstract_id=2152421.

Draper, Nora A., and Joseph Turow. 2019. "The corporate cultivation of digital resignation." *New Media & Society*: Vol. 21, no. 8: 1824-1839.

Eshet, Yoram. 2004. "Digital literacy: A conceptual framework for survival skills in the digital era." *Journal of Educational Multimedia and Hypermedia* 13, no. 1: 93-106.

Gilstor, Paul. 1997. *Digital Literacy*. New York: Wiley Computer Pub.

Hargittai, Eszter, and Yuli Patrick Hsieh. 2012. "Succinct survey measures of web-use skills." *Social Science Computer Review* 30, no. 1: 95-107.

Hashem, Ibrahim Abaker Targio, Victor Chang, Nor Badrul Anuar, Kayode Adewole, Ibrar Yaqoob, Abdullah Gani, Ejaz Ahmed, and Haruna Chiroma. 2016. "The role of big data in smart city." *International Journal of Information Management* vol. 36, no. 5: 748-58.

Hintz, Arne, Lina Dencik and Karin Wahl-Jorgensen. 2018. *Digital Citizenship in a Datafied Society*. Cambridge: Polity Press.

Holbrook, Jack, and Miia Rannikmae. 2009. "The meaning of scientific literacy." *International Journal of Environmental and Science Education* 4, no. 3: 275-88.

Innovation and Technology Bureau. 2020. "Hong Kong Smart City Blueprint 2.0." Accessed March 3, 2021. https://www.smartcity.gov.hk/modules/custom/custom_global_js_css/assets/files/HKSmartCityBlueprint(ENG)v2.pdf

Kennedy, Courtney and Claudia Deane. 2019. "What our transition to online polling means for decades of phone survey trends." Pew Research Center, February 27, 2019. https://www.pewresearch.org/fact-tank/2019/02/27/what-our-transition-to-online-polling-means-for-decades-of-phone-survey-trends/

KPMG. 2020. "AI for Everyone." Accessed February 5, 2021.https://services.google.com/fh/files/misc/google_smarter_digital_city_4_ai_for_everyone_whitepaper.pdf

Laney, Doug. 2001. *3D data management: controlling data volume, velocity and variety.* META Group Research Note.

Lyon, David. 2014. "Surveillance, Snowden, and big data: Capacities, consequences, critique." *Big Data & Society* 1, no. 2:1-13.

Mittelstadt, Brent. 2017. "From individual to group privacy in big data analytics." *Philosophy & Technology* 30, no. 4: 475-94.

Ochoa, Gabriel García, Sarah McDonald, and Nicholas Monk. 2016. "Embedding cultural literacy in higher education: a new approach." *Intercultural Education* vol. 27, no. 6: 546-559.

Remund, David L. 2010. "Financial literacy explicated: The case for a clearer definition in an increasingly complex economy." *Journal of Consumer Affairs* 44, no. 2: 276-95.

Tilly, Charles. 1997. "A primer on citizenship." *Theory and Society* 26, no. 4: 599-602.

Turow, Joseph. 2011. *The Daily You: How the New Advertising Industry is Defining Your Identity and Your Worth*. New Haven, CT: Yale University Press.

Vodafone Institute for Society and Communications. 2016. "Big Data: A European Survey on the Opportunities and Risks of Data Analytics." https://www.vodafone-institut.de/wp-content/uploads/2016/01/VodafoneInstitute-Survey-BigData-en.pdf

Vraga, Emily K., Melissa Tully, and Leticia Bode. 2020. "Empowering users to respond to misinformation about Covid-19." *Media and communication (Lisboa)* vol. 8, no. 2: 475-479.

Yates, Simeon, Elinor Carmi, Alicja Pawluczuk, Eleanor Lockley, Bridgette Wessels, and Justine Gangneux. 2020. "Me and My Big Data Report 2020: Understanding Citizens' Data Literacies: Thinking, Doing & Participating with Our Data." Accessed March 3, 2021. https://www.liverpool.ac.uk/media/livacuk/research/heroimages/Me-and-My-Big-Data-Report-1.pdf

Zuboff, Shoshana. 2019. *The Age of Surveillance Capitalism: The Fight for the Future at the New Frontier of Power*. New York: Profile Books.

中文文獻

港大研究揭示新冠疫情期間學生數碼能力差距擴大均影響學生學業與身心健康—香港學生數碼公民素養發展的縱向研究結果（新聞稿），香港大學，2022年5月3日。https://www.hku.hk/press/press-releases/detail/c_24442.html

經濟弱勢

零工經濟下的網絡社群：平台工人的信息傳遞、自我賦權和社群建構[1]

陳藝強、歐嘉泳

近十幾年，以數位平台為媒介的零工經濟（gig economy）在世界各地快速興起（Woodcock & Graham, 2020）。[2]由於COVID-19疫情令不少產業停擺，許多人加入了零工經濟，以維持生計。這也令不少平台公司，特別是外賣平台成為疫情下的得益者。2020年，牛津大學的Fairwork Foundation估計全球有大約5,000萬名零工工作者（Ustek-Spilda et al., 2020）。有別於傳統的勞資關係，零工工作者大多不是平台公司的員工，而是透過短期的工作或平台的配對來賺取收入的自僱人士。雖然Uber、Deliveroo（戶戶送）、DoorDash和Instacart等公司提倡零工經濟能讓平台工人享受「做自己老闆」的自由，但平台同時透過演算法（algorithms）去分配訂單和決定勞動者的工作機會。零工工作者大多沒有穩定的收入和缺乏勞工保障；例如，平台的外賣員收入會因應不同的工作時段、地點和獎金制度而有所改變。然而，

---

1 本文為研究計劃「勞工平台的道德經濟：香港和臺灣平台權力的比較研究」的部分成果。計劃得到香港特區政府研究資助局的資助（項目編號24620822）。

2 「零工經濟」泛指工人透過數位平台，以尋找及提供短期、臨時或按需求（on-demand）的服務。因此，零工工作者不止有地區性工作的人（如平台的外賣員或司機），也包含在平台提供專業服務的勞動者。本文將集中討論前者。

平台的演算法並不透明，加上平台經常改變演算法，讓勞動者難以理解相關的規則和無所適從。根據香港外賣員權益關注組的統計，2021年6月28日至11月28日期間，foodpanda車手的平均基本服務費用由48元下降至42元，而司機的平均基本服務費用由38元下降至33元（Riders' Rights Concern Group, n. d.）。不過，薪酬計算方式並不透明，零工工作者只能選擇接受，或離開該平台。零工經濟的「經濟自由」論述背後，存在嚴重的勞工剝削。

在零工經濟的勞資關係模式下，平台工人大多是自僱人士，加上工作的空間比較分散，因此他們往往被視為原子化（atomized）的個體，理論上較難組織工會和集體行動（Vallas & Schor, 2020; Bronfenbrenner, 2003）。[3]然而，世界各地持續出現平台工人的抗爭事件，反對平台的剝削和要求政府監管相關的企業。根據英國利茲大學的「平台勞工抗爭指數」（Leeds Index of Platform Labour Protest），在2017年1月至2020年7月期間，世界各地發生了1,271場與外賣、網約車和速遞平台相關的工人抗爭事件，主要形式包括罷工（38.1%）及集會（36%）。當中接近一半的抗爭事件（48.3%）都是由工人完全自發組織。這些集體抗爭大多是由於工人對薪金不滿（63.8%）而引致，其次是與工作環境有關（Bessa et al., 2022）。自2017年起，香港foodpanda和Deliveroo的外賣員也組織過至少七次的罷工，其中包括2021-2022年三次由foodpanda外賣員自發組織的罷工（麥德正，2023b）。外賣員權益關注組成員麥德正曾在《端傳媒》撰寫兩篇

3 在不少地區的法規下，自僱人士沒法組成工會。然而，這不代表零工工作者無法組成工會，例子包括英國獨立工人聯盟（Independent Workers' Union of Great Britain）下的「私人司機聯合分會」（United Private Hire Drivers）。

文章，比較2021-2022年的三次foodpanda外賣員罷工和2007年紮鐵工人罷工，分別探討兩者的組織和抗爭模式的差別，以及影響罷工結果的因素（麥德正，2023a，2023b）。他指出，雖然媒體形容香港foodpanda外賣員罷工，尤其是2021年11月的罷工是沒有大台（核心領導）的組織，但事實上這次罷工也存在由外賣員代表、關注組和「飲食及酒店業職工總會」的幹事組成的「網絡台」，以及不同地區外賣員的社群（麥德正，2023b）。相比起工會領導的罷工，foodpanda罷工的「網絡台」是因為成員的共同目標而產生，沒有明顯的層級關係（麥德正，2023b）。

事實上，正正是因為平台工人缺乏與平台溝通的渠道，加上平台演算法不透明，驅使工人自發組織不同的地區和網絡社群。這些社群成為重要的社交空間，讓平台工人可以分享工作的資訊、分析平台的政策，以及一同抱怨平台的不公平待遇（Woodcock & Graham, 2020; Ticona et al., 2018）。雖然這些社群一開始的時候，大多不是為了組織集體行動而建立，但運作下來有助提升工人的反抗意識和組織集體行動。早在2013年，英國Uber司機透過自發的WhatsApp群組開始組織工會（Aslam & Woodcock, 2020）。2016年，英國戶戶送車手發起罷工，抗議平台取消時薪制度，改為按訂單計算收入。[4]英國學者卡爾魯姆·坎特（Callum Cant）在英國白禮頓（Brighton）透過田野考察的方法去研究這場罷工，並指出有兩種組織方法（Cant, 2020）。第一種方法跟戶戶送的工作模式息息相關：在送單後，戶戶送會指示車手前往不同的「區域中心」（zone centre）等待下一張訂

4 在原本的制度下，車手的時薪是7英鎊，另外每完成一張單可額外賺取1英鎊。在新制下，戶戶送取消了時薪，改為每張單3.75英鎊。

單。在等候期間，互不認識的車手會互相溝通，建立非正式的溝通網絡，有助日後傳播成立工會和組織罷工的念頭。第二，車手之間建立了WhatsApp群組，交流罷工的信息。卡爾魯姆·坎特估計，接近一半戶戶送車手加入了工人組織的WhatsApp和Facebook群組（Cant, 2020）。這場罷工持續了六天，最後戶戶送讓步，對現有的工人維持時薪制度，而新加入的工人則需要按訂單計算收入。

值得思考的是，到底這些工人自發組織的社群如何有助我們理解零工經濟的論述？在過往的研究中，我們訪談了一些曾參與香港foodpanda罷工的外賣員和相關組織。本文將以零工經濟下的工人社群為例，特別聚焦於香港外賣員社群和2021至2022年的三次香港foodpanda外賣員罷工[5]，分享一些對工人社群的觀察。一方面，這些網絡社群突顯了平台工人之間合作和反抗平台資本主義的可能性；另一方面，本文也希望指出這些社群合作的局限。

零工經濟的興起和經濟論述

全球零工經濟或早期被稱為「共享經濟」的興起，與科技的發展和社經環境息息相關。美國社會學家茱麗葉·修爾（Juliet B.

5 2021年的foodpanda罷工自11月13日下午5:30分開始，持續至11月14日的晚上。11月13日晚上，曾有超過300位工人於11個地區進行集會（蔡美琦，2022）。2022年，foodpanda外賣員曾發起兩次歷時兩日的罷工，分別發生於10月15至16日，及11月3至4日。2022年的兩次罷工分別有來自7區及14區的外賣員參與。因三次罷工的工人自發程度高，沒有一個架構鮮明的組織，因此缺乏罷工參與人數的統計數據。另外，非所有罷工參與者都有參與各區的公開集會，人數亦難以統計。

Schor）和史蒂文・瓦拉斯（Steven Vallas）指出，共享的概念早在1990年代的互聯網文化中已經出現（Schor & Vallas, 2021）。1995年成立的Craigslist是其中一個社區信息共享的先驅。它的用戶可以自由分享和交流有關工作、房屋、社區和個人興趣的資訊，繼而發展出不同的網絡社群。隨後電子交易、付款工具和手機的發展，不單為不同平台及其用戶的交易帶來便利，也令大眾接受和適應了零工經濟平台的概念。

在社經環境的層面，共享經濟的概念可以追溯至2008年和2009年的環球經濟衰退。一方面，企業為降低生產成本，將工作外判及聘請大量合約員工和臨時工，也促進了非典型工作安排（non-standard work arrangements）的擴張。相比傳統的僱傭制度，這種工作安排一般缺乏長期的工作保障和福利，甚至是工作相關的培訓。另一方面，共享經濟的支持者提出透過將閒置的資源在數位平台短暫地共享，以創造更大的經濟價值。共享的資源不單是指房屋和汽車等有形的資產，也包括個人的時間及其他人力資源。這似乎為暫時失業的人提供了收入的來源，也有助解決當時失業率高企的問題。在2009至2019年，有105間美國初創企業定位自己為包括清潔、雜貨配送業務和寵物保姆等不同行業的Uber（Uber for X）[6]，籌集了超過70億美元的創業投資（venture capital）的資金（Madrigal, 2019）。雖然大部分的初創平台都以失敗收場，不過這也説明平台經濟儼然成為了一種新興的商業模式。

6 Uber for X是指初創企業參考和擴展Uber的商業模式到各行各業。這些初創企業大多透過數位平台或者手機應用程式，以提供按需求的服務。

美國法學學者法蘭克・帕斯奎爾(Frank Pasquale)歸納了兩種截然不同的平台經濟論述(Pasquale, 2016)。在新自由主義的經濟論述下,平台經濟可以帶來更平等的工作安排和勞動市場(Pasquale, 2016)。平台企業大多強調它們只是科技公司,透過精密的演算法和大數據,提供聯繫用戶的中介科技服務,以促進經濟的發展。在平台經濟下,勞動者是平台的「合作夥伴」,而非僱員。每個人都可以是企業家,可以按照自己的步伐去安排工作模式和時間。由於人們不受薪於單一企業和從事朝九晚五的工作,而是按需求提供服務,他們也有更多閒暇的時間和精力,投入發展個人興趣。根據這種新自由主義的經濟論述,少數企業壟斷平台經濟只是自由市場競爭的結果。

然而,法蘭克・帕斯奎爾提出反敍事(counternarrative)去顛覆這種新自由主義的經濟論述(Pasquale, 2016)。反敍事的論述指出,平台經濟不但沒有帶來更平等的工作安排,反而加劇了勞動者工作的不穩定性。「合作夥伴」或「做自己老闆」只是一個口號,讓平台不需履行勞工法例下的責任,也讓工人變成了原子化的個體。加上,勞動者不能自由決定每份工作的收入,而要受到平台演算法所限制。雖然平台強調收入是由供需決定,但演算法只能預測供需,不能完全反映實際的情況(Rosenblat & Stark, 2016)。當零工工作者決定是否接受一份工作的時候,往往缺乏足夠資訊。例如,部分外賣平台在派發訂單時,不會即時顯示派送地點,令勞動者無法有效地計算接受訂單的成本(Shapiro, 2018)。平台也會根據用戶評分和各式各樣的效率指標,去決定勞動者的去留(Rosenblat & Stark, 2016)。筆者在過往的研究中,曾訪談一些在美國參與網絡社群的網約車司機和外賣平台的工人。大部分美國的受訪者參與網絡社群的主要原因,都是希望尋求平台相關的資訊。他們多數人並不同意平台的主流論述，不認為自己是平台的「合作夥伴」，因為當他們遇到問題時，平台不會解答和重視他們的訴求。例如，一位受訪者希望理解DoorDash的用戶評級會如何影響他接單工作，並曾嘗試聯絡相關的平台，卻不獲回應。然而，他在網絡社群得知，原來接單率不會影響他的工作機會，這令他改變工作模式，不再接受工資太低的外賣單。

誠如泰娜・布策（Tania Bucher）指出，「世界上根本不存在中立的排序方式。演算法本身就是對世界抱持特定的假設和價值觀」（泰娜・布策，2021，頁99）。在平台經濟下，演算法是為了讓勞動者持續和有效地工作，接更多的訂單，以使平台得到最大的利益。演算法的問題不僅在於其不透明性，而是平台工人缺乏權力去反對演算法的決定。因此，平台工人看似自由，其實難以擺脫演算法和數據管理的枷鎖。在反敘事的論述下，零工經濟的運作模式，不單削弱了基層工人的議價能力，也加劇了社會不平等。

或者有人會質疑，既然平台工人被剝削，為甚麼他們不找另一份工作呢？事實上，平台工人的流失率很高。以Uber為例，每月大約12.5%的司機離開平台，因此它必須提供補貼或其他財務誘因，去吸引新司機加入平台（Cusumano et al., 2019）。這跟平台商業模式息息相關，由於平台是一個多邊市場（multi-sided market），平台公司、勞動者和使用者的需求是相互依存的（Srnicek, 2017）。當平台的使用者愈多，平台對勞動者的價值就愈大，同時平台的商業價值也愈高。正是這種網絡效應（network effects），令新興的平台公司願意在巨額虧損的情況下，依然以不斷提供補貼的方式擴張，期望獨佔市場，達致「贏家通吃」（Srnicek, 2017）。然而，當平台在市場享有極大佔有率時，它們就會降低甚至取消補貼。而到了那個時候，勞動者離開平台的成本也會上升，因為市場上的同類型平台已經被淘汰。

當勞動者是自僱人士，缺乏共同工作空間的情況下，他們如何互相連結，甚至提出反敘事的經濟論述呢？另外，這些由下而上組織的工人社群對於在零工經濟下組織集體行動有何局限？

香港零工經濟的現況

近年，不少零工經濟平台在香港興起，當中包括外賣（如戶戶送、foodpanda和最近在2023年5月開始營運的美團新品牌Keeta）、貨運物流（如Lalamove和在2022年結業的Zeek）、網約車（如Uber）及清潔（如Lazy）等服務。過往的研究一般集中於零工經濟平台如何利用香港現行法規的灰色地帶發展（Chan & Kwok, 2021），以及零工工作者的工作狀況和不穩定性（Au-Yeung & Qiu, 2022; Chan et al., 2022; Leung, 2022）。以Uber為例，終審法院在2020年曾駁回24名在裁判法院被裁定駕駛汽車非法載客取酬罪罪成的Uber司機的上訴，指出「通過Uber應用程式提供運輸服務明顯具有獨立商業載客安排的特性，而不僅是身為駕駛者的另一種形式的附屬工作」（律政司，2020）。另外，學者歐陽達初和邱林川強調，零工經濟必須放在勞動市場和社會政策的框架下理解，並指出香港現時的勞工法例對自僱人士的勞工保障不足，例如自僱人士沒有有薪年假、產假和解僱補償等權利（Au-Yeung & Qiu, 2022）。這些平台大多將工人歸類為自僱人士和強調平台與工人之間的「合作夥伴」關係，以規避僱主的僱傭責任和將營運風險轉嫁給工人。由於被界定為自僱人士的平台工人不受僱傭條例保障，法例也沒法紓緩平台工人工時過長等問題（Chan et al., 2022）。

下文將集中討論香港外賣平台的發展和現況。foodpanda和Uber Eats早期以僱員合約的形式聘請外賣員，並為外賣員提供基本時薪和訂單分成（楊家瑩，2022），但在2019年後平台便開始解僱僱員，或遊説他們轉為自僱人士繼續在平台工作。雖然平台強調外賣員是自願同意以自僱人士的形式工作，但平台可以在未經通知的情況下，單方面更改協議條款及服務費的計算方式，以及隨時立即終止協議、停止指派訂單，因此兩者的關係並不對等。由於零工工作者不被平台承認是僱員，當發生工傷意外，他們也沒法享有《僱員補償條例》的保障（謝欣然，2023）。雖然外賣平台有為外賣員購買團體人身意外保險，但賠償金額、賠償期限與《僱員補償條例》所規定的標準仍然相差甚遠。以工傷病假錢為例，因工傷喪失工作能力期間，僱主仍需每月支付僱員月收入的五分之四，最長需支付三年。而平台意外保險僅會為外賣員提供每周780元港幣至3,900元港幣的賠償，最長賠償期限為5至26周（外賣員權益關注組，2022）。

2023年5月，勞資審裁處在一宗有關貨運物流平台公司Zeek的拖欠工資案件中，判決Zeek與六位申索的司機及包鐘外賣員有僱傭關係（香港基督教工業委員會，2023）。[7]作為一個勞資審裁處個案，該判決不一定能應用於外賣平台或其他零工工作平台上，但對未來討論相關勞工政策有一定的參考價值。

7 這個案件的源起是Zeek自2022年起拖欠司機的工資，並在2023年初解僱司機和倉務人員。有六名司機因此向勞資審裁處申索欠薪和解僱相關的補償。勞資審裁處法官在判決時，考慮到包括誰有控制權，以及申索人有沒有保險及税務責任和財政風險等共十一項因素，詳見香港基督教工業委員會（2023）。

現時，香港沒有關於零工工作者的官方統計數據。[8]香港中文大學社會創新研究中心在2022年，以問卷形式調查從事平台工作超過半年的平台送餐員（215人）、平台送貨員（86人）和平台／中介照顧員（13人），以了解他們的工作狀況和對政府政策的意見（Chan et al., 2022）。[9]研究結果發現有約85%的受訪者月入低於20,000元港幣，以及有約五成的平台送餐員平均每周休息日只有0天（23.7%）或1天（30.7%）。當受訪者被問到是否同意「政府和平台為平台／中介工人提供足夠的保障」，他們大多表示「非常不同意」或「不同意」。[10]另外，嶺南大學與天主教勞工牧民中心的研究發現，少數族裔外賣員在工作期間不時遭受歧視（梁晉穎，2022；Leung, 2022）。

2021年的foodpanda罷工，曾在香港引發了一波對平台外賣員權益的社會關注及討論。如前文所述，於2021年下半年之間，foodpanda每兩周便會下調一次最低服務費的金額。2021年11月13至14日，頻繁減薪引發了持續一日半的foodpanda外賣員罷工，超過300人於11區的pandamart外集會（蔡美琦，2022）。那場罷工令部分地區的foodpanda外賣服務暫時停擺，以及全港pandamart暫停服務（Riders' Rights Concern Group, 2022），迫使foodpanda於11月16及18日與工人代表談判。在談判過程中，除

8 雖然政府有關於自僱人士的統計數據（如2019年香港自僱人士數目達224,100），但「自僱人士」的定義比零工工作者更為廣闊，而且有關自僱人士的統計數據也不包括以平台工作為副業的人士，詳見立法會秘書處資料研究組（2020）。

9 關於受訪者的背景，詳見Chan et al. (2022)。

10 詳見Chan et al. (2022) 問卷調查結果的表十九和表二十。

了設立最低服務費保障、停止減薪這兩大訴求之外，外賣員亦就薪酬計算方法、工作制度、溝通機制、賬號終止程序等方面提出十五點訴求。經過兩日談判，公司與工人代表最後就十五點訴求達成協商，結束罷工。其中，foodpanda所作出比較關鍵的承諾包括：於2022年6月底之前，公司不可降低最低服務費；公司應於2022年2月前，更改服務費的距離計算方法，由計算直線距離改為計算實際運送距離；公司應取消所有外賣員拒絕訂單而暫停更份的制度；公司應設立公正的申訴途徑，讓被凍結賬號、終止賬號的外賣員提出上訴。

雖然外賣員與foodpanda達成了協議，但後者沒有遵守承諾，或有效地解決相關的問題。具體而言，直至2022年9月，foodpanda才推出新的距離計算方法，比協商的日期延遲了七個月。公司推出新的距離計算方法後，降低了部分地區的距離費用，變相令個別地區減薪。同時，外賣員發覺foodpanda增加了對接單過程的控制：一方面，若外賣員接單率低，公司會直接封鎖外賣員的賬號；同時，若連續三次轉走所接收的訂單，會被公司暫停更份，收入受損。這引發了2022年10月15至16日及11月3至4日的兩次foodpanda罷工。2022年罷工所提出的兩大關鍵訴求，便是foodpanda應提供一個透明、合理的薪酬計算方式，以及外賣員應擁有拒絕訂單的自由。根據外賣員權益關注組的統計，2022年10月、11月的罷工分別有來自7區及14區的外賣員參與，但罷工的時長及參與的人數、比例每個地區都有非常巨大的差異。同時，2022年的兩次罷工對foodpanda外賣服務造成的影響十分有限，僅部分地區的外賣或pandamart服務暫時停頓。

零工經濟下的工人社群的充權與限制

哈佛大學社會學系教授雷亞文（Ya-Wen Lei）指出，平台工人的集體行動受「平台架構」（platform architecture）的科技、法律和組織三個維度影響。在科技的維度，如上文提及，平台透過演算法管理平台工人，但同時平台工人也會不滿平台管治及資訊的不透明。這種對平台的不滿，長久累積可能會轉化為集體行動的動能。例如，平台頻繁減薪、採用不透明的薪酬計算方法、無理凍結賬號或暫停更份、未能提供充足的工傷賠償等種種問題長期存在，讓外賣員社群的怨憤積聚，成為了2021年及2022年香港foodpanda罷工的導火線。在法律的維度，平台相關的法規，可以影響集體行動的組織方式及其他反抗的可能性（如是否能對平台提出訴訟或申訴）。最後，平台組織的方式，會影響到工人會否對平台感到不滿，以及建構「自由空間」（free space）的可能性。具體來說，當平台工人缺乏向平台溝通和反映意見的渠道，他們更容易在工作的過程中感到不公平和參與集體行動。同時，礙於工作性質，平台不可能直接監管外賣員整個工作過程。這有助外賣員建立工人社群，而這種社群可以理解為形成爭取權益和反抗平台管治的自由空間（Lei, 2021）。

下文會分為兩大部分。第一，我們會討論香港外賣員社群的特點，以及那些特點如何影響2021至2022年三次foodpanda外賣員自發組織的罷工。第二，我們會以該三次罷工為例，分析工人社群的充權與限制。整體而言，外賣員的工人社群形式最少可以分為三類：（1）地區群組；（2）基於foodpanda舊時隊長制度而建立起的網絡；（3）討論和交流外賣平台的群組。前兩種社群一般有較強地域性（例如每區有各自的WhatsApp群組），而第三種社群一般是公開群組，所有外賣員或對外賣平台有興趣的人都可以加入。這些社群並非為了組織罷工而形成，而是與外賣員的工作環境和社交媒體的可供性（affordances）息息相關（Bonini et al., 2024; Zhou & Pun, 2024）。可供性理論強調媒介和用戶的互動，探討用戶在特定文化、社會和使用環境中，如何理解社交媒體的可能性及其限制（Nagy & Neff, 2015）。這種想像的可供性不一定跟設計社交媒體的公司和程式編寫員想像一樣，這也能夠解釋為何用戶具有反抗的可能性。

在外賣員的社群中，WhatsApp群組是最常見的地區群組。雖然外賣員沒有固定工作地點，但他們在餐廳外、熱點區等待訂單的過程，仍然有不少面對面認識的機會。正正是面對面交流的過程中，外賣員會被同行拉入區內的WhatsApp群。這些少則十人，大則上百人的群組，在外賣平台缺乏支援及保障的情況下，發揮着社群互助的實用功能。例如，外賣員會分享交通堵塞、危險路段、警察抄牌等交通資訊，他們也會在WhatsApp群進行分單、交換更份等操作。這反映了社交媒體其中一個重要的可供性，就是提供組織社群和互相連結的可能性（Bonini et al., 2024; Zhou & Pun, 2024）。外賣員期望在群組互動的過程中，學習如何更有效地在平台工作，並分享工作過程中遇到的趣事和煩惱。隨着時間推移，群組內的成員有可能成為好友，部分地區的WhatsApp群組更會每月組織聚餐、踢波、釣魚等聚會，這些活動令成員之間的關係更加緊密。

另一種社群形式，是基於foodpanda舊時隊長制度而建立起來的網絡。2016至2021年，foodpanda以僱員形式聘用了部分外賣員，於中環、土瓜灣、尖沙咀、九龍灣、柴灣、葵涌等主要地區任命華人及南亞裔「隊長」（captain），以協助公司管理和擴展外賣員隊伍。由於「隊長」需要承擔招募與培訓新人、傳遞管理層資訊、解決日常問題等職責，部分南亞裔「隊長」在地區內與其他南亞裔的外賣員建立了相對緊密的關係。即使foodpanda後來解僱了大部分僱員，再以「獨立承包人」形式再次聘用同一班舊制員工，部分南亞裔「隊長」與同族裔外賣員建立的關係，和「隊長」成立的WhatsApp群組仍然存在，也有助建立麥德正（2023b）提及的「地區台」。

值得留意的是，並非每個地區都有發展出關係緊密的社群。即使年資較長、工作穩定的車手，互相有可能只是點頭之交，不清楚大家的名字和聯絡方式。隨着加入外賣平台的人愈來愈多，兼職外賣員的比例增加，建立緊密的地區社群變得更加困難。另一方面，因為各人在工作中實際遇到的問題並不一樣，即使外賣員同區工作，他們也不一定願意跟其他工種（車手、步兵及單車手）的外賣員建立關係。另外，由於電單車購買、維護的成本較高，也需要駕駛執照，相比步兵和單車手，車手的流動性較弱，全職的比例也較高，所以車手們有較大機會建立比較緊密的群體關係。三次foodpanda罷工的主要組織者正正是全職車手。簡言之，工人群組內部成員關係的緊密度，會因應成員工作的穩定性、工種、全職與否等因素而有所差異。此外，上述的地區社群，也較少帶來跨區域的聯繫。

外賣員會在Facebook、WhatsApp、Telegram表達對平台、餐廳、客人及工作的不滿，而這些不滿有可能轉化為反抗的動能，也是社交媒體另一個重要的可供性（Bonini et al., 2024）。這些反抗不一定是罷工，也可以是日常的反抗。例如，某間餐廳的店員對外賣員態度惡劣，外賣員向平台投訴不果，他們會透過群組呼籲其他成員拒絕接受來自該餐廳的訂單，或相約至餐廳與店員理論。其中一個例子是，樂富一間茶餐廳的經理長期對外賣員的態度不友善，甚至拒絕讓外賣員踏入店內，這令部分外賣員感到不受尊重，與餐廳職員產生摩擦。甚至，在爭拗過程中，餐廳經理取消了對方的外賣訂單，令該位外賣員失去了那訂單的費用。事件發生後，幾位對此感到不滿的外賣員於九龍城區的WhatsApp群發起討論，希望找幾位同儕一起前往理論。結果，此事在WhatsApp群組內引發了不少外賣員響應，更有外賣員覺得，若溝通無果，就集體拒絕送遞該餐廳的訂單，讓餐廳經理明白他們的重要性，製造壓力。最終，約三至四位外賣員共同前往餐廳與經理溝通，最終化解矛盾。此後，該茶餐廳的確改善了對外賣員的態度。

這些地區性的人際網絡可以理解為自由空間，除了讓外賣員抒發不滿，也使他們意識到，自己不是原子化的個體，而是有共同經歷和被平台不公平對待的群體。這在2021及2022年的三次foodpanda罷工的動員過程中，扮演了重要的角色。在2021年的foodpanda罷工，部分媒體聚焦在外賣員如何透過Telegram、WhatsApp群組自發組織罷工。於罷工的前一周，即2021年11月9日前後，罷工的發起人Waqas於一個全港性的、以南亞裔車手為主的WhatsApp群組內，發佈他製作的罷工海報，引發討論。此消息及WhatsApp群組的鏈接被散播至各大外賣員Facebook群組，吸引了很多人加入WhatsApp群組。為了增加群組可容納的人數，以及保障發言者的匿名性，Waqas另外建立了Telegram群組。在人們不斷傳播下，罷工Telegram討論群組人數超過1,500人。群組內的外賣員來自不同地區，有華人、巴基斯坦裔、印度裔及尼泊爾裔不同的族群。隨着Telegram群組人數暴增，群組內的溝通變得混亂。為了促進決策，外賣員充分利用了Google Drive、Telegram

內置的消息置頂、投票、發佈文章等功能。例如，有外賣員建立Google文件，並開放了文檔的編輯權限，邀請同業於文件內增加訴求及評論。當訴求愈來愈多，有外賣員會整理訴求，把重複的訴求整合為同一訴求；同時新增一些Telegram群組內有人提及，但未有記載的訴求，再將訴求分類為短期及長期訴求。最終，該協作文件共記錄了25條訴求。另外，為了促進南亞裔及華人外賣員的溝通，亦有兩三位外賣員不時將群組內的關鍵消息翻譯成中英文兩種語言（Riders' Rights Concern Group, 2022）。除了促進溝通及決策之外，外賣員在群組內亦自發製造中英文文宣、草擬新聞稿，亦促進了罷工相關消息在不同的族裔以及地區之間傳播。

在2021年的罷工，飲食及酒店業職工總會的幹事及一位積極的外賣員在公開的千人Telegram群以外，建立了一個不公開的、數十人以內的Telegram群，僅邀請罷工的發起人和各區關鍵的積極分子加入。外賣員權益關注組的兩位幹事也有被該群組管理員邀請加入。罷工動員期間，該群組內各地區的積極分子會提供各區更加準確的動員情況及細節。同時，該群組的成員也會進行具體的協調和決策，例如傳媒聯絡、記者採訪、新聞發佈會的細節等。一方面，這些例子展示了工人網絡社群如何讓參與罷工的外賣員一起討論共同的訴求和罷工策略，爭取更公平的工作環境；另一方面，我們認為新聞媒體的論述誇大了網絡群組的動員能力，忽視了線下社群的作用（另見麥德正（2023b）對網絡台和地區台的討論）。

2021年期間，雖然罷工的消息最初是透過WhatsApp、Telegram群組傳播，但地區的罷工組織者向筆者表示，在實際的動員過程中，面對面溝通及協調的作用其實更加重要。組織者們透過面對面溝通、在外賣員聚集點派發罷工海報、在保溫箱上張貼罷工文宣、電話聯絡、在WhatsApp地區群組發送訊息，動員其他外賣員參與罷工，商討具體的罷工行動計劃。其中，懂得粵語及英文兩種語言的南亞裔及華人車手更扮演重要的角色，促進跨族裔團結和協調。同時，有組織者以個人的人際網絡，聯絡其他地區工作的外賣員，嘗試把罷工訊息傳得更廣，擴大罷工規模。

動員之外，與公司談判的過程也值得關注。如前文所述，除了千人Telegram群組，外賣員也有一個核心Telegram協調群，由各區的工人積極分子、工會幹事、勞工團體幹事組成。2021年11月14日，foodpanda向罷工發起人發出談判邀請，表示營運團隊願意於11月16日與工人談判。罷工的核心工友便在該Telegram群組商議談判團隊如何組成及談判策略。隨着談判團隊出現，網絡群組所扮演的角色就更加微弱。雖然談判團隊的訴求都參考了Google Drive協作文檔所收集的意見，但是訴求選擇、各個訴求的優先次序等具體操作，都主要由談判團隊擬定。由於談判團隊的成員並非民主選舉而來，大部分外賣員並不清楚談判團隊的完整組成。雖然談判代表背負着巨大壓力，自覺需要向區內相熟同行交代，但實際上，他們並不需要向廣大的外賣員問責。

與foodpanda談判期間，談判代表難以將談判的內容傳播至所有罷工參與者，操作上也沒有民主投票的途徑，去共同決定訴求或罷工去留方案。這不但令談判團隊無法客觀判斷群眾的意志，更沒有談判破裂時提出繼續罷工的合法性及動員能力。由於談判團隊對持續罷工的可能性抱消極預判，他們結果在關鍵訴求上作出了讓步。具體而言，罷工所提出的首要訴求，是foodpanda將車手及司機的最低服務費維持在每單50元港幣以上，並把步兵及單車手的底價提升至每單30元港幣以上。然而，foodpanda拒絕就此作出承諾，只願意於2022年6月底前，不降低基本服務費的價格，並於工作日的午飯及晚飯時段，給予達到若干接單率的外賣員分別每單港幣8元（車手、司機）和5元（單車手、步兵）的附加服務費。最終，談判團隊接受了此折衷方案。雖然有受訪者表示不滿意談判結果，也不同意停止罷工的決定，他們卻難以影響結果。

2021年罷工的談判過程，反映了工人社群在組織集體行動時候面對的局限。雖然外賣員的網絡社群提供了討論和整合各人意見的可能性，但當涉及大規模罷工的時候，若決策機制不明確，罷工會相對難以持續。另外，由於香港沒有相關法規保障參與罷工的外賣員，導致他們要面對「手停口停」的困境。這個因素同樣影響到組織罷工的外賣員，如何評估一眾參與者長期抗爭的意願，令他們最後決定停止罷工。

另外，罷工的成效也受foodpanda的回應影響。例如，在2022年9月，foodpanda更改服務費的計算方式，外賣員權益關注組曾經嘗試接觸各區的外賣員，了解他們的薪酬變化。最後，他們發現觀塘、油塘、九龍城、跑馬地、灣仔、銅鑼灣等地區的外賣員收入不受影響，但九龍灣、土瓜灣、尖沙咀、中環、鰂魚涌、青衣等地區的服務費卻下降，結果動員罷工的時候，前者的外賣員明顯比較缺乏罷工意願，令罷工主要於服務費降低的區域發生。初次罷工後，屯門區的罷工組織者及參與者發現該區的服務費增加了，便決定不再參加往後的罷工。雖然我們沒法證明，foodpanda的做法是不是為了分化外賣員，瓦解罷工力量，但客觀上，這確間接影響工人團結，減少全港大規模集體抗爭出現的機會（麥德正，2023a）。

面對減薪，個別於受影響地區工作的外賣員建立了Telegram頻道，呼籲各Telegram群組的成員投票決定是否於2022年10月8及9日罷工，並發佈了罷工公告及訴求表。最後，雖然Telegram的投票結果顯示有大約二百人將會於該周末罷工，然而當日沒有罷工出現。由此可見，如果沒有線下動員，foodpanda外賣員難以完全依賴網絡群組去組織罷工。

最後，我們希望探討外賣平台的轉變和外賣員之間的差異，對工人社群帶來的局限。第一，2021年的罷工結束後，罷工時候建立起來的網絡群組，以及罷工前已經存在的群組，部分繼續發揮資訊交流、互助的功能。2022年10月及11月，當foodpanda外賣員再次發起罷工，2021年的網絡仍然發揮組織作用（麥德正，2023b）。不過，值得注意的是，外賣員的流動率其實甚高，這除了意味着外賣平台會不斷招募新的外賣員，也代表原來的外賣員會離開平台。從集體行動組織的角度出發，同一個工作區域內素未謀面的外賣員多了，但互相人際關係仍然薄弱，這大大增加了動員難度。另一方面，部分2021年的罷工參與者已經離開了外賣行業，或只以兼職形式繼續工作。兼職外賣員往往缺乏動機與其他外賣員建立聯繫。即使他們繼續留在這個行業，無論是華人或少數族裔，他們心態上都傾向為自己另覓出路，無意把外賣視為長遠職業，這也會影響到他們參與行動的意願。事實上，在上文提及的工人社群中，雖然外賣員仍然會討論工作中存在的問題，但他們並沒有將怨氣轉化為工人自發的、旨在爭取權益的行動。簡言之，外賣員社群置身不斷變動的勞動環境，他們建立緊密社群的潛能亦逐漸降低。

在理論層面，外賣員之間包括語言、文化、工作空間等各種差異，並不利於集體行動的形成和組織。過往經驗所見，工人社群多數局限於同一個族裔、地區、工種（如步兵/車手/單車手，以及全職/兼職的外賣員）等等。值得重提的是，剛才提及的地區和網絡社群，多數不是為了集體抗爭而建立，參與者也沒有誘因與另一個地區、族裔、工種的外賣員建立關係。2021年罷工後，在勞工團體的協助下，外賣員曾經嘗試建立跨族裔的全港外賣員網絡，希望透過持續行動，爭取勞工權益。跨區域網絡的逐步建立，讓2022年罷工的地區協調相對容易。但是，由勞工團體協助建立的社群，也有其局限。由於勞工團體不是由外賣員組成，勞工團體所協助建立的工人社群沒有一般工會的代表機制，外賣員或者會質疑它們的代表性。就算不講代表性，由於外賣員流動性高，勞工團體也難以與工人建立長期關係。2022年罷工結束後，跨區域網絡中，大部分成員都不再積極，一些成員更離開了外賣行業。另外，跨地區、跨族裔、跨工種之間的團結，在罷工時候曇花一現，隨着罷工結束變弱。不同工種之間、兼職與全職之間因利益不同而產生的矛盾、訴求上的分野，族裔歧視的問題，繼續暗流洶湧。甚至，外賣員之間的分化和互相競爭，令到部分問題的矛頭不再直指公司。例如，一些華人會指責少數族裔外賣員「做壞行規」，太過順從平台的演算法指令，影響整體工人的議價能力，令到單價降低。

結語

如文首指出，在宏觀的經濟論述下，零工經濟看似為勞動者帶來了經濟自主，但同時帶來演算法不透明等問題。早期的學術研究一般理解工人為原子化的個體，不利動員和組織勞工運動。然而，平台工人卻因為日常工作、平台管理模式（例如香港foodpanda過往的「隊長」安排）、缺乏與平台溝通的渠道等原因，促使他們共同構建了地區和網絡的社交空間。這些社群的興起，正好表現出勞動者總能找到方法去互相連結，提出反敘事的平台經濟論述。以香港外賣員的工人社群為例，我們觀察到社交媒體有連結外賣員、交流工作資訊、組織日常反抗和罷工的可供性。這些網絡社群，加上地區為主的人際網絡，有助外賣員交流罷工信息，以及提供一個相對自由和不受平台監控的討論空間。不過，工人社群的反抗可能性，也同時受代表性的問題、外賣平台管治（如foodpanda在2021年罷工後的回應）、外賣工作的流動性，以及外賣員之間的文化和種族差異等因素所局限。過往的研究指出，這些網絡群組的討論，多數關於如何預測平台演算法的結果，並非完全為反抗平台對他們的限制，因此這些社群的合作，其實難以完全脫離平台的經濟邏輯。

隨着零工經濟的興起，世界各地的工人社群到底如何能連結起來，並重新思考零工經濟的可能性？這是值得我們進一步深思的問題。這也需要我們重視工人社群的聲音，視他們為零工經濟下重要的持份者。

參考資料

英文文獻

Aslam, Y., & Woodcock, J. (2020). A history of Uber Organizing in the UK. *South Atlantic Quarterly*, *119*(2), 412-421.

Au-Yeung, T. C., & Qiu, J. (2022). Institutions, occupations and connectivity: The embeddedness of gig work and platform-mediated labour market in Hong Kong. *Critical Sociology*, *48*(7-8), 1169-1187.

Bessa, I., Joyce, S., Neumann, D., Stuart, M., Trappmann, V., & Umney, C. (2022). *A global analysis of worker protest in digital labour platforms* (Vol. 70). International Labour Organization.

Bonini, T., Treré, E., Yu, Z., Singh, S., Cargnelutti, D., & López-Ferrández, F. J. (2024). Cooperative affordances: How instant messaging apps afford learning, resistance and solidarity among food delivery workers. *Convergence*, *30*(1), 554-571.

Bronfenbrenner, K. (2003). The American labour movement and the resurgence in union organizing. In P. Fairbrother & C. Yates (Eds.), *Trade unions in renewal: A comparative study* (pp. 32-50). Routledge.

Cant, C. (2019). *Riding for Deliveroo: Resistance in the new economy*. John Wiley & Sons.

Cant, C. (2020). The warehouse without walls: A workers' inquiry at Deliveroo. *Ephemera: theory & politics in organization*, *20*(4), 131-161.

Chan, C. K. C., Au-Yeung, T. C., Tsui, W. Y. A., & Ho, Y. T. (2022). *Towards fair work: Working conditions of grassroot platform labour in Hong Kong*. The Centre for Social Innovation Studies, Hong Kong Institute of Asia-Pacific Studies, The Chinese University of Hong Kong. https://www.csis.cuhk.edu.hk/publication/Towards_fair_work_working_condition_of_grassroot_platform_labour_in_Hong_Kong.pdf

Chan, N. K., & Kwok, C. (2021). Guerilla capitalism and the platform economy: Governing Uber in China, Taiwan, and Hong Kong. *Information, Communication & Society*, *24*(6), 780-796.

Cusumano, M. A., Gawer, A., Yoffie, D. B., & MacDonald, A. (2019). How digital platforms have become double-edged swords. *MIT Sloan Management Review*, *60*(4), 1-7.

Lei, Y. W. (2021). Delivering solidarity: Platform architecture and collective contention in China's platform economy. *American Sociological Review*, *86*(2), 279-309.

Leung, L. Y. M. (2022). 'No South Asian riders, please': The politics of visibilisation in platformed food delivery work during the covid-19 pandemic in Hong Kong. *Critical Sociology*, *48*(7-8), 1189-1203.

Madrigal, A. C. (2019, March 6). The servant economy. *The Atlantic*. https://www.theatlantic.com/technology/archive/2019/03/what-happened-uber-x-companies/584236/

Nagy, P., & Neff, G. (2015). Imagined affordance: Reconstructing a keyword for communication theory. *Social Media + Society*, *1*(2), 2056305115603385.

Pasquale, F. (2016). Two narratives of platform capitalism. *Yale Law & Policy Review*, *35*(1), 309-319.

Riders' Rights Concern Group. (n.d.). foodpanda Service Fees Tracker 熊貓服務費監測表. https://wandering-cymbal-c2e.notion.site/foodpanda-Service-Fees-Tracker-fe887c13b13b4c079e577a745cd46f61

Riders' Rights Concern Group. (2022). How was the foodpanda strike organised?

Part 1: Introduction and description. *Labor Action China*. https://www.lac.org.hk/en/node/351

Rosenblat, A., & Stark, L. (2016). Algorithmic labor and information asymmetries: A case study of Uber's drivers. *International journal of communication, 10*, 3758-3784.

Schor, J. B., & Vallas, S. P. (2021). The sharing economy: Rhetoric and reality. *Annual Review of Sociology, 47*, 369-389.

Shapiro, A. (2018). Between autonomy and control: Strategies of arbitrage in the "on-demand" economy. *New Media & Society, 20*(8), 2954-2971.

Srnicek, N. (2017). *Platform capitalism*. Polity Press.

Ticona, J., Mateescu, A., & Rosenblat, A. (2018). *Beyond disruption: How tech shapes labor across domestic work and ridehailing*. Data & Society.

Ustek-Spilda, F., Heeks, R., Graham, M., Bertolini, A., Katta, S., Fredman, S., Howson, K., Ferrari, F., Neerukonda, M., Taduri, P., Badger, A., & Salem, N. (2020). *The gig economy and Covid-19: Fairwork report on platform policies*. Fairwork.

Vallas, S., & Schor, J. B. (2020). What do platforms do? Understanding the gig economy. *Annual Review of Sociology, 46*, 273-294.

Woodcock, J., & Graham, M. (2020). *The gig economy: A critical introduction*. Polity Press.

Zhou, Y., & Pun, N. (2024). Affording worker solidarity in motion: Theorising the intersection between social media and agential practices in the platform economy. *New Media & Society, 26*(8), 4885-4903.

中文文獻

外賣員權益關注組（2022）。〈外賣員工傷支援指南〉。香港基督教工業委員會。https://www.hkcic.org.hk/post/%E5%A4%96%E8%B3%A3%E5%93%A1%E5%B7%A5%E5%82%B7%E6%94%AF%E6%8F%B4%E6%8C%87%E5%8D%97

立法會秘書處資料研究組（2020）。〈選定地方對「零工工作者」勞工權益的保障〉。https://www.legco.gov.hk/research-publications/chinese/1920in10-protection-of-labour-rights-of-gig-workers-in-selected-places-20200526-c.pdf

律政司（2020）。〈司法裁決摘要 香港特別行政區 訴 Yuong Ho Cheung 及另23人（統稱「上訴人」）終審法院刑事上訴2020年第1號；[2020] HKCFA 29〉。

香港基督教工業委員會（2023）。〈勞資審裁處裁決Zeek假自僱對平台勞工權益意義重大〉。https://www.hkcic.org.hk/post/zeek-delivery

泰娜・布策（Taina Bucher）（2021）。《被操弄的真實：演算法中隱藏的政治與權力》。台灣商務。

梁晉穎（2022）。〈半數受訪少數族裔外賣員感歧視　疫下被罵病毒源頭　團體促保勞權〉，《香港01》，https://www.hk01.com/article/820872?utm_source=01articlecopy&utm_medium=referral

麥德正（2023a）。〈為何香港foodpanda外賣員的二次罷工失效？——與十五年前紮鐵工潮的對比分析〉，《端傳媒》，https://theinitium.com/article/20230105-opinon-hong-kong-foodpanda-steel-fixers-strikes-comparison/

麥德正（2023b）。〈「後職工盟時代」的香港工運：「大台」與「平台」，勞工爭取權益的未來何在？〉，《端傳媒》，https://theinitium.com/article/20230330-opinion-foodpanda-steel-fixers-strikes-analysis/

楊家瑩（2022）。〈外賣員罷工落幕　待遇仍需改善〉，《大學線》，https://ubeat.com.cuhk.edu.hk/157_foodpanda/

蔡美琦（2022）。〈罷工是怎樣鍊成的？〉，《中大學生報》，https://cusp.hk/?p=9911

謝欣然（2023）。〈重傷車手細數香港外賣平台壓榨操控：「我想為那些再也不能說話的人鳴冤」〉，《端傳媒》，https://theinitium.com/article/20230426-hongkong-delivery-messenger-after-industrial-injury/

危脆工作與「機會論」：香港的跨世代比較

鄧鍵一、袁瑋熙

引言

過去十幾年，香港社會有一段時間，特別是2008年保護天星碼頭運動之後，「80後」的論述進入公共討論，各界熱衷討論關於社會流動的議題，尤其是香港青年是否有足夠機會向上流動。往後，隨着各種政治議題冒起，關於社會流動的話題便不顯得那麼矚目。但這段期間，社會流動一直是普遍的研究課題。對於香港的青年人回歸後的上流機會是多了還是少了，各個研究得出不同結論。例如，呂大樂（Lui, 2009）比較1989至2006年不同年齡層的工作類型分佈，指出十幾年間，香港青年人的上流機會沒有顯著收窄。不過，同時有學者指出，雖然回歸後香港的上流機會較以前增加了，但其分配並不平均。家庭環境本來較好的青年人，會有較大優勢把握到這些機會，進身專業和管理階層（Wong & Koo, 2016）。另外，也有學者比較不同世代香港市民的工資漲幅（Wong & Au-Yeung, 2019），以及大專學位對事業的作用（葉仲茵、趙永佳，2016），指出現今青年人能夠憑個人努力改善生活的機會大不如前。

除了客觀的社會流動性之外，香港市民是否認同「香港夢」也是其中一個相關的探討問題。那個時候所謂「香港夢」，意指一套公平、能夠憑個人能力向上流動的社會環境和制度。例如，八十年代學者研究「香港夢」的時候，會問受訪者有多同意「香港社會，有才能的人再加上努力，便會成功」。客觀的社會流動性與市民有多同意「香港夢」未必有關係。有趣的是，儘管香港的客觀流動性有所變化，但比較過渡期間和回歸初期，香港市民對「香港夢」的認同程度，並沒有明顯轉變（Wu, 2009）。趙永佳（Chiu, 2010）的研究甚至發現，「80後」和「90後」的青年人比上世代的香港市民，對香港的未來更樂觀。

然而，隨着經濟和社會環境轉變，自2010年代開始，「地產霸權」、「上位論」逐漸成為公眾關注的議題，市民對向上流動的看法也產生變化。例如，2013年社會流動專題調查的結果顯示，不論年齡層，都有過半市民覺得香港向上流動的機會不足夠，而青年人對此的看法比其他年齡層的市民更強烈。翌年的同類調查，約一半具大專學歷的青年人，認為自己與同輩人未來在香港的發展機會，會比現時更差（葉仲茵、趙永佳，2016）。

至於李立峯和鄧鍵一（2014）則分析人們有多認同香港是否充滿向上流動的機會（下稱「機會論」），與其他政治和社會態度的關係，從而勾勒香港市民社會價值觀的整體圖像。應用「機會論」作為一個量度社會態度的變項，他們指出，香港的後物質轉向，並非純粹來自物質生活滿足後的價值轉向；相反，價值轉向背後，還有一部分來自市民覺得，反正自己難以從經濟發展中受惠，不如支持保育古蹟、郊野公園等後物質的東西。另外，分析香港作為一個金融化社會，他們指出，香港市民的投資動機，有一部分來自他們對「機會論」的質疑；但同時，如果他們把複雜的投資知識，簡化為買樓就是最好的投資，則能夠加強他們對「機會論」的認同（Lee, Tang & Tsang, 2019; Tang, Lee & Tsang, 2022）。

放到香港社會的脈絡，市民對「機會論」的認同程度，有一部分固然與世代相關，例如青年人比較不認同「機會論」（Tang, Lee & Tsang, 2022），而這個結果也符合過去一段日子公共輿論關於青年人缺乏上流機會的說法。但是，如果更宏觀地理解市民認同或質疑「機會論」背後的因素，除了世代差異之外，工作形態也是不能忽略的因素。從每個人日常生活的經驗而言，工作是否穩定、薪酬是否令人滿意等工作相關的因素，或者更直接影響他們判斷是否有足夠上流的機會。當然，工作形態仍然是十分籠統的概念，因此，本文會從危脆工作（work precariousness）的框架，檢視工作形態、主觀危脆感（subjective precarity）等因素與「機會論」的關係。

危脆社會與主觀危脆感

「危脆性」（precarity / precariousness，也有翻譯為「脆弱性」）是過去十幾年學術界廣泛討論的概念。廣義來說，危脆性指個人處於一種欠缺制度和環境保障的生存狀況。例如，難民被視為危脆狀況的典型。他們由於各種原因，失去了作為本國公民在「國家—公民」關係下的權利和保障，彷佛令生命暴露於各種風險和不確定當中，這會被形容為處於危脆的生存狀況（Butler, 2004）。

由於危脆性的概念廣泛，不同領域的學者因應各種具體社會背景，加以發掘危脆性各種側重點，令這個概念意義紛陳（Rosario & Rigg, 2019）。很多時候，它會被用來分析人們的工作狀況。畢竟，工作關係是不少人生活的其中一個重要範疇。同時，自1980年代開始，外判工、合約制、自僱等着重彈性的工作形式普及，傳統意義的僱傭關係出現了質性轉變，而一般理解勞資關係下的勞工保障也大不如前。到近年，科技發展衍生零工經濟（gig economy），勞資雙方的分野更加模糊不清。上述背景觸發了更多關於工作危脆性的研究和討論（MacDonald & Giazitzoglu, 2019）。

籠統來說，工作危脆性（work precariousness）指個人在工作領域處於不安穩、缺乏保障、前景難以預測的狀況（Kalleberg, 2018）。自上世紀八十年代開始，新自由主義下工作形式和僱傭關係的轉變，固然是構成工作危脆性的宏觀背景。然而，相對勞工研究集中探討勞工的狀況，工作危脆性的理論除了涉及工作本身之外，也包括工作危脆性怎樣波及人們生活其他層面的危脆性。同時，隨着已發展地區出現後物質轉向，新世代對傳統僱傭關係的工作規範趨向不滿。自由工作、短暫工作等過去所理解的危脆工作，在一些年輕人眼中，反而成為了他們實踐自主的契機（Tomlinson et al., 2018）。這裏也涉及到，人們主觀感受的危脆性，未必與個別工種或僱傭關係本質上的危脆性有必然關係。當然我們不能忽略，危脆工作普及，成為了其中一種主流僱傭關係之後，它本身也有機會影響到人們的社會價值觀和政治態度。例如過去十多年世界各地的社會動員，不少都涉及危脆工作普及衍生的各種問題（Chun, 2022; Paret, 2020; Yang & Chae, 2020）。

不過，相對其他研究方向，危脆性與社會和政治態度的關係，仍然是比較少人探討的領域。其中一個原因是，危脆工作作為一種工作性質，跟社會態度難以直接扣連。畢竟，每個人可以由於各種原因，以非固定的形式工作，而他們對非固定的僱傭關係又未必很抗拒。例如創意工業很多工作都是專案式、非固定的職位，雖然這一方面常為人詬病，但我們也不能否認，對一些從事創意工作的人來說，工作自主可能比穩定更加重要。事實上，個人自主的傾向與危脆工作的張力，正正是研究危脆工作的其中一個方向（Morgan, Wood & Nelligan, 2013）。

因此，為了豐富危脆工作的分析深度，除了把危脆工作視為一種工作類型，也有學者提出主觀危脆感作為其中一個分析面向。例如Kiersztyn（2018）就提出，身處非正規工作的人，不一定感到不安穩，還要視乎他們的家庭背景、教育程度等因素，並仔細區分主觀危脆感的不同面向。

更重要的是，主觀危脆感的結果，涉及受訪者怎樣理解他們自身狀況與社會變化的關係。身處非固定工作的不同人士，可以因為家庭背景、工作收入、對個人競爭力的認知等因素，有不同程度的主觀危脆感。同樣，身處固定工作的人，也有可能因為對社會和科技轉變的展望，而有較高的主觀危脆感。在這個意義上，當主觀危脆感涉及人們對自身情況與對社會的認知，在理論層面，它可以是一個概念橋樑，讓我們了解，除了工作狀況之外，哪些人可能自覺身處比較危脆的情況；同時，主觀危脆感涉及對自己身處狀況的認知，也比較能夠跟各種政治和社會態度互相扣連（Coultas, Reddy & Lukate, 2023）。

因此，本文以危脆工作為概念背景，放到香港的社會狀況，分析工作形態有多大程度上會影響在職人士對「機會論」的看法，再進一步，他們對「機會論」的看法，會否影響到他們有多滿意現時的生活狀況。此外，鑑於香港社會過去一段日子就「機會論」討論的世代差異，我們也會比較不同年齡層在職人士在上述分析的結果差異。換言之，本文主要回答以下問題：

一、香港在職人士的工作形態與主觀危脆感有多大的關係？

二、香港在職人士的主觀危脆感與他們是否認同「機會論」有多大的關係？

三、工作形態、主觀危脆感、「機會論」三者的關係，在各個世代之間有沒有分別？

研究方法

本文的分析數據來自我們委託香港民意研究所進行的問卷調查。研究機構以電郵方式，把問卷發送予受訪者資料庫內，約八萬名包含不同人口特徵的香港市民。2022年3月29日至4月9日，我們共收到4,346個回覆。

在樣本人口中，女性佔54.4%；年齡分佈方面，30歲以下佔13.8%；35.4%為30至49歲；50歲或以上佔50.8%；擁學士或以上學位的受訪者佔23.7%；已婚人士則佔52.2%。經濟背景方面，27.5%受訪者現居自置物業；家庭月入15,000元（港幣，下同）以下的受訪者佔24.8%、15,000元至39,999元佔39.6%。另外，覺得自己屬於基層、中下層的受訪者分別佔25.3%和41.1%；28.8%受訪者覺得自己屬於中產階層。

由於這個研究題目涉及香港市民的經濟狀況，問卷也有問及受訪者的薪酬和投資情況。對於薪金是否足夠應付生活基本需要，45.9%和22.9%表示「頗足夠」和「完全足夠」，共31.2%表示「完全不足夠」或「不太足夠」。投資方面，43.0%受訪者表示，如果不算住宅物業，他們沒有任何投資；20.9%受訪者以約一至兩成的資產用作投資。

為了令分析結果接近真實的香港人口分佈，研究樣本的性別、年齡、教育程度會按香港人口普查的資料作加權處理。

工作形態方面，樣本人口當中，2,241人是在職僱員，類型包括無須續約的固定職位、合約期一年或以上的合約職位、合約期少於一年的短期合約職位、自由工作者。為了方便分析，無須續約的固定職位屬於「固定職位」，佔在職僱員受訪者的69.8%；另外三種屬於「非固定職位」，佔30.2%。接下來的分析，只包括這2,241位在職僱員作為研究樣本。概念上，各個類型的「非固定職位」都歸類為廣義的危脆工作。

細看「非固定職位」的年齡層分佈，如圖一所示，18至29歲的青年人當中，42.9%於非固定職位工作，明顯比30至49歲（27.1%）及50歲以上（27.9%）的在職人士高。這個結果，與其他學者發現，香港約四成人的第一份工作，屬於脆弱工作，結果十分一致（Xu et al., 2022）。這也反映出，在今日的工作環境中，僱主傾向先以非固定職位招聘工作經驗淺薄的青年人。而日後有多少人可以在原來崗位轉為固定職位，還是要透過轉工來獲得固定職位？由第一份非固定職位的工作開始，青年平均要花多少時間，才可以轉為固定工作？這些都需要進一步研究。

圖一：非固定職位與固定職位在各年齡層的分佈

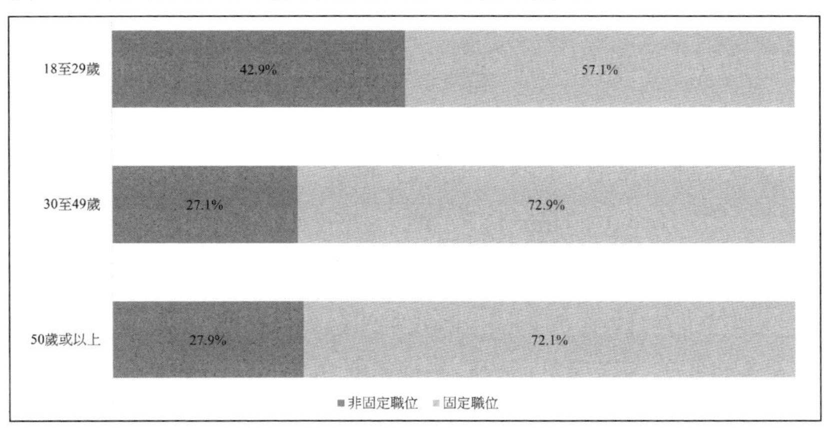

香港在職僱員的主觀危脆感

我們以三條題目量度受訪者的主觀危脆感，分別是：「你覺得自己的工作有幾不穩定」、「你覺得自己在就業市場有幾容易被其他人取代」、「你是否擔心自己會失去工作或收入大幅下降」。

表一：香港在職人士的主觀危脆感（百分比）

你覺得自己的工作有幾不穩定？	十分穩定 22.4	頗穩定 42.7	一般 19.9	頗不穩定 11.0	十分不穩定 3.9
你覺得自己在就業市場有幾容易被其他人取代？	極不容易 3.1	不太容易 16.8	一般 38.6	頗容易 30.8	非常容易 10.7
你是否擔心自己會失去工作或收入大幅下降？	完全不擔心 6.5	不太擔心 26.0	一般 32.4	頗擔心 24.5	十分擔心 10.7

從表一可見，大部分受訪者（65.1%）覺得自己的工作是「十分穩定」或「頗穩定」。但是，當他們審視自己與外在環境的關係時，卻不敢太樂觀。41.5%受訪者表示自己在就業市場「頗容易」或「非常容易」被其他人取代；另外有35.2%表示「頗擔心」或「十分擔心」自己會失去工作或收入大幅下降。

我們把每條題目的答案給予1至5的分數，越高的分數，分別代表受訪者覺得自己的工作越不穩定、越容易被人取代、越擔心自己會失去工作或收入大幅下降。然後，我們會把三條題目的平均分，作為「主觀危脆感」的整體分數（$M = 2.89$；$SD = 0.75$）。

如果把受訪者按從事「固定職位」和「非固定職位」分為兩組，兩者的主觀危脆感分別是2.78和3.15（$p < 0.001$），從事「非固定職位」的受訪者會自覺身處比較不穩定的狀況。但是，年齡層與主觀危脆感卻沒有顯著關係。

表二的迴歸分析，進一步展示有哪些因素會影響受訪者的主觀危脆感。正如之前提到，從事「非固定職位」的人有較高的主觀危脆感（$\beta = -0.185$；$p < 0.001$），而這個因素在各個年齡層都具統計顯著性。另外，橫跨各年齡層，家庭收入和薪金充分

度都是顯著的因素：家庭收入較低、薪金不足以應付生活所需的在職人士，都有較高危脆感（β = –0.140、–0.265；$p < 0.001$）。30至49歲、50歲或以上的已婚人士，整體上的危脆感較高（β = 0.060、0.093；$p < 0.05$），這或者因為已婚人士的整體人生規劃，令他們對工作狀況的穩定性比較敏感。這也印證了剛才提到，人們的主觀危脆感，除了受本身的工作形態影響之外，也涉及人們怎樣因應自己的處境，審視自己的工作狀況。

此外，30至49歲的在職人士當中，投資比例較高的人，會有較低的危脆感（β = –0.075；$p < 0.001$）。雖然金融化並非本文的主題，但這結果亦符合相關理論所指，有些人會把個人投資視為應對危脆社會的策略（Tang & Lee, 2020）。

表二：主觀危脆感的迴歸分析

	全部樣本	18至29歲	30至49歲	50歲或以上
分析變項				
固定職位（否 = 0）	–0.185***	–0.210***	–0.169***	–0.200***
薪金充分度	–0.265***	–0.189***	–0.288***	–0.241***
投資比例	–0.058**	–0.081	–0.075***	0.052
後物質傾向	–0.030	–0.055	–0.053	–0.013
人口特徵				
性別（女 = 0）	–0.022	0.059	–0.051	–0.017
年齡層	0.007	/	/	/
教育程度	–0.079**	–0.050	–0.117***	0.027
已婚（否 = 0）	0.070**	0.031	0.060*	0.093*
居住自置物業（否 = 0）	0.012	0.072	0.027	–0.024
經濟階層	–0.114***	–0.096	–0.065	–0.244***
家庭收入	–0.140***	–0.262***	–0.122***	–0.123*
R^2	30.2%***	38.7%***	27.8%***	34.7%***
N	1673	319	959	393

註：其他控制變項包括政治態度、內部效能感、外部效能感、集體效能感、社會信任度、政治信任度、接收新聞資訊的頻率。
*$p < 0.05$, **$p < 0.01$, ***$p < 0.001$

主觀危脆感與「機會論」的關係

正如本文之前部分討論，香港市民對「機會論」的看法，一直是構成香港市民社會和政治態度的其中一個要素。而在香港的公共討論中，市民對「機會論」的不同看法，也是過去一段時間所謂「世代矛盾」的論述內容。放在危脆工作的概念框架，當人們覺得工作環境缺乏保障的時候，有可能因此影響到他們對整個社會是否有公平的向上流動機會的看法，從而影響到其他方面的社會和政治態度。

本文會引用李立峯和鄧鍵一（2014）量度市民對「機會論」看法的題目。在問卷調查中，受訪者被問到他們有多同意以下三個句子：「在香港，每人享有平等的機會」、「在香港，個人努力和能力是決定一個人能否成功的最重要因素」、「香港的社會制度普遍來說是公平的」。答案選項由「非常不同意」（1分）至「非常同意」（5分）。從圖二所見，香港的僱員整體上頗不認同「機會論」。共71.9%人傾向不同意「在香港，每人享有平等的機會」；74.5%人傾向不同意「香港的社會制度普遍來說是公平的」。三個句子答案的平均分為2.35（$SD = 0.86$），反映受訪者整體上頗不認同「機會論」。

直接比較平均分的話，從事「固定職位」（2.41）比「非固定職位」（2.20）的在職人士稍為認同「機會論」（$p < 0.001$）。年齡層方面，30歲以下、30至49歲、50歲或以上市民對「機會論」的認同分別是2.37、2.28、2.45（$p < 0.001$）。雖然三者的分別達到統計上的顯著度，卻不是按年齡層拾級而上的直線關係。

表三的迴歸分析，展示各個因素與認同「機會論」的關係。首先，加入了其他因素後，年齡與認同「機會論」在迴歸分析沒

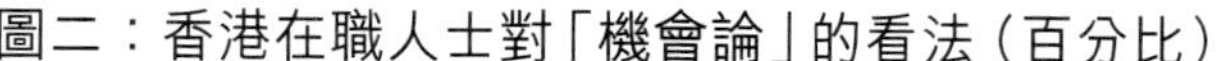

圖二：香港在職人士對「機會論」的看法（百分比）

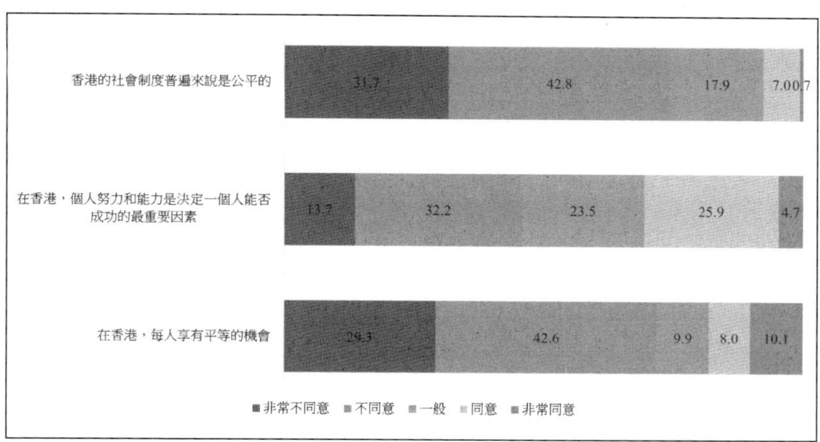

表三：「機會論」的迴歸分析

	全部樣本	18至29歲	30至49歲	50歲或以上
分析變項				
主觀危脆感	−0.040	−0.205***	−0.027	0.024
固定職位（否＝0）	0.067**	0.103*	0.044	0.079
薪金充分度	0.085***	−0.020	0.116***	0.152**
投資比例	−0.008	−0.019	0.011	−0.038
後物質傾向	−0.138***	−0.211***	−0.114***	−0.094
人口特徵				
性別（女＝0）	−0.098***	−0.088*	−0.111***	−0.046
年齡層	−0.021	/	/	/
教育程度	−0.076**	−0.195**	−0.064	−0.056
已婚（否＝0）	0.071**	−0.018	0.122***	−0.024
居住自置物業（否＝0）	0.028	−0.026	−0.007	0.120*
經濟階層	−0.037	−0.013	−0.022	−0.086
家庭收入	−0.081**	−0.227***	−0.069	0.077
R^2	25.3%***	46.5%***	25.1%***	26.9%***
N	1673	319	959	393

註：其他控制變項包括政治態度、內部效能感、外部效能感、集體效能感、社會信任度、政治信任度、接收新聞資訊的頻率。

$^{*}p < 0.05$, $^{**}p < 0.01$, $^{***}p < 0.001$

有顯著關係。在50歲以下的市民中，後物質傾向越強的受訪者，越不認同「機會論」，這符合了我們過去的説法，部分市民的後物質傾向，是來自他們認為在社會發展過程中，他們沒有平等上流的機會（李立峯、鄧鍵一，2014）。

在青年人當中，有固定職業的人比較認同「機會論」（$\beta = 0.103$；$p < 0.05$）；而危脆感較高的青年人，則較不認同「機會論」（$\beta = -0.205$；$p < 0.001$）。更重要的是，固定職業、主觀危脆感只有在青年人身上與認同「機會論」呈顯著關係。換言之，對較年長的人而言，他們身處的工作狀況是否具有保障和穩定性，並不會影響他們如何看待社會是否有公平的上流機會。

反而，薪金才是影響他們有多認同「機會論」的顯著因素。對這兩個年齡層的人來説，如果薪金不足夠應付生活所需，他們會比較不認同「機會論」（30至45歲：$\beta = 0.116$；$p < 0.001$；50歲或以上：$\beta = 0.152$；$p < 0.01$）。他們與青年的差異，也許由於青年人自覺資歷尚淺，普遍能夠接受比較低的薪金，因此當下的薪金水平不影響他們怎樣看社會的上流機會。

認同「機會論」與生活滿意度的關係

最後一組分析，是認同「機會論」與生活滿意度的關係。正如之前提到，「機會論」往往與市民其他環節的社會和政治態度互相扣連，而在各種政治和社會態度當中，生活滿意度是各種態度取向的基礎因素（Hsiao et al., 2020）。為了全面了解危脆工作對市民社會態度的影響，表四以生活滿意度為最終的依變項，分析上述各個因素對他們生活滿意度的影響。

在18至29歲的青年人當中，最明顯的是他們認同「機會論」

表四：生活滿意度的迴歸分析

	全部樣本	18至29歲	30至49歲	50歲或以上
分析變項				
認同「機會論」	0.106***	0.237***	0.115***	0.044
主觀危脆感	–0.113***	–0.073	–0.099**	–0.137*
固定職位（否＝0）	0.024	0.046	0.050	–0.054
薪金充分度	0.168***	0.101	0.182***	0.175***
投資比例	0.011	–0.057	0.015	0.044
後物質傾向	–0.052*	0.080	–0.048	–0.057
人口特徵				
性別（女＝0）	–0.025	–0.039	–0.031	0.045
年齡層	0.023	/	/	/
教育程度	–0.059*	0.040	–0.055	–0.099
已婚（否＝0）	0.012	0.017	0.037	0.049
居住自置物業（否＝0）	–0.007	–0.118*	–0.006	0.045
經濟階層	0.070*	0.069	0.068	0.114
家庭收入	–0.083**	–0.013	–0.059	–0.171**
R^2	25.5%***	33.6%***	26.0%***	25.6%***
N	1673	319	959	393

註：其他控制變項包括政治態度、內部效能感、外部效能感、集體效能感、社會信任度、政治信任度、接收新聞資訊的頻率。
*p < 0.05, **p < 0.01, ***p < 0.001

與生活滿意度呈顯著的正相關（β = 0.237；p < 0.001）；而薪金、工作形態、危脆感對他們的生活滿意度沒有影響。相反，對另外兩個年齡層的人而言，薪金越足夠應付生活所需（30至45歲：β = 0.182；p < 0.001；50歲或以上：β = 0.175；p < 0.001）、主觀危脆感越低（30至45歲：β = –0.099；p < 0.01；50歲或以上：β = –0.137；p < 0.05），都令他們生活滿意度越高。另外，對50歲或以上的市民來說，認同「機會論」與生活滿意度並沒有顯著關係。

對表四結果最直接的理解是，隨着年紀漸長，人們對於有多滿意生活的焦點，會從對將來的展望（例如未來向上流動的機會），轉向當下的經濟回報和工作穩定性。

綜合三組迴歸分析的結果，由於主觀危脆感和認同「機會論」兩者，只在青年人身上有顯著關係，從工作形態到生活滿意度，我們在青年人身上整理出「非固定工作 → 較高主觀危脆感 → 較不認同「機會論」→ 較低生活滿意度」的路徑。而在其他年齡層的受訪者身上，我們也可以得出「非固定工作 → 較高主觀危脆感 → 較低生活滿意度」的路徑。

正如文獻回顧部分提到，每個人可以由於各種原因，選擇或被動地身處某種工作形態，這使得工作形態本身，難以意味着某些社會或政治態度。本文則指出，工作形態會影響人們怎樣去理解自己與職場環境的關係。不論任何年齡層，從事「非固定工作」的人，都比較容易覺得自己的工作不穩定、容易被取代，也比較擔心失去工作或工資下降。對青年人來說，這種危脆感會驅使他們較容易接受一些質疑或否定「機會論」的論述，從而較不滿意生活現況。

對較年長的受僱人士而言，「非固定工作」一樣會令他們有較高的危脆感。然而，出於自身的人生階段，危脆感未必會令他們連繫到「機會論」的問題，卻會直接影響到他們有多滿意生活現況。這個分別，某程度上正好能夠幫助我們理解，為甚麼很多地方因為危脆社會引發的社會動員，主要行動者都是青年人。從自身的危脆感引發到青年人懷疑社會上大家競爭向上流動的遊戲規則，在論述層面，不認同「機會論」容易連繫到各種要求制度改變的集體行動。至於其他年齡層的受僱人士，當他們的自身的危脆感並沒有連繫到對「機會論」的看法，則有較大可能尋求其他方式應對自己的不安全感，例如剛才提到，30至49歲的人會透過個人投資，應對工作上的不確定性。

結語

正如文章開首提到，香港市民是否認同香港社會充滿向上流動機會、是否認同香港是一個可以憑個人努力獲得成功的地方，一直是研究香港社會的重要課題。回到1980、1990年代的時空，香港經濟急速發展，加上經濟結構向服務業轉型，開啟了不同機會，讓當時的青年人進身各個領域。但到了2010年代，「上位論」的論述盛行，在某程度上反映了主導論述與青年人實際經驗的落差。而當時的研究也恰好反映出，認為香港屬寡頭經濟壟斷的人，也較不認同「機會論」(李立峯、鄧鍵一，2014)。在本文，我們嘗試把「機會論」扣連到更宏觀的工作形態轉變。畢竟，非正規工作盛行是各地普遍現象，本文對應的討論，除了香港的論述背景之外，也關於世界各地在危脆工作環境下的社會動員：從事非固定職位的青年人，整體上對關於社會流動的論述比較敏感，容易由此引發對生活上的其他不滿。這個研究的發現，能夠讓其他地方的學者用作參照。

放在香港的情況，回顧過去十幾年香港的社會動員，最矚目的固然都是關於大是大非的政治事件，甚至乎一些社區、民生事務，也容易扣連到中港矛盾的政治論述。但是回顧香港社會動員激進化的過程，經濟因素一直是不容忽視的部分。例如，早於十年前，已有論者提到，香港的高房價會損害政治認受性(Lee & Yu, 2012)；同時，香港沒有物業的市民，傾向支持比較激進的民主派政治人物(Wong & Wan, 2018)。放到2019年反修例運動，也有人發現，認為香港社會存在不公平情況的市民，會比較熱衷參與運動(Chen, Wu & Lin, 2023)。換言之，雖然相較雨傘運動、反修例運動等與政治議程比較矚目的大規模動員，經濟議程較少引起社會討論；但是本文嘗試指出，與經濟相關的背景因素，有可能影響到青年人怎樣看待香港整體的政治經濟結構，間接影響他們的政治參與。

不過，由於本研究是個單次的問卷調查，我們不能忽視，人們隨年紀漸長，生活歷程有所轉變，工作形態對他們社會態度的影響也有機會隨之轉變。正如這裏的研究結果指出，30歲以上對「機會論」的看法，受薪金高低影響，更甚於主觀危脆感。到底非正規工作及主觀危脆度對青年人的影響，是否會成為他們的世代烙印，影響他們往後的社會觀，還是會隨年紀轉變，其重要性會逐漸被其他因素取代，還需要進一步研究。

* 本研究獲以下研究經費資助而得以進行：Hong Kong Baptist University Tier 2 Start-up Grant (163814)。

參考資料

英文文獻

Butler, J. (2004). *Precarious life: The powers of mourning and violence*. London: Verso.

Chen, X., Wu., A. M., & Lin, F. (2023). Why Hong Kong people rebel: The role of economic frustration, political discontent and national identity in non-institutional political participation. *Social Indicators Research, 168*, 79-98.

Chiu, S. W. K. (2010). *Social attitudes of the youth population in Hong Kong*. A report submitted to Central Policy Unit, HKSAR Government.

Chun, J. J. (2022). Protesting precarity: South Korean workers and the labor of refusal. *The Journal of Asian Studies, 81*(1), 107-118.

Coultas, C., Reddy, G., & Lukate, J. (2023). Towards a social psychology of precarity. *British Journal of Social Psychology, 62*(1), 1-20.

Hsiao, H. H. M., Wong, K., Wan, P. S., & Zheng, V. (2020). The impact of experience and perceptions of social mobility on the life satisfaction of young people in Taiwan and Hong Kong. *Asian Journal of Comparative Politics, 5*(4), 319-336.

Kalleberg, A. L. (2018). *Precarious lives: Job insecurity and well-being in rich democracies.* Cambridge: Polity Press.

Kiersztyn, A. (2018). Non-standard employment and subjective insecurity: How can we capture job precarity using survey data? In A. L. Kalleberg, & S. P. Vallas (Eds.), *Precarious work (research in the sociology of work, vol. 31)* (pp. 91-122). Bingley: Emerald Publishing Limited.

Lee, F. L. F., Tang, G., & Tsang, C. K. (2019). Financialization and generational differences in the correlates of perceived importance of investment in Hong Kong. *Social Transformations in Chinese Societies, 15*(2), 161-177.

Lee, S. Y., & Yu, Y. F. (2012). Homeownership and political legitimacy: A case study of Hong Kong and Singapore. *Politics, 32*(1), 52-64.

Lui, T. L. (2009). Hong Kong's changing opportunity structures: Political concerns and sociological observations. *Social Transformations in Chinese Societies, 5*, 141-163.

MacDonald, R., & Giazitzoglu, A. (2019). Youth, enterprise and precarity: or, what is, and what is wrong with, the 'gig economy'. *Journal of Sociology, 55*(4), 724-740.

Morgan, G., Wood, J., & Nelligan, P. (2013). Beyond the vocational fragments: Creative work, precarious labour and the idea of 'flexploitation'. *The Economic and Labour Relations Review, 24*(3), 397-415.

Paret, M. (2020). The community strike: From precarity to militant organizing. *International Journal of Comparative Sociology, 61*(2-3), 159-177.

Rosario, T. C., & Rigg, J. (2019). Living in an age of precarity in 21st century Asia. *Journal of Contemporary Asia, 49*(4), 517-527.

Tang, G., Lee, F. L. F., & Tsang, C. K. (2022). The construction of investor-subjects in a housing-led growth society: The case of Hong Kong. *The Social Science Journal* (online first). DOI: 10.1080/03623319.2022.2066879

Tang, J. L., & Lee, F. L. F. (2020). Understanding investment culture: ideologies of financialization and Hong Kong young people's lay theories of investment. *Consumption Markets & Culture, 23*(6), 537-552.

Tomlinson, J., Baird, M, Berg, P., & Cooper, R. (2018). Flexible careers across the life course: Advancing theory, research and practice. *Human Relations, 71*(1), 4-22.

Wong, S. H. W., & Wan, K. M. (2018). The housing boom and the rise of localism in Hong Kong: Evidence from the Legislative Council Election in 2016. *China Perspectives, 2018*(3), 31-40.

Wong, V., & Au-Yeung, T. C. (2019). Expediting youth's entry into employment whilst overlooking precariousness: Flexi-employability and disciplinary activation in Hong Kong. *Social Policy & Administration, 53*(5), 793-809.

Wong, Y. L., & Koo, A. (2016). Is Hong Kong no longer a land of opportunities after the 1997 handover? *Asian Journal of Social Science, 44*, 516-545.

Wu, X. (2009). Income inequality and distributive justice: A comparative analysis of Mainland China and Hong Kong. *China Quarterly, 200*, 1033-1052.

Xu, D., Jin, S., Pun, N., Guo, J., & Wu, X. (2022). The scarring effect of first job precarity: New evidence from a panel study in Hong Kong. *Work, Employment and Society* (online first). https://doi.org/10.1177/09500170221112

Yang, K., & Chae, Y. J. (2020). Organizing the young precariat in South Korea: A case study of the Youth Community Union. *Journal of Industrial Relations, 62*(1), 58-80

中文文獻

李立峯、鄧鍵一（2014）。〈經濟發展，政治轉變，和香港青年人的後物質轉向〉，載張少強、梁啟智、陳嘉銘（編），《香港・城市・想像》（頁176-207）。香港：匯智出版。

葉仲茵、趙永佳（2016）。〈「下流」青年？客觀狀況與主觀感受〉，載趙永佳、葉仲茵、李鏗（編），《躁動青春：香港新世代處境觀察》（頁54-67）。香港：中華書局。

住屋環境、糧食保障，與住客精神健康：以劏房處境為例

陳盈、許碧琪、李映儀、陳可兒、鍾巽杰、冼豪輝、張德源、梁可琪、黃麗儀

研究背景

居住環境與居民健康息息相關（*Housing and Health*, 2018）。一直以來，文獻均指出住屋穩定性會影響住客的生理與心理健康，例如，如果居民需要經常搬遷的話，他們較其他有穩定住所的人有更高的抑鬱風險（Aubry et al., 2016; Kirst et al., 2020）。另外，居於較可負擔住所的住客，在面對傳染病傳播的時候，其健康狀況會較好（Chen et al., 2022）。住所的質素和安全也會影響健康：如果住客居於晚上缺乏街燈和欠缺發展的社區，他們會減少外出活動，繼而可能會影響健康（Bird et al., 2018）。此外，相對於住處寬闊的居民，居住於擁擠的空間會增加居民患上肺結核、流感等傳染疾病的風險（Colosia et al., 2012; Solari & Mare, 2012）；室內欠缺通風使空氣污染物容易積聚，也會威脅呼吸系統和心血管健康，例如：若同屋住客中有人抽煙，二手煙帶來的污染物和哮喘觸發物會難以散開（Al-Kindi et al., 2020; Lee et al., 2020）。除此以外，居於狹窄環境或是環境有較多障礙物的住客，他們滑倒或跌倒的風險較高，這情況對於長者和殘疾人士而言更加嚴重（Bamzar, 2019; Letts et al., 2010）。另外，社區的環境建設，包括綠化帶分佈和公共交通配套等，也會影響居民健康

（Andrews et al., 2021; Zhang et al., 2019）。

隨着人口結構和氣候變化的影響，居住環境與健康的關係就更加明顯。預計到2050年，全球城市人口將翻倍，解決住屋問題的方案更加迫切。同時，60歲以上的人口數量也將翻倍，而他們通常花更多時間在家，更容易受住屋環境影響（World Health Organization, 2018）。故此，探究居住環境與健康的關係，從而保護住客健康，在這個世代無比重要。

回顧疫情期間，社會上弱勢群體比起其他群體受新冠肺炎疫情影響更深，當中包括居於劏房的低收入家庭。劏房泛指住用屋宇單位被分間成兩個或以上較小單位作出租用途的樓宇（香港屋宇署，n.d.）。政府統計處的文件指出，劏房可以分為有可見間隔牆和沒有可見間隔牆兩類（香港政府統計處，2016）。2021年，香港總共有108,200個劏房單位，當中人均居住面積僅6平方米（香港政府統計處，2023)。長達三年的新冠疫情，使人們居家時間大增；而居於不適切居所的住客，更容易受到生活空間中的限制所影響。

「不適切居所」這概念，最初由聯合國提出，旨在關注居於不良住屋環境的弱勢和邊緣化群體，並藉倡議合適及人道的居住環境，解決因貧窮和住屋不公所帶來的歧視問題（Bayefsky, 2000）。一個合適的居所不只是一處能夠居住的地方，而且要符合以下要求：

一、土地使用權的安全性：住客必須受到法律保護，免受強制驅逐、騷擾和其他威脅；

二、住處必須有可供使用的衛生、烹飪、供暖、照明等設施，以及有食物儲存或垃圾處理的能力；

三、住屋相關的開支必須是可負擔的，並且不應威脅或損害居住者的其他權利；
四、住屋必須是可以確保住客的人身安全，並能夠提供所需的暖氣和冷氣，以抵抗戶外環境威脅；
五、如果住客有身體上的殘障，住處應要考慮到住客的需求，而在結構上能夠配合，方是一個適切的居所；
六、住所的地點接近能夠提供就業機會的地方，附近要有醫療保健服務、學校、兒童保育中心等必要的社會設施；
七、住客可以在住處內享有表達自己文化和身份的權利。

而在香港，根據社福機構在疫情前的調查，超過九成的分間樓宇（劏房）單位並不符合聯合國難民署適切居所七項定義的任何一項，可見香港絕大部分劏房的結構和居住環境均並不理想。

狹小而且不適合的居住空間，除了會影響住戶的人身安全和健康外，在面對突發事件，如疫情來襲時，亦可能會影響他們面對逆境時的韌性、糧食儲藏的情況，以至能否維生等問題。回顧三年疫情期間，全球有2.72億人由於收入減少、封城、供應減少等原因，面對緊急糧食短缺的風險（World Bank, n.d.）。根據聯合國糧農組織定義，糧食安全指家庭中的所有人在物質、社會和經濟上都能隨時獲得充足、安全和營養豐富的食物，滿足他們積極健康生活的飲食需求和食物偏好的狀態（UNFAO, n.d.）。糧食安全除了膳食中的分配和均衡外，亦包括市場有沒有充足的糧食、住戶能否有渠道獲得糧食、住戶是否懂得使用食材和煮食、食物供應是否穩定四方面。長期的糧食不安全和飢餓可能導致營養不良，並增加患慢性病的機會（Seligman et al., 2010）。

文獻顯示，社會資源相對缺乏的人，面對的糧食保障風險也較大（Burris et al., 2021; Nosratabadi et al., 2020）。其中一個原因是，在難以獲得糧食的情況下，例如戰亂、天災，擁有人脈和社會資本的人，會較容易得到資源。在三年的疫情間，社會資本與健康的關係，在封城和人們處於社會區隔的情況下，更為切身。然而，現時與疫情相關的文獻，雖然有提出疫情可能會加劇糧食不安全，並導致短期和長期健康不佳的假設，但其因果關係尚不清楚（Leddy et al., 2020）。香港亦有學者指出，社會不平等與健康不平等有關係，而且疫情加劇這種不平等，並影響就業、接受教育、得到口罩及消毒產品、使用公共設施的權利等社會資源的使用（Siu, 2021）。縱然如此，在學術場域中，關於住屋環境在疫情下如何影響家庭飲食決定的流行病學研究依然有限。

為了回應上述情況，本研究旨在了解香港的低收入家庭在飲食習慣、糧食保障、精神健康方面如何互相影響。我們以2020-2023年的新冠疫情為背景，探討以下三個問題：一、疫情下，住屋環境如何影響住戶的飲食習慣？二、承上題，這些受影響的飲食習慣，如何影響住客的糧食保障水平？三、在劏房住處中，糧食保障水平怎樣影響住戶的身心健康？

由於研究期間，這個議題在香港尚在發展當中，我們因此以混合方式進行研究（Fetters et al., 2013）——我們先以質性研究方式處理第一和第二個研究問題，然後基於第一部分的初步結果，輔以量化研究方式探究第二和第三個研究問題。

研究方法

這項研究以序列混合研究設計進行，包括質性和量化研究兩部分，以了解低收入家庭如何受新冠疫情影響其選擇食物和處理膳食的方法，以及住屋環境與住戶精神健康的關係。質性研究方面，我們在2020年7月至8月期間進行個人訪談，每個大概0.5至2小時，以了解疫情下不適切居住環境對住戶的飲食習慣有甚麼影響，並探討飲食習慣的改變，怎樣影響到住戶的糧食保障水平。

至於量化部分，我們在2021年12月至2022年8月期間，透過問卷調查了解疫情下糧食保障水平與住戶身心健康的關係。綜合質性和量化研究的結果，我們嘗試就香港劏房家庭在疫情期間，糧食保障與身心健康的關係，取得實證基礎。以下是質性和量化分別的詳細研究方法。

質性研究部分

2020年3月至10月，我們與葵青區的社福機構合作，為低收入或居於不適切居所的家庭提供營養和健康篩查，並按照其營養和健康需要，為參加者的家庭設計一周餐單，以及提供新鮮食材包，以回應其膳食需要。質性研究於參加者接受食物支援後進行，以了解低收入家庭在疫情中的膳食需求，並檢討食物支援計劃的成效。在這研究中，我們只選取了居於不適切居所（包括劏房和臨時住屋）的住戶作分析。

至於抽樣方式，我們邀請在疫情前後體驗了不同社經地位的變化，且在疫情當中有糧食需要的家庭參與訪談。受訪者都是家庭中的主要照顧者，他們同時符合以下兩個條件：（1）在第一波疫情爆發時有接受食物援助；（2）每月家庭入息少於「從事經濟活動的家庭住戶每月入息中位數」。為了確保研究可以了解到不同社經背景、病歷及年齡的低收入家庭在疫情中面對的困難，我們抽樣的對象包括經歷不同社經地位變化的家庭（以相等家庭收入作為參考，邀請在疫情時社經地位下降及保持不變的家庭參與)。我們同時邀請有不同病歷組合的家庭參與(以家庭成員中的慢性病病歷，例如糖尿病、高血壓等作為參考，邀請有和沒有慢性病患者的家庭參與研究)。

本研究採用半結構訪談(semi-structured interviews)，參考以往關於傳染病和飲食變化的文獻，設計訪談大綱。訪談大綱包括以下問題：(1)疫情下，你的飲食有甚麼變化？(2)有甚麼推動及/或促使你去維持健康的飲食習慣？(3)有甚麼挑戰及/或困難阻礙你去維持健康的飲食習慣？(4)社會援助怎樣幫助你維持健康飲食的習慣？每個研究訪談為30分鐘或以上，並在取得受訪者同意後錄音。訪談內容以逐字記錄，以方便進行編碼。編碼後，研究員透過比較受訪者背景和訪談編碼的規則，整理出與研究問題相關的主題。

量化研究部分

量化研究部分採用任意抽樣(convenience sampling)方式，透過社福機構邀請訪問居於葵青、九龍城兩區劏房的家庭主要照顧者，以了解研究對象家庭中的糧食保障水平、個人精神健康水平、健康相關的生活質素三者的關係。在這項研究中，參與者將由對應的社福組織在葵青區及九龍城區邀請，這兩個區域，屬香港平均家庭收入第三低及分租單位比例第三高的區域(香港政府統計處，2023)。2016年，在這兩個區域中總共有12,770戶家庭居住在分租單位，佔香港居住在分租單位總人口13.7%。針對疫情對劏房家庭的影響，本研究只選取2021至2022年收集的數據以作分析。無法閱讀中文、非華人的受訪者不屬這部分的研究範圍。

量化分析部分主要變項的測量方法如下：

- **精神健康水平**：我們以憂鬱、焦慮和壓力量表（DASS-21）(Zanon et al., 2021)來量度主要照顧者的精神健康水平。DASS-21共有21題，讓受訪者評估自己在抑鬱、焦慮、壓力三方面的情況，並按嚴重程度分級。DASS-21在華人社群均已具有良好的信度和效度。
- **健康相關的生活質素**：本研究使用歐洲健康五維問卷五層量表（EQ5D5L）評估主要照顧者與健康相關的生活質素（health-related quality of life）。EQ5D5L透過測量受訪者的活動能力、自我照顧、日常活動、疼痛不適、焦慮抑鬱五方面，得出整體的生活質素指標。目前，EQ5D5L在香港華人社群均已具有良好的信度和效度，亦已有香港的華人平均數值以作參考(E. L. Wong et al., 2015, 2019; E. L. Y. Wong et al., 2018)。
- **家庭的糧食保障水平**：本研究以香港家庭糧食保障水平量表（HFSSM-HKC）為測量工具。HFSSM共18題，讓家庭的主要照顧者測量家庭糧食保障情況，HFSSM也用於美國和加拿大的人口普查，作為社區糧食安全指標(Beacom et al., 2022)。
- 其他變項包括參加者的社經地位、家庭組成、住屋背景、住所特徵等。

研究結果

質性觀察

質性研究部分包括15位受訪者，其中73.0%是女性，即當中主要照顧者多數是女性。三分之一受訪者具中六以上教育程度。關於同住情況，13.3%受訪者獨自居住，33.3%與配偶或子女同住，另外53.3%與配偶及其他人共同居住。房屋類型方面，約一半（53.3%）受訪者居住在公營房屋，26.7%居住在自置或租住物業，另外20.0%居住在不適切的居所。關於公共資助情況，13.3%受訪者有接受綜援，26.7%接受在職家庭津貼，還有26.7%有接受其他形式的資助。這15名受訪者分別來自以下背景：社經地位下降且患病的家庭有四個，社經地位下降且健康的家庭有一個，社經地位不變或有改善且健康的家庭有兩個，社經地位不變或有改善且患病的家庭有八個。

在訪談中，參與研究的女性照顧者大多肩負家庭中安排三餐的責任。疫情令她們在這方面遇到各種困難，不少跟她們指出的經濟和居住環境有關。其中，丈夫或她們自己收入減少的影響最明顯。為了在有限預算下維持整家人的溫飽，她們用盡方法減少食材上的花費，例如大量購入冰鮮食物取代新鮮食材。有些婦女則減少每餐食物分量。也有婦女會減少餐次，例如LMC002表示，她和家人會「有時朝頭早同埋晏晝啦，兩餐當一餐囉」，以面對收入減少而來的糧食危機；也有婦女會犧牲自己餐飲以維持家人的溫飽，例如LMC005說，「（嘢食）都買少咗（咳）都維持到佢哋食飽囉。」

第二是關於食材的種類。疫情初期，香港的食材供應曾經受到影響；也有一段時間，香港的食材被搶購一空。無法使用慣用的食材，對主理家中三餐的照顧者帶來額外困難。有受訪婦女表示，在疫情期間食材選擇有限，她們未必可以購入慣用的食材；同時她們未必有充足的烹調知識去使用新的食材，容易導致浪費或無法滿足家人的口味。例如育有一女的LMC004表示，疫情期間無法購買到新鮮魚，只能選用冰鮮魚為女兒準備食物；但由於冰鮮魚的口感和新鮮魚有差別，她需要以其他方法烹調冰鮮魚。不熟悉的食材給家庭照顧者帶來額外壓力。同為家庭主婦的LMC007也面對過同樣情況：食物援助計劃的食材包裏面有她不熟悉的食材，她會因此感到困擾。就此，她建議社福機構提供簡單易明的食譜，配合較容易獲得的食材進行健康教育，讓有需要的人輕易學習，從而減低糧食不安全的風險。不過有時候，婦女因經濟壓力而要選購以往未必會購買、在認知中較為「下欄」(劣質) 的食物，例如開始變質的蔬果、較為多骨的小魚等。她們因此覺得影響了家庭飲食的營養均衡，感到無奈。即使食材優劣對膳食中的營養並不一定有影響，婦女仍然會因為無法為家人提供「較為優質」的膳食而感到內疚。

居住空間是另一個因素。疫情期間，人們在室內的時間增加了，住所空間和設置對生活習慣的影響，比以前更加明顯。有受訪婦女表示，由於劏房空間狹小，她們無法在住所設置雪櫃。因此收到食材包後，她們無法保存剩餘的食材，而要在短時間內食用所有食物（ELC005）。同時因為劏房缺乏冷藏空間，她們只能依賴保質期較長的食材，例如乾貨和罐頭，直接令她們的膳食選擇變得單一。

量化研究結果

研究團隊在2021年12月至2022年8月期間訪問了469位主要照顧者，其中94.9%為女性。他們平均年齡為39.82歲 。64.5%的受訪家庭為3至4人家庭，家庭月入中位數港幣12,500元。與2022年5月的香港家庭月入中位數$27,000相比，受訪家庭的收入明顯較低。66.4%的受訪家庭用多於三分之一的月入繳付租金。此外，56.8%的受訪家庭於過去一年出現欠缺糧食保障的情況。在這些家庭中，52.4%表示欠缺糧食保障的情況影響到他們未成年子女的飲食。在精神健康方面，五分之一（21.3%）成年人和四分之一（26.0%）未成年子女面臨中度至嚴重的焦慮風險。

量化分析發現，家庭糧食保障水平與住戶精神健康之間有顯著關係。有糧食短缺情況的家庭（低度或非常低度糧食保障水平），相比正常糧食狀況的劏房家庭，有7.9倍的機會出現焦慮（$p<0.01$），其兒童有多26.3倍機會出現抑鬱症狀（$p<0.001$），但壓力指數對此並沒有顯著影響。

研究還發現，除了家庭整體的糧食短缺情況外，成人本身若處於糧食短缺的狀況，會加深他們的焦慮（$p<0.05$）。意外地，在兒童身上，雖然家庭整體陷入糧食不足的狀況會使他們更容易出現焦慮（$p<0.01$）和抑鬱症狀（$p<0.001$）；但兒童本身的糧食保障程度和研究中的三種精神健康情況（壓力、焦慮、抑鬱）都沒有顯著關係。這意味着，即使兒童沒有捱餓情況，但生活在糧食短缺的家庭中，他們的精神健康也明顯較差。個人的糧食保障情況只影響到成年人的精神健康，這可能與這次研究只選取了成年家庭照顧者有關。由於家庭照顧者往往需要準備家中膳食，他們對整個家庭的經濟情況以及糧食保障水平也較敏感；而當個人的糧食保障水平受到影響時，他們可能會比受照顧者有更多顧慮，從而影響其精神健康。

此外，質性研究發現，住所缺乏烹飪設施是疫情期間受訪者改變飲食方式的其中一個原因。至於量化研究結果則顯示，住戶是否有雪櫃，對於糧食保障水平和住戶的精神健康並無顯著關係。劏房單位有沒有獨立爐頭，雖然與糧食保障水平無顯著關係，但是劏房有獨立爐頭的成年人，其中等至嚴重的抑鬱風險明顯較低（$p<0.05$）。這可能因為具有獨立爐頭的家庭，照顧者能準備的菜式，較單純依賴電飯煲、蒸鍋的家庭為豐富，可減低其照顧壓力。尤其是疫情期間難以外出用餐，家中有獨立爐頭的照顧者，所面對的照顧壓力可能比較輕，從而減低他們的抑鬱風險。

總結討論

本研究探討疫情給市民帶來的經濟和生活影響，尤其是對於不適切房屋住戶的影響。疫情期間，市民收入減少，食物價格上升，均構成財政壓力。居家時間延長，使居住環境對住戶健康的影響更加明顯。由於不適切居所空間有限，住所可能缺乏儲藏食物的空間和烹飪用具，影響住戶在儲藏食材，以至日常選擇食物的種類、飲食分量、食物處理和烹調方式。此外，本研究也探討了疫情和居住環境對住戶身心健康的影響。量化結果顯示，約五分之一的成年人和四分之一的未成年子女面臨中度至嚴重的焦慮風險。研究還發現，超過一半劏房家庭面臨糧食保障問題，包括因財政壓力而改變飲食或減少餐數。

不適切房屋住戶面對的健康問題及他們承受的經濟壓力，使得一般的醫療服務未必適合這個較為邊緣化的社群。在此背景下，社區健康工作者在慢性疾病管理中扮演重要角色，尤其在醫療資源有限的地方，往往需要社區人士在經過訓練後提供醫療服務。因應各地文化，有些社區健康工作者會以巫醫、村醫等角色服務社區；也有以義工隊或社區服務隊方式，提供糖尿病和高血壓管理等服務(Debussche et al., 2018; DePue et al., 2013; Kieffer et al., 2014; Raphael et al., 2013; Werfalli et al., 2020)。雖然社區健康工作者沒有接受正式醫學專業訓練，但在經過一定訓練後，他們可以負責提供部分醫療服務相關的照顧。他們的職責包括為病人提供健康建議，鼓勵病人改變生活習慣，促進他們健康，並透過在社區層面提供即時醫療服務，令醫療服務變得可及。社區健康工作者亦會支援簡單的慢性病護理，以滿足社區的健康需求（Raphael et al., 2013）。

相較於傳統醫護人員，社區健康工作者廣受少數族群和低收入人士歡迎。他們可以較低成本為日常較難以觸及的社群提供支援，而作為同一社區的居民，社區健康工作者與他們服務的病人有共同背景，能夠提供更適合社群文化和個人化的協助（Hodgins et al., 2016; Raphael et al., 2013）。一項隨機對照試驗研究的結果顯示，在12個月內，糖尿病患者在接受由訓練有素的社區健康工作者提供的服務3個月後，其糖化血紅蛋白（HbA1c）水平、體重指數和腰圍均有所下降（Debussche et al., 2018）。在另一項隨機對照試驗研究中，訓練有素的社區健康工作者與一名註冊護士合作提供服務的情況下，接受服務的糖尿病患者的HbA1c水平也顯著降低。在12個月內，社區健康工作者通過健康教育、解決糖尿病自我管理中的問題、動員家庭支持以及強化對醫療預約和藥物計劃的遵從性，持續支持患者。同時，護士可以安排與患者會面，向醫生提供反饋並監督社區健康工作者的工作（DePue et al., 2013）。

就政策制訂而言，這項研究揭示了居於不適切住房居民面對的困境；面對社群中急切的營養和健康需要，建立可負擔的社區照顧方案可能是其中一個解決方案，例如培訓街坊成為社區健康工作者，以提供較易達及低廉的社區支援和照顧模式。

研究限制方面，這項研究樣本數量偏少，加上採用任意取樣，其結果無法完全代表整個社區的情況。此外，問卷調查可能存在回答偏差和記憶偏差等問題。另外，由於這是一個橫斷面研究（cross-sectional survey），難以斷言當中的因果關係。在混合研究中，由於量化和質性研究部分的取樣時間有差距，因此研究結果不容易直接比較和結合分析。

參考資料

英文文獻

Al-Kindi, S. G., Brook, R. D., Biswal, S., & Rajagopalan, S. (2020). Environmental determinants of cardiovascular disease: Lessons learned from air pollution. *Nature Reviews Cardiology*, *17*(10), 656–672. https://doi.org/10.1038/s41569-020-0371-2

Andrews, M. R., Ceasar, J., Tamura, K., Langerman, S. D., Mitchell, V. M., Collins, B. S., Baumer, Y., Gutierrez Huerta, C. A., Dey, A. K., Playford, M. P., Mehta, N. N., & Powell-Wiley, T. M. (2021). Neighborhood environment perceptions associate with depression levels and cardiovascular risk among middle-aged and older adults: Data from the Washington, DC cardiovascular health and needs assessment. *Aging & Mental Health*, *25*(11), 2078–2089. https://doi.org/10.1080/13607863.2020.1793898

Aubry, T., Duhoux, A., Klodawsky, F., Ecker, J., & Hay, E. (2016). A Longitudinal Study of Predictors of Housing Stability, Housing Quality, and Mental Health Functioning Among Single Homeless Individuals Staying in Emergency Shelters. *American Journal of Community Psychology*, *58*(1–2), 123–135. https://doi.org/10.1002/ajcp.12067

Bamzar, R. (2019). Assessing the quality of the indoor environment of senior housing for a better mobility: A Swedish case study. *Journal of Housing and the Built Environment*, *34*(1), 23–60. https://doi.org/10.1007/s10901-018-9623-4

Bayefsky, A. F. (2000). Office of the United Nations High Commissioner for Human Rights. In A. Bayefsky (Ed.), *The UN Human Rights Treaty System in the 21st Century* (pp. 451–458). Brill | Nijhoff. https://doi.org/10.1163/9789004502758_044

Beacom, E., McLaughlin, C., Furey, S., Hollywood, L. E., & Humphreys, P. (2022). Investigating the prevalence and predictors of food insecurity: A comparison of HFSSM and EU-SILC indicators. *British Food Journal*, *124*(9), 2705–2721. https://doi.org/10.1108/BFJ-05-2021-0514

Bird, E. L., Ige, J. O., Pilkington, P., Pinto, A., Petrokofsky, C., & Burgess-Allen, J. (2018). Built and natural environment planning principles for promoting health: An umbrella review. *BMC Public Health*, *18*(1), 930. https://doi.org/10.1186/s12889-018-5870-2

Burris, M., Kihlstrom, L., Arce, K. S., Prendergast, K., Dobbins, J., McGrath, E., Renda, A., Shannon, E., Cordier, T., Song, Y., & Himmelgreen, D. (2021). Food Insecurity, Loneliness, and Social Support among Older Adults. *Journal of Hunger & Environmental Nutrition*, *16*(1), 29–44. https://doi.org/10.1080/19320248.2019.1595253

Chen, K. L., Miake-Lye, I. M., Begashaw, M. M., Zimmerman, F. J., Larkin, J.,

McGrath, E. L., & Shekelle, P. G. (2022). Association of Promoting Housing Affordability and Stability With Improved Health Outcomes: A Systematic Review. *JAMA Network Open*, *5*(11), e2239860. https://doi.org/10.1001/jamanetworkopen.2022.39860

Colosia, A. D., Masaquel, A., Hall, C. B., Barrett, A. M., Mahadevia, P. J., & Yogev, R. (2012). Residential crowding and severe respiratory syncytial virus disease among infants and young children: A systematic literature review. *BMC Infectious Diseases*, *12*(1), 95. https://doi.org/10.1186/1471-2334-12-95

Debussche, X., Besançon, S., Balcou-Debussche, M., Ferdynus, C., Delisle, H., Huiart, L., & Sidibe, A. (2018). Structured peer-led diabetes self-management and support in a low-income country: The ST2EP randomised controlled trial in Mali. PLoS ONE 13(1), e0191262. https://doi.org/10.1371/journal.pone.0191262

DePue, J. D., Dunsiger, S., Seiden, A. D., Blume, J., Rosen, R. K., Goldstein, M. G., Nu'usolia, O., Tuitele, J., & McGarvey, S. T. (2013). Nurse–Community Health Worker Team Improves Diabetes Care in American Samoa. *Diabetes Care*, *36*(7), 1947–1953. https://doi.org/10.2337/dc12-1969

Fetters, M. D., Curry, L. A., & Creswell, J. W. (2013). Achieving Integration in Mixed Methods Designs-Principles and Practices. *Health Services Research*, *48*(6pt2), 2134–2156. https://doi.org/10.1111/1475-6773.12117

Hodgins, F., Gnich, W., Ross, A. J., Sherriff, A., & Worlledge-Andrew, H. (2016). How lay health workers tailor in effective health behaviour change interventions: A protocol for a systematic review. *Systematic Reviews*, *5*(1), 102. https://doi.org/10.1186/s13643-016-0271-z

Housing And Health: An Overview Of The Literature. (2018). Project HOPE. https://doi.org/10.1377/hpb20180313.396577

Kieffer, E. C., Welmerink, D. B., Sinco, B. R., Welch, K. B., Clayton, E. M. R., Schumann, C. Y., & Uhley, V. E. (2014). Dietary Outcomes in a Spanish-Language Randomized Controlled Diabetes Prevention Trial With Pregnant Latinas. *American Journal of Public Health*, *104*(3), 526–533. https://doi.org/10.2105/AJPH.2012.301122

Kirst, M., Friesdorf, R., Ta, M., Amiri, A., Hwang, S. W., Stergiopoulos, V., & O'Campo, P. (2020). Patterns and effects of social integration on housing stability, mental health and substance use outcomes among participants in a randomized controlled Housing First trial. *Social Science & Medicine*, *265*, 113481. https://doi.org/10.1016/j.socscimed.2020.113481

Leddy, A. M., Weiser, S. D., Palar, K., & Seligman, H. (2020). A conceptual model for understanding the rapid COVID-19–related increase in food insecurity and its impact on health and healthcare. *The American Journal of Clinical Nutrition*, *112*(5), 1162–1169. https://doi.org/10.1093/ajcn/nqaa226

Lee, K. K., Bing, R., Kiang, J., Bashir, S., Spath, N., Stelzle, D., Mortimer, K., Bularga, A., Doudesis, D., Joshi, S. S., Strachan, F., Gumy, S., Adair-Rohani, H., Attia, E. F., Chung, M. H., Miller, M. R., Newby, D. E., Mills, N. L., McAllister, D. A., & Shah, A. S. V. (2020). Adverse health effects associated with household air pollution: A systematic review, meta-analysis, and burden estimation study. *The Lancet Global Health*, *8*(11), e1427–e1434. https://doi.org/10.1016/S2214-109X(20)30343-0

Letts, L., Moreland, J., Richardson, J., Coman, L., Edwards, M., Ginis, K. M., Wilkins, S., & Wishart, L. (2010). The physical environment as a fall risk factor in older adults: Systematic review and meta-analysis of cross-sectional and cohort studies. *Australian Occupational Therapy Journal*, *57*(1), 51–64. https://doi.org/10.1111/j.1440-1630.2009.00787.x

Nosratabadi, S., Khazami, N., Abdallah, M. B., Lackner, Z., S. Band, S., Mosavi, A., & Mako, C. (2020). Social Capital Contributions to Food Security: A Comprehensive Literature Review. *Foods*, *9*(11), 1650. https://doi.org/10.3390/foods9111650

Raphael, J. L., Rueda, A., Lion, K. C., & Giordano, T. P. (2013). The Role of Lay Health Workers in Pediatric Chronic Disease: A Systematic Review. *Academic Pediatrics*, *13*(5), 408–420. https://doi.org/10.1016/j.acap.2013.04.015

Seligman, H. K., Laraia, B. A., & Kushel, M. B. (2010). Food Insecurity Is Associated with Chronic Disease among Low-Income NHANES Participants. *The Journal of Nutrition*, *140*(2), 304–310. https://doi.org/10.3945/jn.109.112573

Siu, J. Y. (2021). Health inequality experienced by the socially disadvantaged populations during the outbreak of COVID-19 in Hong Kong: An interaction with social inequality. *Health & Social Care in the Community*, *29*(5), 1522–1529. https://doi.org/10.1111/hsc.13214

Solari, C. D., & Mare, R. D. (2012). Housing crowding effects on children's wellbeing. *Soc Sci Res*, *41*(2), 464–476. PubMed-not-MEDLINE. https://doi.org/10.1016/j.ssresearch.2011.09.012

UNFAO. (n.d.). *World Food Summit—Final Report—Part 1*. Retrieved June 15, 2023, from https://www.fao.org/3/w3548e/w3548e00.htm

Werfalli, M., Raubenheimer, P. J., Engel, M., Musekiwa, A., Bobrow, K., Peer, N., Hoegfeldt, C., Kalula, S., Kengne, A. P., & Levitt, N. S. (2020). The effectiveness of peer and community health worker-led self-management support programs for improving diabetes health-related outcomes in adults in low- and-middle-income countries: A systematic review. *Systematic Reviews*, *9*(1), 133. https://doi.org/10.1186/s13643-020-01377-8

Wong, E. L., Cheung, A. W., Wong, A. Y., Xu, R. H., Ramos-Goñi, J. M., & Rivero-Arias, O. (2019). Normative Profile of Health-Related Quality of Life for Hong Kong General Population Using Preference-Based Instrument EQ-5D-5L. *Value in Health*, *22*(8), 916–924. https://doi.org/10.1016/j.jval.2019.02.014

Wong, E. L. Y., Ramos-Goñi, J. M., Cheung, A. W. L., Wong, A. Y. K., & Rivero-Arias, O. (2018). Assessing the Use of a Feedback Module to Model EQ-5D-5L Health States Values in Hong Kong. *The Patient - Patient-Centered Outcomes Research*, *11*(2), 235–247. https://doi.org/10.1007/s40271-017-0278-0

Wong, E. L., Yeoh, E. K., Slaap, B., Tam, W. W., Cheung, A. W., Wong, A. Y., & Chan, D. C. (2015). Validation And Valuation Of The Preference-Based Healthindex Using EQ-5D-5L In The Hong Kong Population. *Value in Health*, *18*(3), A27. https://doi.org/10.1016/j.jval.2015.03.167

World Bank. (n.d.). *Food Security | Rising Food Insecurity in 2023*. World Bank. Retrieved June 15, 2023, from https://www.worldbank.org/en/topic/agriculture/brief/food-security-update

World Health Organization. (2018). *WHO Housing and health guidelines*. https://www.who.int/publications-detail-redirect/9789241550376

Zanon, C., Brenner, R. E., Baptista, M. N., Vogel, D. L., Rubin, M., Al-Darmaki, F. R., Gonçalves, M., Heath, P. J., Liao, H.-Y., Mackenzie, C. S., Topkaya, N., Wade, N. G., & Zlati, A. (2021). Examining the Dimensionality, Reliability, and Invariance of the Depression, Anxiety, and Stress Scale–21 (DASS-21) Across Eight Countries. *Assessment*, *28*(6), 1531–1544. https://doi.org/10.1177/1073191119887449

Zhang, L., Zhou, S., & Kwan, M.-P. (2019). A comparative analysis of the impacts of objective versus subjective neighborhood environment on physical, mental, and social health. *Health & Place*, *59*, 102170. https://doi.org/10.1016/j.healthplace.2019.102170

中文文獻

香港屋宇署. (n.d.). 分間單位(劏房). Retrieved June 15, 2023, from https://www.bd.gov.hk/tc/resources/faq/index_subdivision_of_a_flat_subdivided_units.html

香港政府統計處. (2016). 主題性住戶統計調查第60號報告書：香港分間樓宇單位的住屋狀況. *60*.

香港政府統計處. (2023). 2021 人口普查：主題性報告：居於分間樓宇單位人士. https://www.census2021.gov.hk/doc/pub/21c-SDUs.pdf

鄉郊島嶼

梅窩有菠蘿？由梅窩農業史看鄉郊社區地方營造

龍子維

不知道讀者是用甚麼方法去記住一個地方？可能是地方的日常風景；也可能是乘搭交通工具，進入地方時映入眼簾的第一印象；不過較少人會注意到，構成地方風土的食物和味道，也是建立「在地性」非常重要的一環。

筆者於五年前搬回大嶼山，和一班由於各種原因搬到離島居住及工作的青年，成立位於大嶼山梅窩的鄉郊社區營造組織「好老土」。我常常跟友人半開玩笑，過去兩年透過社區營造手法，帶出最有公共面向的事，並不是社區充權或者地方建設，而是讓香港人重新認識到，原來大嶼山梅窩這個地方，是種有黃皮和菠蘿這一「事實」。

前言：以黃皮和菠蘿來建立「地方性」

相較於大興土木建立地標來創造地方特性，筆者更傾向以發掘地區資源來訴說地方故事。冼昭行（2018）在其《看家本事：充滿內在力量的社區》提到薄扶林村的社區發展策略，是以「本事導向」為原則（asset-based community development），強調社區內的人才、人情關係、土地空間、歷史文化、團體機構，以及自然風物的元素。在我看來，這種策略所強調的，就是所謂的「地方性」，其根源在於這個地方，以及在這裏生活的人，是本來這個地方已經有的歷史，或者是本來這個社區成員已經會推進的事，簡而言之，就是社區/地方主導。

從這個角度理解，以黃皮和菠蘿來建立地方性的意思，就是：(一) 本來這個地方就有很多人栽種黃皮和菠蘿；(二) 種植技藝構成「社區本事」；(三) 種植的歷史具有公共性，構成鄉郊農業文化景觀等社區元素。「梅窩有菠蘿」這一簡單的事實陳述及歷史，就在重新發掘與社區營造的過程中，慢慢演變成為梅窩的「地區特色」。

本文將分為兩大部分，其一將會梳理梅窩果樹種植的歷史沿革，探討梅窩種植黃皮及菠蘿的源起與發展；其二會闡述「好老土」如何在「梅窩有菠蘿」的事實基礎上，開展鄉郊社區營造。[1]

梅窩果樹種植的歷史沿革——政府二戰前後的農林政策

果樹種植一般會理解為農業生產的一部分，但較少會從風水林及鄉村地景的角度切入。相對於新界東北一帶較大的客家村落，梅窩的鄉村風水林面積顯得較為細小，但仍足以形成獨特的鄉郊文化景觀。例如白銀鄉門牌側，就有一棵異常龐大的風水樹，村口一排屋門前的空地，以前相信是用作曬穀之用，分隔空地與昔日廣闊稻米田的一排果樹，就是1950年代大量栽植的黃皮樹，村後的山坡不宜種菜或米，便開闢種植菠蘿之用。[2]

1 以下「梅窩果樹種植的歷史沿革——政府二戰前後的農林政策」、「大嶼山果樹種植的黃金年代」兩節，節錄自《再現梅窩》一書，內文有所增刪。

2 筆者綜合訪問白銀鄉村民及農夫所得。

現時在新界鄉村見到的風水林格局，很大程度上是政府在二次大戰後，大力推動新界鄉村林業的結果。據饒玖才及王福義合著《香港林業及自然護理——回顧與展望》（2021）一書的綜合整理，二戰後是新界鄉村植林的黃金時期。由於戰爭時期香港居民生活艱苦，有不少鄉村山坡的林木被砍伐作柴薪之用，政府成立林務部（Forestry Department），主理香港的護林工作，以保障香港山嶺的水土及水塘集水區。

除保護水土外，全港糧食儲備及分配，亦是當時政府的重要工作。二戰時政府設立的蔬菜統營制度，便是有關思維的主要產物。負責戰前統籌全港糧食儲備及分配的香樂思博士（Dr. G.A.C. Herklots），戰後被委以重任掌管香港的初級產業。根據彭玉文整理，時任拓展署署長香樂思1948年發表的演辭（彭玉文，2022），政府有意在戰後大力扶助漁農業，拓展署成立的其中一個目的，就是要令佃農艇戶的收入增加，建立公平貿易機制，改革香港的漁農業。香樂思認為對低下階層施行自由放任主義（laissez faire）是一種失誤，推動魚類及蔬菜統營處成立，以及成立大量合作社，就是打破鄉村農民被剝削的重要措施。1950年，拓展署轄下三個管理初級產業的部門，農業部、漁業部及林務部合併，成立農林漁業管理處。行政架構的改變，反映政府決心推動香港的初級產業，推動香港的農林漁業發展。

因此，我們可以理解二戰後香港果樹種植的「小陽春」，是水土保育（植林）及糧食生產（推動漁農業）政策思維推動下的結果。

以菠蘿為例，其生產於二戰前後便經歷大起大落的過程。二戰前，香港主要的菠蘿生產地位於荃灣，據《新界風土名勝大觀》（黃佩佳，2016）的記載，1930年代大埔、粉嶺、上水、元朗及橫洲等處亦盛產菠蘿，但以荃灣老圍出品數量最多，一年出產超過數萬擔，甚至會在廣州出售。根據南約理民府官的記錄（Southern District Officer Reports），1929年南約區（包括大嶼山、荃灣及西貢）估計有224英畝地（約90公頃）種植菠蘿，以每畝地種10,000棵菠蘿計算，就有2,240,000棵菠蘿了。根據1935年的《行政報告》（Administrative Report）[3]，政府一年發出324張菠蘿牌照，下圖是1927年行政當局發出在梨木樹的「菠蘿種植牌照」，列明該地只能種植菠蘿，不得種植其他農作物，牌照為期十年至1937年。

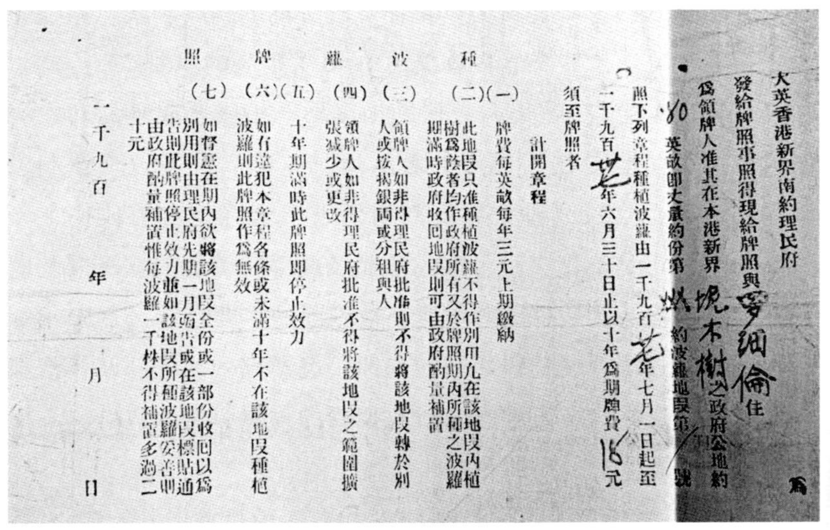

大英香港新界南約理民府
發給牌照事照得現給牌照與罗细倫住
為領牌人准其在本港新界梨木樹之政府公地約
80英畝即丈量約份第　約波蘿地段第　號
照下列章程種植波蘿由一千九百廿七年七月一日起至
一千九百卅七年六月三十日止以十年為期牌費16元
須至牌照者

計開章程

（一）牌費每英畝每年三元上期繳納
（二）此地段只准種植波蘿不得作別用凡在該地段內植樹為蔭者均作政府所有又於牌照期內所種之波蘿期滿時政府收回地段則可由政府酌量補償
（三）領牌人如非得理民府批准則不得將該地段轉於別人或按揭銀両或分租與人
（四）領牌人如非得理民府批准不得將該地段之範圍擴張減少或更改
（五）十年期滿時此牌照即停止效力
（六）如有違犯本章程各條或未滿十年不在該地段種植波蘿則此牌照作為無效
（七）如督憲在期內欲將該地段全份或一部份收回以為別用則由理民府先期一月函告或在該地段標貼通告則此牌照停止效力並如該地段所種波蘿妥善則由政府酌量補償惟每波蘿一千株不得補償多過二十元

種波蘿牌照

一千九百　年　月　日

圖一：種菠蘿牌照，資料來源：香港政府檔案處 HKMS103-1-161

3　摘錄自 Hong Kong Government Reports Online，*Administrative Reports for the Year 1935*，頁J14，Table X。

二戰前，香港的菠蘿生產在菲律賓及台灣等地的競爭下已大為減少（饒玖才，2017，頁155-156）。戰爭破壞，加上荃灣在1950年代開始發展、內地的菠蘿種植競爭等因素，香港菠蘿種植的重心漸次轉移[4]，在政府及嘉道理農業輔助會的推動下，大嶼山1960年代開始種滿菠蘿及果樹，梅窩是其中一個主力栽種的地區。

大嶼山果樹種植的黃金年代

現時我們很難想像，大嶼山果樹種植全盛年代的全貌。由於大部分的果樹種植已經消失，演變成叢林密佈的次生林，我們只能透過例如地政總署的測繪圖、政府文件內文的一鱗半爪、相關農夫後裔的口述歷史，以至某些仍有大幅種植果樹的村落，來重塑昔日果園處處的鄉村種植風貌。

1. 菠蘿種植

根據1960-70年代地政總署測繪圖，大嶼山種植菠蘿的地段十分廣泛，包括梅窩的窩田、白銀鄉、鹿地塘，以至南大嶼的散石灣、水口及塘福等，都有廣泛種植的痕跡。筆者早前曾聯絡水口相關種植村民的後裔，他向我出示的種植牌照，便清楚顯示其種植地段種植菠蘿的廣泛程度；回到筆者居住的散石灣，亦有村民向我展示昔日散石灣菠蘿山的遺址，與測繪圖描述的位置吻合。

4 例如，農林處1950年代的年報，便沒有菠蘿種植的產量數字，直到1958/59年才開始有相關統計。

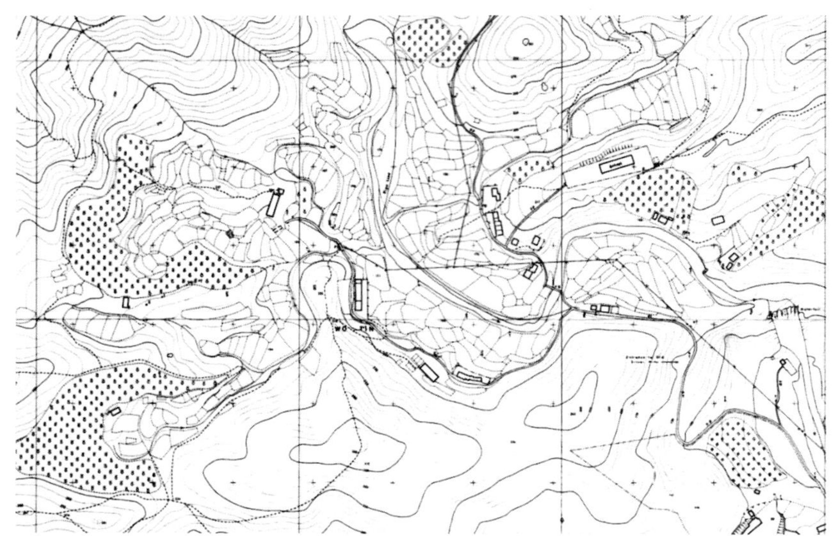

圖二：1962年繪畫、1975年修訂的窩田及白銀鄉測繪圖，當中有標記小型菠蘿符號的是種植菠蘿的地段（即黑點密集的範圍）。資料來源：地政總署測繪處。

至於梅窩，二戰後的菠蘿種植大致分為兩個階段：1950年代的栽植階段，以及1960-70年代的興盛期。如前所述，政府在二戰後大力推動農業發展，推動成立菜統處及大量合作社，同時亦在全港設立農業站，在技術上支援鄉郊農民。1951年，與香樂思關係密切的嘉道理兄弟，成立嘉道理農業輔助會（K.A.A.A），是1950年代推動果樹種植的主要推手。嘉道理農業輔助會1955年起推動「鄉村果園種植計劃」（Village Orchards Scheme），與政府攜手從外地引入果苗，在香港大規模種植果樹，共建立80個鄉村果園，大嶼山佔了8個，引入共3,446棵果樹，分別位於鹿地塘、白銀鄉、稔樹灣、大白（愉景灣）、日光島、拾塱、羗山和二澳。當中稔樹灣的果園，便種植了1,000棵菠蘿（嘉道理農業輔助會，1959）。

翻查舊報紙，1950-60年代香港菠蘿種植品種大多來自新加坡（《大公報》，1956年4月21日，1956年7月2日，1956年7月11日；《工商日報》，1956年4月21日，1956年7月11日；《華僑日報》，1956年6月10日，1956年7月11日）：綜合《大公報》、《工商日報》及《華僑日報》的報道，1956年嘉道理農業輔助會與政府農林處合作，由新加坡及沙撈越引入二萬株菠蘿苗（見圖四），送往赤泥坪、白牛石（即嘉道理農場址）、沙田、上水、西山、井欄樹、青山農場及梅窩鹿地塘種植。鹿地塘村老村民、《梅窩百年》作者甘水容博士，便曾透過以下的鹿地塘高空測繪圖，清楚向筆者指出鹿地塘相關果園的位置。稍後筆者亦透過如圖二的地政總署測繪圖，確認相關果園的實際位置。

圖三：
鹿地塘1963年高空圖，圖示昔日種植菠蘿山坡的位置。資料來源：地政總署測繪處。

新加坡菠蘿苗
二萬株運抵港
移植新界農場

【本報專訊】農務署與嘉道理農業輔導會合作，將新架坡菠蘿苗二萬棵移植本港。該批菠蘿苗已經於與最近根據嘉道理農業輔導會鄉村果園計劃而建立柑橘果園之新界農民，以供培植之用。

農務署農務官胡德昨日稱：因柑橘果木約需五年時間方能結果，故擬將各樹木間之地方利用，以培植菠蘿。

該批菠蘿苗約於一週前已由新架坡運抵本港，並已在新界八個地點種植。該八個地方爲赤泥坪、白牛石、沙田、上水、西山、井欄樹、鹿地塘及青山農場。

胡德解釋稱：菠蘿係由芽苗及蘗頭繁殖者；如採用芽或苗繁殖，通常十五至十八個月即可結果，如採用蘗頭，則再需六個月。

胡氏又謂：農林處已在西貢地區，種植優良之菠蘿，而荃灣及其他地區農民之種植菠蘿者，亦歷有年所，惟該等地區所產之菠蘿，體積甚小，故此種植，不甚發達。

本港現時採用之兩種菠蘿種籽，一爲「新加坡種」，一爲「沙撈越種」。新加坡種之果實，不大不小，適合製罐頭用。至於沙撈越種，其果實甚碩。胡氏認爲，上述兩種種籽，均可望在本港獲得美滿收成。

胡氏强調指出，良好之培植，甚爲重要，同時應經常注意避免雜草滋生，因菠蘿性質，喜愛同類相聚，不妨密點種植，惟不容受雜草之侵擾。關於此點，種植者宜予以注意云。（二）

圖四：
1956年《工商日報》報道，二萬株新加坡菠蘿苗抵港，鹿地塘是其中一個種植地區。資料來源：香港公共圖書館多媒體資訊系統。

為甚麼要選擇種植菠蘿呢？原來政府揀選的，都是「鄉村果園種植計劃」栽植柑屬果木的農民，由於柑屬果木需要四至五年時間才能結果，政府遂鼓勵農民採用「農林間作」的技巧，利用果木樹林之間的空地培植菠蘿，菠蘿約需年半便可收成，更是種於山坡較貧瘠之地，可更有效率使用土地。

新界種菠蘿
年半後結果

剛才運到
五萬樹苗

【本報訊】菠蘿樹苗五萬一千株，已由星洲運抵本港，準備協助推進鄉村菓園計劃。

港府署理農林漁業管理處處長李斯中校稱，該批菠蘿苗係由嘉道理農業輔導會贈送者，為本年內收到之第二批。

該種菠蘿苗所產果實，相當巨大，且汁盈豐富。

此批菠蘿苗定於本週內在最近開闢的十七個鄉村菓園種植，該等菓園內，現已種有橙樹。在橙樹叢中種植的菠蘿，預料在十八個月後即可結果，並可使菓園於橙樹之四年成熟期內，有所收穫。

圖五：1956年《大公報》報道，菠蘿苗選定在17個種有橙樹的果園種植，由於菠蘿比橙樹快熟，間種方式可提高農民收成。資料來源：香港公共圖書館多媒體資訊系統。

大約半年後，另外51,000株新加坡菠蘿苗到港（見圖五），政府進一步推動在當時另外17個種有橙樹的鄉村果園種植菠蘿，橙樹的收成期大約是四年，菠蘿為18個月，間種不單可增加收入，亦可減少失收風險，可見政府當時是有系統地扶植果樹種植以輔助農業。

當時梅窩第一造的菠蘿收成如何？很可惜未有找到相關的歷史資料，只能從其他同樣種有菠蘿的鄉村果園推敲。根據《華僑日報》（1958年6月21日）的報道，在元朗十八鄉黃屋村種有三千株菠蘿樹，每擔收入三、四十元，由於新加坡品種的菠蘿碩大香甜，銷情甚好，收入算是相當可觀。以菠蘿田的大小來說，梅窩農田的大小不會小於十八鄉，從側面印證菠蘿種植的興盛。根據張北銘（Cheung, 1964）的研究，1964年梅窩的菠蘿種植已經十分興盛，有很多山坡用來種植菠蘿，有些農夫甚至有超過二千株的菠蘿樹，賺取相當多的輔助收入，成品大部分在梅窩涌口出售，亦有部分會運往長洲及香港。由菠蘿種植這單一例子可見，梅窩作為一個水陸農業產銷網絡要衝的角色，不單可以供給本地供應，甚至可經水路遠銷長洲及香港島，種植本身亦有機地模塑梅窩的地貌及村落格局。

菠蘿在1960-70年代成為梅窩土產（《工商日報》，1978年8月28日）[5]，有不少農夫都會種植菠蘿。圖六是梅窩窩田村農夫黎水養種植青皮糖芯菠蘿的宣傳牌，已經不是當初嘉道理引入新加坡或沙撈越的品種，而是來自夏威夷。窩田村是梅窩主要生產菠蘿的地方，由圖二的測繪圖可見，窩田村有三大塊生產菠蘿的區域。筆者與現時窩田村種植菠蘿的農夫討論過，黎水養種植菠蘿的地方位於現時黃公田學校以北一幅坐北向南的山坡地段，其後亦有訪問黎水養的兒子，他指出當年他父親賣菠蘿收成至少有數百擔，會請人出車由窩田運往西環果欄出售。按老瑞祺1968年《香港農友》的菠蘿種植建議（1968，頁15-16），向東南或西南的

5 據報道，梅窩有三種著名土產，其一是菠蘿，其二是燒肉，其三是蜆，豬扒更遠銷澳門。

砂質壤土斜坡，是最適合種植菠蘿的地段，和黎水養種植菠蘿的地段地質坐向相近，難怪這些青皮糖芯菠蘿會成為應屆農展會冠軍。

圖六：梅窩窩田村種植青皮糖芯菠蘿的宣傳牌，資料來源：張北銘（1964）。

1960年代末似乎是梅窩菠蘿種植最興盛的時期，不論是1968年出版的《香港農友》、還是1969年的*Agricultural Science Hong Kong*（Lo & Siak），都有提及香港菠蘿的種植重心，由荃灣轉移到大嶼山的梅窩、東涌及大澳。農林處更有菠蘿施用肥料分量的研究發佈，以改善菠蘿種植的產量及質量，1966年的年報（Hong Kong Agriculture and Fisheries Department）亦有記載農林處在沙田谷及梅窩銀礦灣開會商討菠蘿種植文化的紀錄。綜合農林處年報數字，香港菠蘿的產量及產值在1960年代穩定上揚，菠蘿產量由1963-64年度的4,100擔，上升至1967-68年的5,200擔，產值亦由1963-64年度的14.7萬港元，升至1967-68年的26萬港元。

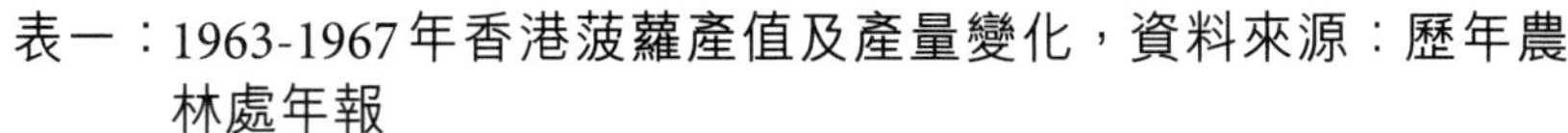
表一：1963-1967年香港菠蘿產值及產量變化，資料來源：歷年農林處年報

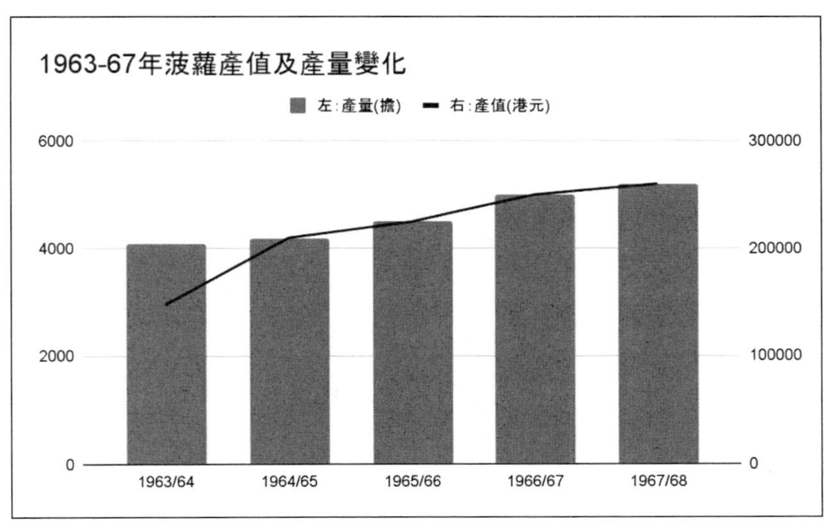

菠蘿種植充分反映當時梅窩作為農業樞紐的角色。菠蘿作為鄉村經濟的輔助型農產，由南大嶼及梅窩各村落，經梅窩運出長洲及香港；同時用作生產的肥料及其他相關器物，則由香港經船運回梅窩出售，以供日益壯大的梅窩農夫群所使用。與梅窩涌口一帶農夫強調合作社的角色稍有不同，菠蘿種植似乎並非梅窩合作社主力推動的農產。合作社連結的農夫，大多是位於當時涌口一帶的新定居者，亦有連結鹿地塘一帶的原居民，但窩田所處較偏遠，綜合筆者多次訪問所得[6]，似乎有不少農夫會自行處理農產相關事宜。例如圖六提及擅長種植青皮糖芯菠蘿的農夫黎水

6 2023年1月訪問窩田村村長鄧家洪及村民張運唐、4月訪問窩田農夫何逵遠等，都認識黎水養的事蹟。

養，他就會和涌口一家名為「瑞利」、專賣肥料的雜貨店合作，自行安排運輸船隻，由當時的中環街市收集鴨毛，作為種植菠蘿氮肥及鉀肥的來源。

2. 黃皮種植

談黃皮種植的原因，很大程度上是因為現時香港唯一仍然運作的大型黃皮果園，是位於梅窩窩田村。多年前研究團隊曾訪問果園的老農夫何鴻燦[7]，由他口中說出當年黃皮銷售的榮景。

據何鴻燦所講，他1951年跟隨父親落戶梅窩窩田村，以種田及養牛為生，1960年代接手二十多萬呎的政府及私家地，種植稻米及蔬菜，後來在山坡改為種植黃皮等果樹。何鴻燦的兒子何逵遠Danny，在另一次的訪問，透露他曾經見過何鴻燦接受漁護署黃皮種植訓練計劃的一張證書，似乎何鴻燦是在1970年代接受相關的訓練，然後開始種植改良的雞心黃皮品種，1980年代迎來黃皮銷售的高峰。據何鴻燦憶述，1980年代在果欄賣黃皮，當時並未有大量的內地黃皮競爭，可賣至22元一斤，Danny曾經笑言，這是可以靠賣生果買一層樓的年代。果園的黃皮種植到1990年代一度荒廢，2003年Danny自台灣返回香港，開始以「老樹新枝」的方法活化當年已經有四十年歷史的黃皮果樹，逐步矮化老化的果樹，慢慢提升產量，時至今時今日，果園仍有接近一千棵可以收成的雞心黃皮樹，收成至少可以有上千斤，豐收的季節甚至可以有二三千斤。

香港政府曾在1950-60年代大力推動黃皮種植，和菠蘿種植的定位相近，是作為稻米及蔬菜種植以外的輔助農業作物。黃皮

---

7 2017年綜合多次訪問所得。

種植比起菠蘿種植，更有作為村落風水林或鄉村山林的功能，可能由於這個原因，黃皮在大嶼山村落都有廣泛種植，1950年代是香港的重要水果農產。由下表可見，黃皮1950年代在香港的產量急速上升，在1959/60年達至接近2,000擔[8]的高峰，產值高達20萬港元。

表二：1954-64年香港黃皮產值及產量變化，資料來源：歷年農林處年報

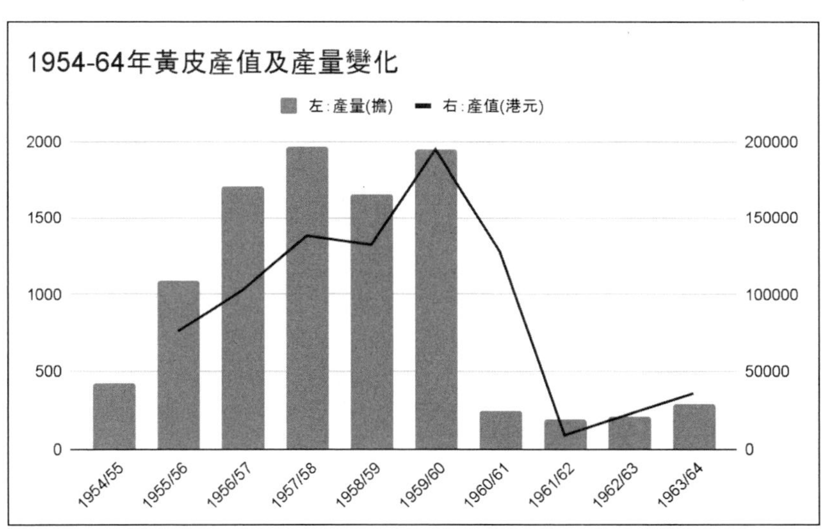

為甚麼香港要在1950年代大舉種植果樹？閱讀當時的報章，不論是內地的還是台灣的，都同時在大力扶植果樹種植業，以黃皮為例，就有廣東江門甜黃皮應市、黃皮交投暢旺等新聞，甚至有香港本地出產黃皮乾獲准輸出美國的報道（《大公

8　1擔為100斤，約60.5公斤。2,000擔即約120,958公斤或121公噸，是相當多的生產量。

報》，1956年6月19日，1959年7月9日；《華僑日報》，1954年8月6日)；同期亦有菠蘿遠銷東歐、海南菠蘿大量運港澳以賺取外匯的新聞(《大公報》，1955年7月3日，1956年7月2日)[9]。當年在香港生產的黃皮，會大量運往美國出售，單單是1955/56年度，就有接近七成生產的黃皮會出口遠銷美國，即便是失收的年期，仍維持有一半的本地生產黃皮轉作出口。如何能夠快速生產生果，與內地及東南亞的生產者競爭，似乎是當年政府發展初級產業的重要一環，如前所述，1955年政府決心推動果樹種植，同年嘉道理推動「鄉村果園種植計劃」，即便1958-1962年因天氣原因而導致果樹失收[10]，政府推動步伐仍然不息，在1960年代初新設相關部門及研究主任處理推動果園相關事宜，甚至與美國農業部合作，引入牛油果在西貢試驗農場種植(農林處，1964)，面對1960年代初連番的黃皮失收，政府仍然於1967年在西貢引入黃皮及龍眼的間作實驗，持續數年並在香港推廣，希望增加農民收入及作為防風林之效[11]。到了今時今日，之所以在梅窩窩田村仍保有黃皮與龍眼混種的大型果園，似乎是當年政府大力推動相關種植技術的結果。

直至截稿前，筆者尚未找到1970-80年代梅窩以至大嶼山黃皮種植的相關數據。根據嘉道理農業輔助會1958/59的年報，單單是白銀鄉及稔樹灣一帶，便種了接近400棵的黃皮樹。嘉道理農場Facebook專頁亦曾經轉載大嶼山黃皮種植的往事(嘉道理農

9 除了這兩篇報道，筆者稍花時間找尋，便有十多項相關的報道，此非主要研究部分，因而從略 。

10 例如1961年的愛麗絲及1962年的溫黛颱風，是黃皮連年失收的主因。

11 此半段分析主要綜合1955/56-1967/68年農林處年報所得。

圖七：
位於窩田村的菠蘿田，資料來源：張北銘（1964）。

場暨植物園 Kadoorie Farm and Botanic Garden，2016）：當年賀理士嘉道理以至時任農林處處長布力奇，出席種有200株黃皮樹的稔樹灣果園成立典禮，黃皮作為輔助型生產果樹的重要性可見一斑，不論是政府、嘉道理、還是當村村民，對黃皮種植都十分重視。

「梅窩有菠蘿」作為鄉郊社區營造策略

如前言所述，我們希望以菠蘿和黃皮來建立地方性，第一個面向就是從梳理歷史出發，重新發掘「本來大嶼山這個地方就有很多人種植黃皮和菠蘿」這個「歷史事實」。但這引伸出一個很有趣的問題：如果這是一個顯而易見的事實，大概不需要筆者及研究團隊花費時間去重新發掘，既然要重新發掘，説明這事實是被香港人，甚至被本地人所遺忘，那麼一開始又是如何發掘得到這樣一個有趣的切入點呢？

雖然歷史大概會隨時間慢慢湮沒，但一班人曾經努力耕作所留下的種植技藝，卻或多或少會留下痕跡。我們的研究也是如此。梅窩這個地方的有趣之處，在於其有限的開放性，以及其作為海島網絡農業樞紐的地理特點。曾經盛放的農業技藝在這有限開放的空間，以「農業社區」的網絡保存下來並持續更新，於是乎來到2024年的今天，才仍然保有一眾新農老農以至學徒組成的地區網絡（詳見筆者另一出版《再現梅窩》），彰顯種植技藝這種「社區本事」。

發掘「社區本事」作為建立地方性的策略，和香港保育抗爭史高度重疊。

時間回轉到2018年，一班來自城市的返鄉青年，經歷菜園村及橫洲抗爭的洗禮，在海島一隅的梅窩搞Farm-to-table，同時發起「大嶼學堂」搜集這個地方不被主流論述的口述歷史，當中就有本文提及梅窩黃皮及菠蘿的種植者何鴻燦及其兒子Danny。機緣巧合之下，筆者兩年後來到梅窩這個社區，在2020年的夏天首次踏足Danny的何氏果園，覺得香港仍有超過20萬呎的果園能夠持續運作五十年這件事很不可思議。機緣巧合下，接觸到大嶼學堂搜集整理的何鴻燦口述逐字稿，吃着糖度超過20度的混種糖心菠蘿，我思索着「梅窩有菠蘿」這件事本身，不正正就是社區營造經常談及的地方性嗎？

就是因為仍然有Danny這樣的在地生產者，月復月打理着生長四十年的黃皮樹，帶着「社區本事」應有的自豪感，每年夏天不間斷地出產菠蘿、黃皮和龍眼，才有我們這批來到鄉郊的青年重新發掘一切的機會。過去三年，筆者由「梅窩有菠蘿」這一簡單的事實出發，以發掘「社區本事」的意識推動鄉郊社區營造。

* * *

第一，為「梅窩有菠蘿」建立公共論述。

有幾個很好的例子可以說明「建立公共論述」的內涵是甚麼：「好老土」在2022年出版地區雜誌《大嶼食通信》，與是次研究開展的時間同步進行，團隊一邊進行梳理，一邊聯絡媒體做報道，例如有《明報》2022年8月28日的報道〈復耕雞心黃皮，尋回昔日甜，梅窩出產600斤半小時售罄〉及〈梅窩昔為果樹重鎮，政府擬改旅遊門戶〉，從政策的角度看梅窩地區特色與地區營造策略的關係；同時亦捲動甚有大眾影響力的一眾網絡媒體，例如Mill Milk 2022年7月15日的〈55歲視光師於大嶼山隱世種每年限量100個香港獨有香水蜜糖菠蘿，出產3,000斤黃皮〉短片，累積超過45萬人次觀看。盤點相關的媒體報道，例如《明報》2022年07月17日〈社會實驗：有文青唔做，做農夫學徒，去梅窩耕田耕上癮〉、AndThen. hk 2022年7月14的〈復耕務農「好老土」? ｜梅窩居民X外區學徒，用農墟發掘生活新可能〉、《集誌社》2023年7月24日的〈梅窩復耕 ┃ 黃皮樹下，從收割到覓傳承，記一場三年的「社區營造」〉、《明周文化》2023年9月19日的〈【學徒計劃】大嶼山社區組織「好老土」扎根梅窩，招學徒辦農墟，負責人龍子維：我們不是搞農業，是搞社區〉等，都是把梅窩黃皮、菠蘿的生產作為復興農業樞紐的例子，呈現鄉郊社區營造如何從農業方面切入。

努力建立公共論述的結果，除了是梅窩生產的菠蘿、黃皮售罄一空之外，還成功把有關論述打進政府的研究視角。可持續大嶼辦事處委託香港中文大學做的《大嶼山貝澳、水口及鄰近地區文化及歷史研究》，便把其時筆者曾在Facebook發佈的初步研究資料用於南大嶼的研究，查出地政總署的測量地圖印證南大嶼諸地區有「菠蘿種植區」，甚至發掘到長沙1961年曬菠蘿的新聞，以及1965年香港大專學生社會服務隊搬運村內出產菠蘿的短片[12]。至此，梅窩以至大嶼山有菠蘿的「事實」，算是初步成為公共論述的一部分，亦被寫入維基百科有關「香港農業」的條目之中。

* * *

第二，將「梅窩有菠蘿」帶回村落，令村民重新認識自己的「社區本事」。

「梅窩農業實踐及社會史初探」研究邀請了超過20位村民深入訪談。由於筆者與一班研究員都居於梅窩或大嶼山，除了是正式約見的訪談，種種的日常偶遇構成了研究方法中非常重要的部分，筆者並非研讀人類學出身，卻化身為田野考察的研究員，除了深掘在地故事以外，也常常在想，究竟有甚麼方法，讓村民覺得自己正在從事/過去曾經從事的工作，其實是一種「社區本事」?

有兩個故事希望可以和讀者分享，希望大家可以從文字觀察到相對應的變化。

前文提及到2020年我第一次探訪Danny的「黃皮菠蘿山」，其實是因為當年夏天農產失收，我們推動的菜包計劃，竟然不夠菜提供給區內的訂戶，便只好四出「求救」，發現有這樣的一個位於「深山」的大果園，豈能不喜出望外。我把收割好的菠蘿，用手推車由山腰經銀礦洞運到山腳的白銀鄉，再走一條長長的村路好不容易去到涌口街。當時應該有30多度吧，便走進附近的茶餐廳麥生記吃午飯。豈料一餐午飯，連同路過的行山客、侍應

---

12 見該研究196-198頁。

和老闆，一共問了我四、五次菠蘿是否有得賣、我是否種菠蘿的農夫，以至驚訝於梅窩竟然有如此香甜的本地菠蘿。而令我更驚訝的，是本地居住的一眾侍應和街坊，竟然不知道「梅窩有菠蘿」這一簡單事實。

第二個故事來到2023年的夏天，我已經連續運了幾年菠蘿和黃皮，甚至乎還製造了夏天限量版的黃皮手工啤，慢慢地窩田和白銀鄉村的村民，都知道有一個來自大嶼山散石灣村的人，每年夏天會帶人來收黃皮。相比起2022年，2023年非常幸運沒有八號風球，但仍然有點大雨，運黃皮出城的貨車泊在白銀鄉以前曬穀的空地，我騎着單車先到安排好位置，然後載着一盒盒黃皮的鄉村車輛（俗稱VV車）慢慢地由山腰駛到山腳，今年終於不需要靠手推車了。村內的街坊仍然好奇，仍會不時地打量着我這個他們口中的「散石灣仔」:「今年你又收黃皮呀？」「九龍定香港賣呀？賣到成車都幾勁喎。」另一位叔叔則帶點嘲弄的語氣說：「當年我運幾千斤出港島，白銀鄉都有種黃皮呀！」走到「好老土」的地舖，有一位在菜園村種植菠蘿的好姐，問我們會不會賣梅窩本地菠蘿。原來還有在橫塘村的譚伯，聽說梅窩菠蘿近年好像賣得不錯，便開放了自己的果園讓街坊選購自家種的菠蘿，重拾昔日的種植技藝。由無人問津的本地種植，到重新發現曾經的種植輝煌。

一句「梅窩有菠蘿」，包含遠遠不止是歷史事實，而是社區中蘊藏的本事。

* * *

第三，以「梅窩有菠蘿」開展地區營銷及學徒網絡，建立關係人口。

在《再現梅窩》及《有種大嶼》兩本書，我們有詳細論述「好老土」組織學徒網絡的經驗，本文只能粗略描述——「梅窩有菠蘿」不單純是地域品牌的營造，我們當然希望香港能夠有真正依據本地食材及社區本事生產的「特色土產」，所以才會製造梅窩黃皮手工啤；更重要的，是這個品牌營銷所依據的，不是由上而下或者完全是依賴外來投資才可以持續的營生作業，而是由鄉郊社區生產者，以及與社區連結的關係人口，緊密編織而成的網絡所支持的品牌營造。因此研究團隊深入梳理歷史，找出「梅窩有菠蘿」這句話的依據和歷史脈絡，透過行動連結社區，重新讓村民發掘自己的本事，以在地的故事和生活作為地域品牌的特色所在，透過不斷研發產品和社區互動書寫流動的地方性。按這個思路，梅窩不單只有菠蘿和黃皮，也可以有陶器與藍染，這就是鄉郊社區營造應有的魅力與引人入勝之處。

*「梅窩果樹種植的歷史沿革——政府二戰前後的農林政策」、「大嶼山果樹種植的黃金年代」兩節，曾於《再現梅窩》刊出，經修訂放入此文，感謝手民出版社的授權。

參考資料

英文文獻

Cheung, P. M. (1964). *Report on a Land Use Survey of Northern Mui Wo (Lantau)*. Department of Geography and Geology, University of Hong Kong.

Director of Agriculture and Fisheries. (1966-67). *Annual Departmental Report*. Agriculture and Fisheries Department (Report). Hong Kong.

Kadoorie Farm and Botanic Garden. (2016, April 14). Facebook. Retrieved from https://www.facebook.com/KadoorieFarmAndBotanicGarden/photos/a.273967465972722/996287697074025

Lo, S. K. & Siak, P. L. (1969). Fertilizer trial on pineapple. *Agricultural Science Hong*

Kong, 1(3), 148-155.

Scazzosi, L. (2018). Rural landscape as heritage: Reasons for and implications of principles concerning rural landscapes as heritage ICOMOS-IFLA 2017. *Built Heritage, 2*(3), 39–52. https://doi.org/10.1186/BF03545709ċ

中文文獻

《人民日報》。2022。〈一文讀懂全球重要農業文化遺產〉，5月27日。人民網。取自 http://www.people.com.cn/BIG5/n1/2022/0527/c32306-32432165.html

《大公報》。1955。〈蘇聯東歐訂購菠蘿二百多萬罐，廣東今年將再建一座現代化的罐頭廠〉，7月3日。

《大公報》。1956。〈二萬菠蘿苗，新界正試種〉，4月21日。

《大公報》。1956。〈嶺南菠蘿在香港上市〉，7月2日。

《大公報》。1956。〈新界種菠蘿，年半後結果〉，7月11日。

《大公報》。1956。〈桂味糯米糍荔枝新登場，甜黃皮首批亦上市〉，6月19日。

《大公報》。1959。〈荔枝續運到辦莊與本地販商均購，黃皮菠蘿交投均暢〉，7月9日。

《工商日報》。1956。〈新加坡菠蘿苗，二萬株運抵港，移植新界農場〉，4月21日。

《工商日報》。1956。〈嘉道理農業輔導會，以菠蘿秧苗贈果園〉，7月11日。

《工商日報》。1978。〈梅窩三種土產，豬扒遠銷澳門〉，8月28日。

《華僑日報》。1954。〈促進港產品輸美，醋類及黃皮乾等復准輸美〉，8月6日。

《華僑日報》。1956。〈嘉道理農輔會以菠蘿樹苗贈新界果園〉，7月11日。

《華僑日報》。1956。〈星種菠蘿移植新界，適宜生長普遍推行〉，6月10日。

《華僑日報》。1958。〈嘉道理會贈黃屋村果園，今年首獲菠蘿收成，收益撥充福利建設，三千餘株收入大有可觀〉，6月21日。

好老土 Good Old Soil（策劃）。2023。《有種大嶼：鄉郊社區營造手記》。土地教育基金。

老瑞祺。1968。〈香港的菠蘿種植〉。《香港農友》（第一卷第二期）。香港政府印務局。

冼昭行。2018。《看家本事：充滿內在力量的社區：留住薄扶林村經驗的二三事》。創不同協作有限公司。

周思中。2022。《夕陽的光：誰說香港沒有菜園》。藝鵠有限公司。

袁智仁。2022。〈一水一道：谷埔商業圈的興衰〉。《谷報》（第二期）。

彭玉文。2022。〈香樂思離職前演說——BEING HK的重要一章〉。載《Being Hong Kong Redux 就係香港復刻珍藏版》，頁348-349。就係媒體。

黃佩佳。2016。《新界風土名勝大觀》。商務印書館（香港）有限公司。

農林處。1964。《農林處年報》。

鄒崇銘、姚松炎。2015。《香港在地農業讀本》。第5章。土地教育基金。

嘉道理農業輔助會。1959。《嘉道理農業輔助會工作概況1958-59》。嘉道理農業輔助會。

蔡思行。2016。《戰後新界發展史》。中華書局（香港）有限公司。

鄭敏華、周潁欣、任明顥。2022。《梅子林故事：鄉郊文化保育考見記》。三聯書店（香港）有限公司。

饒玖才。2017。《十九及二十世紀的香港漁農業——傳承與轉變（下冊農業）》。天地圖書。

饒玖才、王福義。2021。《香港林業及自然護理——回顧與展望》。郊野公園之友會、天地圖書。

龍子維、黃山、陳寧生、費越。2024。《再現梅窩——從香港離島農業社區史看鄉郊復育新未來，探索超越城鄉對立的地方營造》。手民出版社。

島嶼研究的啟示——以南丫島為例

梁寶山

緣起

島居凡二十年，一直都很想好好地記錄自己的社區。2010年後，區內不少耆老離世。如果不趕快搶救，離島鄉村的在地經驗和知識，也會隨着一代人流逝。於是自2019年起，用了三年功夫，邀請鄰居和專業團隊，先後撰寫和策劃了《模達今昔——南丫島模達灣歷史及社會研究計劃》（下稱「模達今昔」）（2021）和《南丫說：》（2021）。前者以文獻和檔案、口述歷史和田野調查為主要方法，結合文字、老照片、攝影和手繪插圖，整理出這條海岸村落的文化地景，並透過不同世代和族群現身說法，講述島嶼的生活方式。後者則為從研究出發的公共藝術計劃，包括由王惠玲博士撰寫的小書，以及15組在地作品和兩條紀錄片。可惜展覽在疫情期間進行，能親自來訪的觀眾甚少。加上出版物以公眾為對象，難以盛載學術反思。故本文將從島嶼研究角度出發，回顧兩個計劃，並以南丫島作為起點，反思香港一直為人所忽視的島嶼特性。本文是兩個計劃後的進一步研究，觀點或錯漏，概與團隊無關。

島嶼的迷思

2017年，南丫島上各條村落，先後均豎起造型有點卡通、用來介紹村落歷史的告示牌。在模達兩處地點豎起的介紹內文如下：

> 南丫島模達村已有數百年歷史，以陳、周姓為多，早期的居民多以務農及飼養禽畜為生，是一個典型的舊式農村。數十年前，模達村曾有一排古屋遭白蟻侵蝕而全部毀爛，後來村民向南遷出五十碼另建新村。在1932年，村民合資興建一所可容納40多人的小學，供小童上學。早期村內沒有水電供應，居民都以火水燈照明，食水以井水及山水為主，直至60年代才有水電供應，村民的生活質素大為改善，但隨着生活所需，青壯的村民大多都已遷往市區居住。

不知出自甚麼人員手筆，這短短二百字，竟然把我的社區講得如像十室九空。我自千禧初遷居南丫島，模達的常住人口一直保持在一百左右，幾乎所有適合人類居住的房屋，都被原居民、城市遷入的華人、來自超過二十國家的外國人和移民工填得滿滿，疫情期間，已遷往市區的原居民，更有回流跡象。加上村落鄰近街渡碼頭，有時假日遊客甚至顯得過於熱鬧。

除了南丫島，筆者亦曾在大埔鄉居共約五年，包括兩條鄧姓村落和兩條鍾姓村落。單憑日常觀察，三層高的標準丁屋，原居民業主（通常是退休老人家）會保留地下一層自住並供奉祖先神位，樓上兩層作出租或出售。這種情況在南丫島，更往往有過之而無不及——同一名業主，往往擁有並管理多幢村屋，只保留一個自住單位。據此保守估計，所謂的原居民村落裏實際住着的，起碼有三分二住客，無論或買或租，都是像我這樣的「外人」。然而，為何每當談到新界鄉村時，好像只要講述一下某族原居民的

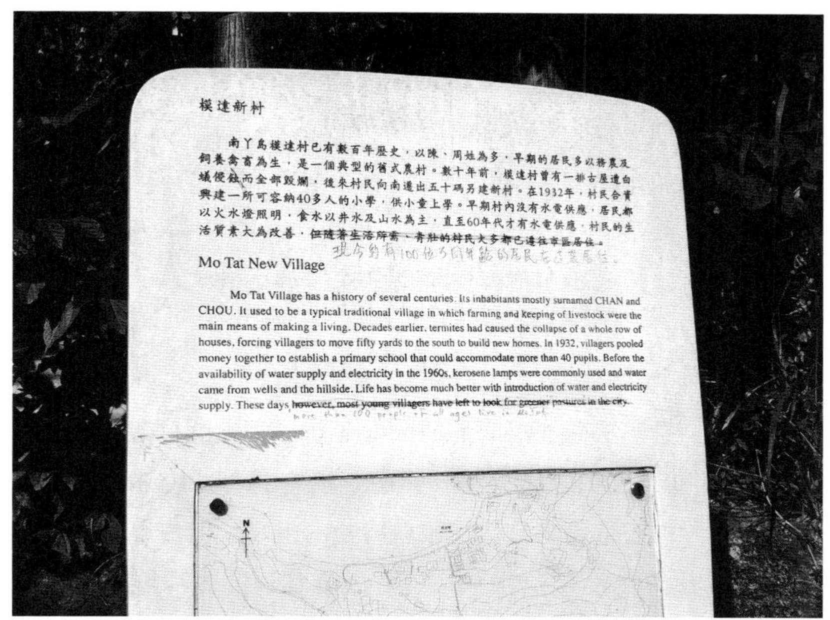

圖一：「模達新村」介紹

來源或宗族產業，便可以概括整條村落的過去和現在？又或者，如果村落沒有祠堂、書室、圍牆或廟宇，那又是否等於它不值一哂？

同時作為原居民和學者的張少強與古學斌（2006），對這種把鄉村視為割裂於城市和現代的做法不以為然，並借用Johannes Fabian（2014）的說法，指出這種企圖在他者之中尋找過去的方法，是透過將自身與他者的空間距離，轉換成時間的距離（spatiality of time），進而導向排斥性的結論，合理化落後必須被文明進佔（頁272）。而我常想，為甚麼只不過是從大埔或粉嶺市區多搭了幾個小巴車站，我們便回到清朝？事實上，戰後香港進一步城市化，「新界」亦未能置身事外——從興建水塘、公路、填海和新市鎮，到應付城市人口膨脹的糧食所需，甚至小型屋宇政策和郊野公園條例……無不都在重新塑造村落內部和外部的景觀、經濟和社會關係(Hayes, 2006)。至於看似與發展背道而馳的保育潮，則更進一步令鄉郊的時態回到過去。追求「本真」的「復修」(conservation)，以「典型」抹去居民為適應生活所需的功能性改造。張展鵬(Cheung, 2003)指出，這種以「物件」或自然作為保育對象的政策，往往忽視當地居民的生計需要，並無助保育鄉郊整體的自然和人文風貌。

因為地理的「阻隔」，離島鄉郊除了一如其他新界村落被典型化之外，還要承受被消閒化的威脅。新界大陸的村落，除了已被「物化」為景點的古蹟外，其他的生活空間，一般都是閒人免進。然而，被旅遊雜誌打造成旅遊勝地的離島，則被視為城市的反面——營營役役vs無拘無束；石屎森林vs陽光海灘；千篇一律vs尋幽探秘……反映的是遊客自身的欲望。樂極忘形的遊客，往往忘了離島也是島民的生活空間；海岸亦不只是風景，而是生計所在。不少島嶼研究學者均指出旅遊作為單一產業對島嶼帶來的傷害(Cheer et al., 2017; Dlabaja, 2021; Currie, 2018)。當離島不再是漁農業的生產基地——IG-able的景點建設、千篇一律的海濱長廊、驟來驟去的人潮、有入無出的垃圾、座無虛席的渡輪……不單干擾島嶼脆弱的生態環境，也搗亂了島民空間和生活秩序。當這些由當地居民的生活經驗所累積而成的「社區特色」，被旅客的量化攻勢所取代——所謂的「旅遊資源」，亦行將消失。

島嶼空間：關聯性和相對性

明清兩朝古輿圖，對香港一帶島嶼及海岸地理載之甚詳，為的是貿易和邊防(包括海盜)(蕭國健，2013)。及後，香港的殖民地發展以維多利亞港為中心，把港外的島嶼稱為離島（outlying island）。即是除香港島之外，境內二百六十多個島嶼都遠離中心。島嶼到底是中心還是邊緣？斐濟籍湯加作家及人類學家Epeli Hau'ofa（1994）提出另一種看法。他認為所謂「遠隔重洋」（Islands in a far sea），反映的是一種以陸地為中心的權力（Teaiwa, 1996）：

> 把太平洋視為「遠隔重洋」，抑或「島嶼的汪洋」，有着天淵之別。前者強調汪洋之中遠離權力中心的乾燥面，聚焦在強調島嶼的細小與僻遠。後者則是較為整全的角度，回到它們之間的整體關係〔……〕陸人——即是歐洲人，穿過大片浩瀚汪洋之後進入太平洋，亦引入了「遠隔重洋」這種觀點。（Hau'ofa, 1994, 152）

「四面環海」是否足以用來定義島嶼，早為學界，尤其國際法學界質疑（Randall, 2021）。汪洋是否等同無物？島民如何理解自己的生活空間？即使看似無迹可尋，但島嶼和海洋，又曾經有過甚麼歷史？這些文化和社會操作，是否仍在進行？這些都是島嶼研究所關心的問題，而上述Epeli Hau'ofa的原文，亦早已成為島嶼研究的立場聲明，並被廣為引用。經過二十多年的發展，島嶼研究亦發生了關係轉向（relational turn），從只孤立地了解島嶼、把「島嶼為本位」（island on its own terms）等立場，推而廣之變成一種着重操演性（performativity）、關聯性（relatedness）和相對性（relationality）的非二元思考方式，進一步打破陸地（和人類）中心的世界觀，包括把一直被排除在外的水體，納入到研究和實踐的視野之中（Hayward, 2016; Pugh, 2016）。

位處珠江河口與南中國海之間的香港，海洋雖不比太平洋浩瀚，但延綿的海陸和鹹淡交界地帶，似乎亦形成一套獨特的文化地景。例如香港地名中一系列與水有關的字詞，正好說明海岸的千變萬化，以及不同族群與之聯結的不同生活方式。

洲	島；或小山〔水上人並不用洲指涉島〕
涌	河流，特別指水上人靠船取水處
坑	陸上人使用的河流，或有河道流過的山谷
滘	水道
流	潮水、水流
瀝	河道拉直的部分
塱/蓢	山谷或紅樹林
稔/淰	汙泥
澳	港口
埔/埗/步	側為深水的岸邊或平石，可作搭腳上落之用
氹	水牛造成的泥坑
汀	島
灣/環	落錨地

（Barnett, 1974: 137-159）

島嶼研究學者Godfrey Baldacchino（2012）及Vilja Larjosto（2020）指，島嶼之所以迷人，正因為它的雙重性和弔詭——依賴vs自足；封閉vs開放；隔絕vs連繫；流動vs停滯……是此抑或彼，是相對的，視乎個人或族群與島嶼的關聯和所掌握的知識和權力，例如：對於習慣水上作業的人來説，船隻所能航行的地方，才是可以連繫的地方，並會產生意義和有獨特的命名。大嶼山相對於全面城市化的港島是「離島」，但對於周邊比它更細的島嶼來説卻是「本島」。但囿於陸地中心的視角，我們卻往往只着眼於島嶼與大陸之間的主從關係，而忽略了島嶼與島嶼、海岸與海岸之間的多向連結。以大陸為中心的權力，只看到島嶼的局限和不足，視之為必需仰賴大陸供給的附庸，或必須被加以改造、開發和控制的對象（礦場、機場、豪宅、度假酒店）。而水，則是對安全與穩定性的威脅，是必須加以掩藏（渠道）、防範（堤壩）、管理（人工河道）的對象，甚或不可靠的他者，而必須被穿過（隧道）和跨越（橋樑）。Baldacchino（2008）就曾借用鐵路及其代表的現代性，作為島嶼的反面。垂直的權力、雄厚的資本、固定的軌道、龐大的人流——全部都是島嶼本來沒有的東西（Ronström, 2021; Hayward, 2016）。水路交通四通八達的靈活性與成本效益被低估，取而代之的是方便管理、成本高昂的橋樑（Leung et al., 2017）。另一位島嶼研究學者 Adam Grydehøj（2015）甚至質疑所謂的填海（reclamation），其實是偷換概念和資本說漏了嘴。因為「向海問地」，是向海面獲取原來並不是陸地的空間，不單減少了海洋的面積和破壞原有生態，更把原來「無人認領」（unclaimed）的海岸線變成業權地，壓根兒就是向精英傾斜的把戲。以香港為例，被填用的陸地，不外乎是用來興建道路（港島繞道、青嶼幹線）、重工業區（青衣油庫及船廠）、海景豪宅（不勝枚舉）或中央管理的公共空間（西九）。這些高貴的臨海地段，對城市居民來說可達性成疑；對討海為生的漁民和其他海上作業者，就更是不便和損失（Grydehøj, 2015）。這些已被填為平地的水屬地名，不單誌記着香港的海岸面貌，更處處提醒我們為人所忽略的島嶼性及一直被低估的潛能（Foley et al., 2023）。

水面上的南丫島

簡述過島嶼研究的基本關懷和立場後，讓我們暫時把焦點放在南丫島，透過歷史研究和實地考察，看看可以如何從新的角度了解我們熟悉的地方。南丫島位於香港島西南面，舊稱薄寮洲。一說是因為曾供來華洋船停泊，等待從珠江口進入廣州，故稱「泊獠」(梁炳華，2007，頁51)。另《新安縣志》(1819)的鄉村名錄，則把薄寮村列於薄扶林村及香港村之後。更有趣的是，英國人把薄寮洲稱為Lamma，原來只是因為British Admiralty的水文學家Alexander Dalrymple誤把地圖上的葡文「lama」(泥)當作島嶼的名稱。至於沒有文字記錄的遠古，考古學家則推斷早在新石器時代，南丫島已有人類活動的痕跡。眾多分佈在各個海灣的窰爐、鹽場和作坊遺址，説明這些遠古先民早已掌握一定航海技術(Atha & Yip, 2016)。他們/她們不一定是島上的長期居民，可能只季節性地到島上作業。西方學者較傾向相信這些先民就是其後被漢人統稱為古越族的南蠻(Hase, 2020)。種種説法，似乎都在説明南丫島自古以來就是一個流動的地方、是異文化的「接觸地帶」(contact zone)(Lindsay, 2019)。

從中環的港外線碼頭出發往南丫島，需要從中航道往西駛入(青洲)南航道，進入東博寮海峽，全程13.5公里約45分鐘航程。然而海洋不同橋樑——延綿的海岸不會只有一個登岸點。如果我們改為從港島的另一面——香港仔出發，便會發現南丫島不過只是比鴨脷洲再遠一點和大一點的島嶼，全程不過7公里約30分鐘。對不少只乘搭陸上交通的香港人來説，南港島線已是港境之南。然而如果我們把地圖倒過來看，便會發現香港仔不單是通往香港眾多島嶼的起點，還是通往南中國海北部各主要漁場的起點(王惠玲，羅家輝，2015)。而香港仔的中心，既不在石排灣與田灣之間，亦不在鴨脷洲的北岸——而是在兩者之間的避風塘。1990年代，鴨脷洲去工業化，厭惡性工業——港燈發電廠遷往南丫島大灣及延伸的填海區，成為今日海怡半島住客的風景。

南丫島之於香港仔，除了是一道美麗的風景外，更有密切的社會和經濟關係。兩個計劃的其中一個焦點，正是記錄穿梭香港仔與南丫島逾七十年的全記渡。這條歷史悠久的客貨兩用航線，至今仍然由胡氏家族經營，已歷四代。全記的創辦人胡泉是來自惠州的客家人，戰前輾轉來到香港，先在牛頭角打石，再移到田灣賣山草供船家燂船，最後才定居南丫島南段索罟灣，種菜賣山草，也曾兼營糧油雜貨。累積一定資本後，便購入漁船改裝成街渡，利己便民。胡氏不是法律定義下的「原居民」，卻是組成「二元社區」(dual communities) 關鍵成員（華德英，1985）[1]。父子兩代，一直都是地方社會的核心成員——組建和參與鄉事委員會、維持地方主廟、誕會和醮會。

索罟灣在1970年代至1980年代全盛時期，罟仔數目曾多達逾200艘。1970年代漁業轉型，從捕魚變成養殖，但香港仔作為集散地的角色有增無減。現時不少仍在南段從事養殖的部分漁民，其實早已在南區上樓，每日搭乘全記渡往回南丫島打理魚排，或在近岸作業捕捉飼魚用的小魚。舊時離島是城市糧食的生產基地，街渡運入雞糠、運出雞隻、豬隻、稻米（1960年代前）、蔬果和鮮花。但在全球化和旅遊化下，島嶼卻變成了消費中心。街上以「漁村」作招徠的海鮮酒家，貨源便有不少來自香港仔魚市場——阿拉斯加蟹、沙巴龍躉、澳洲龍蝦、南中國貝類⋯⋯街渡使香港仔變成島民從鄉到城的樞紐，並擴展了生活的範圍。

1 華德英指出，香港不少地方的漁村往往由陸上人（客家人為主）與水上人共同組成。水上人出海作業，陸上人則從事耕作和買賣。是為二元社區。（華德英，1985，頁3）

二十多年來我與其他鄰居和海鮮一樣，每日穿梭於兩岸之間——老人家飲茶買餸、小朋友上學、成年人轉乘陸上交通。這種不以維多利亞港或中心商業地帶（central business area）為樞紐的街坊交通，無論人流和貨流的方向逆轉，繼續以去中心化的方式保持着它的能動性，把島嶼緊緊地貼在香港與全球的網絡上。

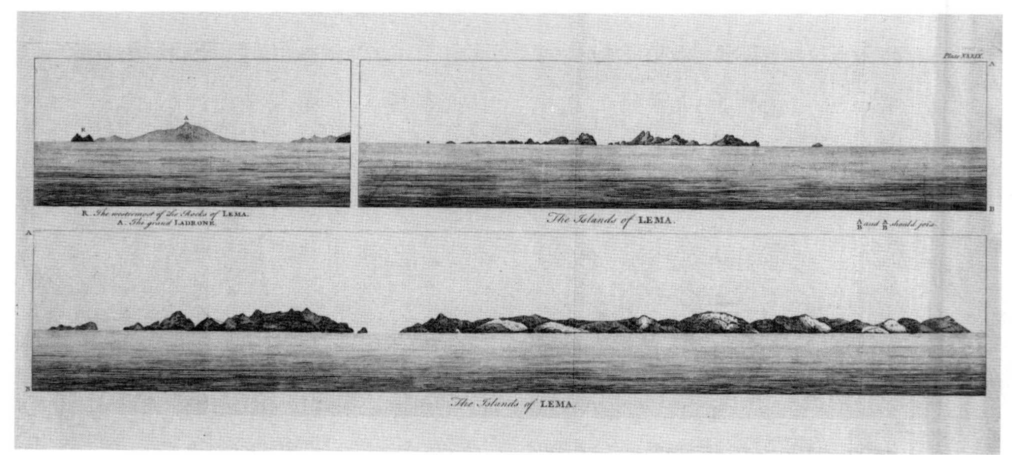

圖二：香港南丫島的鐫刻版畫（圖片由香港藝術館提供）

島嶼中的南丫島

鳥瞰式地圖，是一種笛卡兒式的視角，空間被平面化為數據點之間的距離，把原本存在於地方上的其他關係同質化（Aït-Touati et al., 2022）。地圖上的島嶼，的確容易使人覺得它既「小」又「離」，每一個島就是一個同質和孤立的整體。然而大、小其實是相對的。每次帶導賞，我都要請參與者把長洲、南丫島和青衣依面積排序。而收到的答案，多數都說青衣最大。南丫島今日面積13.85平方公里，比起由三個天然島嶼連成的青衣要大，是長洲的5.6倍，並是境內繼大嶼山和香港島之後的第三大的天然島嶼（排名已被填海後的赤鱲角取代）。然而島嶼的「發展程度」，卻往往影響着人們對大、小的判斷。現時青衣島上的原居民，最早可以追溯到十七世紀，部分是錦田鄧氏的佃農，也有荃灣陳氏的分支。1970年代荃灣及葵涌發展新市鎮需要填海，使得該區的水上人也遷到青衣門仔塘。因為土地業權與族群遷播，青衣和比它更細小的馬灣，以及大嶼山東北角，在傳統鄉村或殖民地分區，均被視為荃灣的伸延。其後青衣填海，把東北面的牙鷹洲和東南面的洲仔連成一島，面積亦從原本7.8平方公里，增加到10.7平方公里。規劃者把危險品倉庫和污染性工業置放在島上，包括發電廠、船廠和船塢等，視之為遠離民居的安全地帶（許舒，1999）。為了配合工業運輸和提供勞動人口，青衣於1974年建成了第一條行車橋。原來四面環海的島嶼，遂被「去島化」（de-island），不再依賴海路交通，人口急速膨脹。今日青衣人口接近20萬，是全球人口最為密集的島嶼之一。反之，南丫島人口一直徘徊在7,000人以下，而面積幾乎是青衣的兩倍。1990年代機場核心計劃，使得今日青衣共被九條大橋和鐵路連接、橫跨和切割，成為一個土地用途錯綜複雜、內部空間高度細碎的「基建島嶼」（infra-structure island）（Larjosto, 2020）。青馬大橋的身影、全天候的交通網絡、公共屋邨和私人豪宅……令人產生青衣比南丫島大的錯覺，甚至淡忘青衣其實是一個島嶼。

反之，從中環港外線碼頭出發的島嶼——長洲、坪洲和南丫島（除了大嶼山），則被一視同仁為「小島」。長洲面積為2.44平方公里，坪洲則只有0.97平方公里。然而長洲人口一直是三者之冠，徘徊在2萬左右，坪洲則約為5,000人。長洲人口之所以居高，與其自清乾隆以來，已是附近島嶼的漁獲集散地有關，族群、墟市與街道規模亦較繁雜（馬木池，2022；離島區議會，

1994）[2]。屹立在坪洲中心的天后廟，估計亦是建於乾隆年，不過永安和永興兩條主街道規模不過500米，除了漁業，坪洲在戰後曾一度工業化，傳統灰窰被火柴廠取代，曾出現過鋼管廠、藤器廠、燈泡廠、柚木廠、牛皮廠及繪瓷廠（Hayes, 1964；陳慧聰，蔡元貴，2008）。雖然三個島嶼地形都呈中間收窄，但因為面積細小，長洲和坪洲島上均只有一個商業中心，正好就在島上的中間地帶，而且東西兩面都是海灣。大街是水陸居民互通有無的界面，是水上人拋錨「埋街」補給的海灣。這些有時被稱為「漁村」的臨海大街，與內向型的農村無論在景觀與社會構成上均有很大差別——雜姓、族群多元、商舖林立、以天后或洪聖廟等水上人所崇拜的神明祠廟（而不是祠堂）為祭祀中心。套用田野考察期間一位村長的說法，南丫島舊時的生計，就是「水上人與陸上人交換澱粉質與蛋白質」（交換番薯與漁獲）。而在香港仔、鴨脷洲、筲箕灣、赤柱、青衣、馬灣、青山灣、大澳、東涌以至青山和西貢等地區，都有大同小異的大街，並不為島嶼所獨有，正是海岸社區因社會和經濟模式而形成的文化景觀。

至於面積較大、人口分散的南丫島，便發展出兩條大街，行政分區亦分為南北兩段。以榕樹灣為中心的北段，包括高塱、沙埔、大坪、大灣、大園、橫塱、榕樹塱等十二條村落，和蘆荻灣及北角另外兩個海灣，人口超過5,000人。以索罟灣為中心的南段共有九條村落，環繞在山地塘（高353米）和菱角山（高250米）腳下的狹長的山谷和海岸地帶，包括：索罟灣（索罟灣、蘆鬚城、打水灣、涌尾）；模達灣（模達灣、模達村、模達新村）；

---

2 長洲和坪洲的主要廟宇多始建於乾隆年間。而南丫島榕樹灣及索罟灣兩所天后廟則相對較遲，可溯源的最早年代均為清末。（離島區議會，1994）

石排灣（東澳、榕樹下）。南段最接近北段的蘆鬚城，也要走3.5公里山路，才能到達榕樹灣。加上兩段各有航線往返市區，故此南北兩段居民日常生活甚少交集。即使南段兩間小學早已結役，但居民會把孩子帶到南區上學，而不會徒步45分鐘到北段公立小學。至於天后廟、鄉事委員會、警崗、診所和碼頭等地方組織和基建，南北二段亦各自為政（離島區議會，1994）。許多從中環乘船而來的遊客，會把榕樹灣等同南丫島，到了島上，才發覺去錯地方。多年來，筆者亦試過多次為鄰居呼召緊急服務，但就連協調中心也會把救援員派錯去北段。這些美麗或危險的誤會，我認為沖繩島嶼的研究學者Jun'Ichiro Suwa提出的分析框架，實在甚有見地：

> 在琉球/日本詞語中——「shima」一字通常被譯為「Island」，並有雙重含意：島嶼作為一種地理特徵，及島嶼作為小卻文化深厚的領域（除了被視為孤立的社區之外）。後者表達當地人想像社區空間的態度，也如像島嶼一樣。同時，所有社區空間都是對島嶼的擬仿。（Suwa, 2007）

Jun'Ichiro Suwa提出島嶼上的社區並不應被簡單地視為一個整體，而是「島內有島」（shima within shima），它們之間，甚或與其他島嶼（群島）之間的聯繫或分裂，是透過共享資源和操演性的儀式來維持。翻譯成我們俗語和水上人的術語，即是山有「山頭」和「灣頭」。在《南丫説：》的研究過程當中，我們發現即便是隔岸，也會形成不同的地方認同。索罟灣大街上居民以「街坊」或「水陸居民」自稱，日常乘搭的渡輪亦稱之為「街渡」（街坊渡輪）。與胡氏的訪問中，受訪者反覆提醒筆者一定要尊重和包括「水面人」。自從2019年起，筆者多次在誕期和醮會裏進行田野調查，主會會稱這些主要參與者為「本灣人」。而所謂「本灣人」，包括在本灣拋錨的水上人，也包括戰前戰後移入的廣東人和客家人，以至近年在灣內置業或營商的城市人，總之五湖四海，比根據父系血緣來定義的鄉村原居民開放。至於不居住在「本灣」，卻與本灣關係密切的人，例如曾在本灣做生意或拋錨但已轉業的水上人和被歸入南段鄉委會的蒲台島的居民，有時也會參與其中。類似的情況，也見諸馬灣天后誕，主會當中包括馬灣大街及田寮村的陸上人、大嶼山東北角的村民，卻沒有同在島上的珀麗灣居民。[3]而面積廣達147.16平方公里的大嶼山，即使只是北岸的東澳古道，也分成兩個不同的經濟網絡和祭祀圈。例如大嶼山北岸從深屈到沙螺灣多個村落，卻分屬不同鄉約、經濟網絡和祭祀圈。加上赤鱲角機場帶動北岸發展，東涌新市鎮在整個大嶼山的重要性，已經拋離大澳和梅窩兩個歷史上的中心。而東涌新市鎮的居民，與青衣和中環的親密程度，亦可能遠高於島上的其他地方（何心怡等，2021）。

對於島嶼的空間性，島嶼研究者特別提倡以「群島」、「群組」甚至「水島結集」等概念，以鬆解把島嶼個別體化所造成的桎梏（Hayward, 2012）。島嶼與大陸、島嶼內部、島嶼與島嶼，其實都有不同的社會和經濟脈絡。與其把島嶼視為四面環海之中的小片陸地，不如把它置放在不定的關係之中。

3　所謂「本灣」包括三個均與水有關的聚落——北從打水灣（山邊取水點），中為索罟灣（船隻靠泊及漁排），南至涌尾（鹹淡水交界濕地）。「本灣人」除了水上人，也有戰前來港的客家人、從其他鄉來街上做生意的原居民，以及戰後從城市移入的華人。至於在灣內另一端的蘆鬚城，居民稱之為陳家村，則不太參與天后誕之外的其他活動。「山頭」與「灣頭」——陸地為中心的農村，與海水為中心的漁村，在一灣之內壁壘分明。

結論：海與我們的距離

圖三：茶餐廳食客，觀看在下面淺灘放籠的情況。(2020年4月19日攝)

2020年初夏大約八點的一個早晨，我在索罟灣一間茶餐廳食早餐。這個時候的離島，還沒有甚麼遊客，滿座都是水上人，尤其是近海的座位。有人默不作聲，觀望涼棚下的水面，隔不多久，便有人下去撐艇浸泥艋籠。茶餐廳內其中一組的對話，特別吸引我的耳朵。大意是說昨夜二時，誰又出海了。但他的消息來源並不是來自深夜悵望，而是他的聽覺已經熟悉灣內船隻不同型號和馬力的機器所發出的聲音。

英國人類學家Tim Ingold(1993)提出以「taskscape」來取代「landscape」，拆解自然與人為的二分法，突出無論是人或非人的能動性，我覺得亦頗能說明我們與海的距離。

> 風景看起來就是圍繞着我們所能看見的事物，而taskscape則是我們所可以聽到的。要能被看見，物件並不需要做任何事情，因為從其外表反射所能達到觀者的光線，已經足以說明它的形狀。要能被聽見，則與之不同，物件必需要主動發出聲音，或透過它的動態，接觸其他物件而發出聲音〔……〕taskscape必須由具能動性的存在聚集其中，能動者在安居的過程中相互反應。（Ingold, 1993, 67-8）

作為一個三面環海的海岸地區/海港城市，海給我們的感覺，卻總是這麼近、那麼遠。即使是身價千萬的海景豪宅——住客與海的關係，亦不過是一種視覺經濟。不久之前，曾有青馬大橋的「橋景」居民投訴釣魚船隻引致貨櫃船響號造成騷擾，接着，媒體便把釣艇問題化（一線搜查，2023）。海洋、魚類與水上人的連繫（entanglement），正是古已有之。不再捕魚的水上人利用自己的「在海」知識，季度性地接載釣客在馬灣海峽垂釣，共享自由的資源。橋——與慕海景而來的陸上人，卻希望海只是一道安靜的風景。

英語界的島嶼研究還有一個頗堪玩味的提問，就是我們到底應該說「research on the island」、「with the island」還是「about the island」（Nimführ & Otto, 2020）？前者意味着我們在島嶼上從事研究，它是研究之中的一個田野；次者是我們以島嶼的立場來進行思考，島嶼與研究者不是空間或研究者與被研究者的關係；後者則視島嶼為對象和主題，研究者並不在其中。這為我帶來一個有如房間裏的大白象般的反省——索罟灣島上和港島堅尼地城的第一、二、三街，它們的命名方式，反映的究竟是誰的視角？

由小到大的數目，並不是它們發展的歷史時序，而是從海面登陸者的視角和感觀。

從身體感知，到自行摸索何謂島嶼研究。繼南丫島之後，我和研究團隊將轉移陣地，到另一個基建小島馬灣，記錄不同族群的生活記憶，探索島嶼裏裏外外，或延續、或斷裂的空間關係。我們暫時仍難以總結出一套適用於香港的方法學，但既然水是一種水平、橫向的動態，也許，我們亦應該追隨島嶼的生活空間和時間，跟隨和記錄不同能動者的橫向移動，有望打破一種遠觀式（telescopic）的目的論，拆解種種對島嶼的迷思，也擴展我們對香港，特別是鄉郊的想像。

參考資料

英文文獻

Aït-Touati, F., Arènes, A., & Grégoire, A. (2022). *Terra Forma: A Book of Speculative Maps*. MIT Press.

Atha, M., & Yip, K. (2016). *Piecing together Sha Po: Archaeological investigations and landscape reconstruction*. Hong Kong University Press.

Baldacchino, G. (2008). Trains of thought: railways as island antitheses. *Shima: The International Journal of Research into Island Cultures*, 2(1), 29-40.

Baldacchino, G. (2012). The lure of the island: A spatial analysis of power relations. *Journal of Marine and Island Cultures*, 1(2), 55-62.

Barnett, K. M. A. (1974). Do words from extinct pre-Chinese languages survive in Hong Kong place-names? *Journal of the Hong Kong Branch of the Royal Asiatic Society, 14*, 136-159.

Cheer, J., Cole, S., Reeves, K., & Kato, K. (2017). Tourism and Islandscapes: Cultural Realignment, Social-Ecological Resilience and Change. *Shima: The International Journal of Research into Island Cultures*, 11(1), 40–54.

Cheung, S. (2003). Traditional dwellings, conservation and land use: A study of three villages in Sai Kung, Hong Kong. *Journal of the Hong Kong Branch of the Royal Asiatic Society*, 43, 1-14.

Currie, S. (2018). Tourism and Emerging Island Economies: An Understanding of

Stakeholder Perspectives in Timor-Leste. *Shima: The International Journal of Research into Island Cultures*, 12(1), 128-142.

Dlabaja, C. (2021). Caring for the island city. *Shima: The International Journal of Research into Island Cultures*, 15(1), 166-185.

Fabian, J. (2014). *Time and the other: How anthropology makes its object.* Columbia University Press.

Foley, A., Brinklow, L., Corbett, J., Kelman, I., Klöck, C., Moncada, S., Mycoo, M., Nunn, P., Pugh, J., Robinson, S., Tandrayen-Ragoobur, V., & Walshe, R. (2023). Understanding "Islandness". *Annals of the American Association of Geographers*, 113(8), 1800-1817.

Grydehøj, A. (2015). Making ground, losing space: land reclamation and urban public space in island cities. *Urban Island Studies, 1*, 96-117.

Hase, P. H. (2020). *Settlement, Life, and Politics—Understanding the Traditional New Territories.* City University of Hong Kong Press.

Hau'ofa, E. (1994). Our sea of islands. *The Contemporary Pacific*, 6(1), 148-161.

Hayes, J. W. (1964). Peng Chau between 1798-1899. *Journal of the Hong Kong Branch of the Royal Asiatic Society*, 4, 71-96.

Hayes, J.W. (2006). *The Great Difference: Hong Kong's New Territories and Its People 1898-2004.* Hong Kong University Press.

Hayward, P. (2012). Aquapelagos and aquapelagic assemblages. *Shima: The International Journal of Research into Island Cultures*, 6(1), 1-11.

Hayward, P. (2016). Introduction: Towards an Expanded Concept of Island Studies. *Shima: The International Journal of Research into Island Cultures*, 10(1), 1-7.

Ingold, T. (1993). The temporality of the landscape. *World Archaeology*, 25(2), 152-174.

Larjosto, V. (2020). Islands of the Anthropocene. *Area (London 1969)*, 52(1), 38–46.

Leung, A., Tanko, M., Burke, M., & Shui, C. S. (2017). Bridges, tunnels, and ferries: Connectivity, transport, and the future of Hong Kong's outlying islands. *Island Studies Journal*, 12(2), 61-82.

Lindsay, C. (2019). Contact zone. In C. Forsdick, K. Walchester, &Z. Kinsley (Eds.) *Keywords for Travel Writing Studies: A Critical Glossary* (pp. 54–56). New York: Anthem Press.

Nimführ, S. & Otto, L. (2020). Doing Research on, with and about the Island: Reflections on Islandscape.' *Island Studies Journal*, 15(1), 185–203.

Pugh, J. (2016). The relational turn in island geographies: Bringing together island, sea and ship relations and the case of the Landship. *Social & Cultural Geography*, 17(8), 1040–1059.

Randall, J.E. (2021). Definitions and classifications of islands. In *An Introduction to Island Studies* (pp11–30). London, England: Rowman & Littlefield Publishers.

Ronström, O. (2021). Remoteness, islands and islandness. *Island Studies Journal*,

16(2), 270-297.

Suwa, J. I. (2007). The space of Shima. *Shima: The International Journal of Research into Island Cultures*, 1(1), 6-14.

Teaiwa, T. K. (1996). A New Oceania: Rediscovering Our Sea of Islands. *The Contemporary Pacific*, 8(1), 214-217.

中文文獻

一線搜查。2023。《青馬大橋底每日數十釣艇聚集原來犯法？究竟有乜魚釣？貨船船長、深井居民為何叫苦？》。YouTube。https://www.youtube.com/watch?v=RgwWFT06ANw。

王惠玲，羅家輝。2015。《記憶景觀：香港仔漁民口述歷史》(香港第一版)。三聯書店(香港)有限公司。

何心怡，吳韻怡，詹穎宜，鍾寶賢，黃楚喬，葉俊文，馬鈺詞，范芷蕎，楊寶詩。2021。《大嶼山東涌至大澳沿岸鄉村文化及歷史研究》。可持續大嶼辦事處。

《南丫說：公共藝術計劃》。2021。藝術推廣辦事處編製。康樂及文化事務署。

馬木池。2022。《殖民管治下的傳統節慶：長洲太平清醮的流變》。康樂及文化事務署。

張少強，古學斌。2006。跳出原居民人類學的陷阱:次原居民人類學的立場、提綱與實踐。《社會學研究》(第二期)。頁108-133。

梁寶山。2021。《模達今昔——南丫島模達灣歷史及社會研究計劃》(初版)。藝術到家有限公司。

梁炳華。2007。《香港離島區風物志》。離島區議會。

許舒。1999。〈青衣、馬灣和大嶼山東北部〉，《滄海桑田話荃灣》。滄海桑田話荃灣出版委員會，頁191-210。

陳慧聰，蔡元貴。2008。《坪洲》。郊野公園之友會、天地圖書公司。

華德英。1985。〈第一章：香港的一個漁村(一九五四)〉，華德英著，馮承聰等編譯，《從人類學看香港社會:華德英教授論文集》。香港大學出版社印務公司。

蕭國健。2013。《明清兩朝有關香港地區之古輿圖》。顯朝書室。

離島區議會。1994。《離島區古物古蹟》。離島區議會，頁13。

群島主義：在亞際和數碼島嶼中感受香港

李祖喬

在亞際島嶼之間思考

2023年初，我從大嶼山的家出發，跟友人到菲律賓呂宋島短遊數天。在馬尼拉一家書店，我買了城市社會學家Edwin Wise（2019）的*Manila, City of Islands*（《馬尼拉：群島城市》）。回航途中，我在機上的窗口位看書，到飛機降落前一刻，忽然看到飛機向下飛近香港本土時，我首先是看到很多海上的小島，然後才慢慢看到城市。從島嶼和群島的角度去觀察和思考一座城市，是甚麼意思？正規的學術論文寫作，往往從「回顧文獻」寫起，但其實在亞洲的大陸和不同島嶼作「四日三夜遊」是很多人共同分享的經驗，而這些餘暇經驗也常常使我們通過比較不同地方而形塑出不同感受和印象，進而評估自我和他人，也應當可以衍生出文化和社會的討論。

圍繞香港文化和社會的討論，主要有幾個方向，往往用宏大的文明和國家體系作為主要框架，很少用周邊小島和群島的視角。例如「西方」或「英美」的殖民主義和自由主義視角、中國民族主義的視角，還有通過強調自身是混合兩者，或處於兩者之間的本土主義（本土又有在地性和離散性）。通過馬尼拉去思考香港，既是一種現時在學界已愈來愈普遍的「亞際視角」（Inter-Asia），也混合了近年在人文和社會科學界冒現的島嶼研究（island studies）或群島研究（archipelago studies）。亞際視角最大的意義，就是通過與鄰近地區相近經驗的比較去為地方社會提供更多參照點——主要的參照點，不少是「西方的」，然後便是回應它的「民族國家」和通過回應兩者而衍生的「本土」。通過亞洲和島嶼去看香港，是想嘗試在這三點上帶出更多參照點。我會先閱讀Wise的馬尼拉研究，引伸出我對香港文化研究的一些看法。簡言之，Wise認為馬尼拉是一個「群島城市」（archipelagic city）；相比之下， 我認為香港像一個「多城市群島」（multiple-cities archipelago），由一些我稱之為「群島主義者」（archipelagists）的人所形塑。我認為這個初步觀察可以通過藝術和數碼人文學的方式呈現，故此邀請了藝術家樊樂怡把我的想法圖像化，留待將來跟進。

馬尼拉作為群島城市

Wise說的「群島城市」，意指馬尼拉是一個斷裂的城市（fractured city）—— 那不是徹底的碎片化，而是城市眾多部分有機互動而形成多中心的狀態。他跟隨一些城市研究傳統，認為可以用拉丁語的urb和civitas兩個概念去把握城市的一體兩面。 urb指「城」，包括城牆、建築物和周邊的物理空間，是範圍小、卻實在的（actual）城市；civitas指「民」，是「一群面對同一套法律體制的人的集合體」（Wise, 2019: 6），不一定被人直接看見，更像一種潛在（virtual）的巨大網絡。「馬尼拉」既有城市的實在性，但它也有很多潛在於城市內外的互動，例如周邊山區的住民，是一些馬尼拉人的親友，而馬尼拉也有很多海外連結，包括香港的菲律賓社群。作者認為，urb和civitas也代表兩種城市形成的速度：前者是一磚一瓦地建起；後者則相反，只要civitas有相同信仰和關注，市民同意連結，一種團結的城市畫面立即就可以出現（Wise, 2019: 6）。所以，前者是日復日的累積，後者是使網絡成員快速召集的特殊事件，馬尼拉就是這樣形成和延續下去。

所以馬尼拉的群島性，就在於它是多中心（multi-centered）互動而成的產物。與此相對的，就是現代城市（modernist city）——它總是追求成為單一的中心（Wise, 2019: 10-11）。在現代城市中：市民往往是按商業、政治和宗教的中心來行動，而那些中心地帶往往是代表全城市甚至全國繁榮的景觀（例：摩天大廈）。人們也傾向通過那些中心來建立關係，所以是次級的（即經中介的）而非親族的直接關係，例如更傾向專業身份和「中立的」理性多於親族的親疏。相比之下，「群島城市」中有很多事情由家庭和社區作為社交場所去推動，節點（nodal）多於中心，既有高度個人化的人際關係（personalized relations）；在節點之中，也有很多非個人性的關係（impersonal relations）在不同節點間互動。所以，這種群島性既有島的在地性，又有對外的連結性。「群島」是一個喻詞，想帶出的是島和島之間，既有各自因水而分隔的獨特性，但也有因為水而可以把人連起來的關係，只是島民要努力嘗試不同出海方式、航道和上岸方式。

現代香港的「群島性」

用馬尼拉作為研究群島城市的案例，是很合理的，畢竟菲律賓本來就是在群島上建立出來的國家，而馬尼拉也跟諸島有眾多複雜的關係。但香港是否一個「群島城市」?

可以説，香港也有「群島城市」的特徵，但「香港文化」在近年的發展——特別是在新媒體上的平台如YouTube和小紅書——

明顯不可能僅僅被理解成一種「城市文化」。在2024年，一個香港YouTuber教人如何在英國小鎮煮香港菜，可能不太算（或不完全算）是城市文化。小紅書建議網民到香港山崖邊打卡，也跟一般認知的「城市經驗」頗為不同。

但首先必須說，香港也可算是「群島城市」的，因為它明顯有urb和civitas的互動關係：一方面，因為地緣經濟和政治的影響，香港常常要以「發展」為名把城市空間資本化，使urb不停改動；另一方面，隨着不少人口外移（北上內地和前往海外），又有新移民遷入，civitas也是不停重構。可是，這類城市和市民之間的互動關係，其實在全世界所有城市都有。正如以上所說，「群島城市」的概念是通過「現代城市」而提出的。這個概念更有意思的，可能是讓我們反思香港研究對「現代城市」此一範式的執着——不是要放棄它，而是仔細地考慮它的可能和限度。

很多人圍繞香港而產生的情感，都非常在意香港是否一個區域和全球的中心，他們也認為香港的價值就在於它是特別的城市，而不是一個普通城市。這是完全可以理解的思想軌跡。在二十世紀後半到二十一世紀初的國際關係下，香港像是「衛星般的現代性」（Satellite Modernity）（Ma, 2001），是西方現代性的衛星城市，讓「落後」的周邊亞洲社會通過它而接上西方的現代，而西方也會視香港為中國的現代版本，使香港成為被認可的現代城市。近年，情況卻是恰恰相反，西方和內地都會把香港視為「落後」，一方的觀看角度往往是其「缺乏自由」的「落後」，另一方角度是認為它「過分自由」或「缺乏保護體制安全」而變得「落後」，無法趕上中國的另類現代性，只餘下一個可以讓人懷舊消費的香港（例如老港產片中的1980至2000年代的香港）。香港在眾多因素下——區域產業分工下無法發展新興經濟、舊企業和技術的限制、東亞國家資本主義及全球威權主義的壯大、新的帝國較勁等等——愈來愈不是(在很多領域早已不是)中心。如果只以「現代城市」作為單一的標準去審視自我，就會只能受困於「我很落後/我不夠現代」的恐懼，沒有足夠多的故事和論述去審視自身和別人，只能不停跟其他全球城市和中國城市比較誰最能成為「中心」或「現代模範」去判斷自身和別人的價值，也只會沒完沒了地得出「XX已死」的結論，只能產生出懷舊。

群島視角是一種被狹隘的觀念定義為「非現代」的世界觀，但它可能為香港帶來更多故事，或更豐富的敍事能力，因而讓我們更多角度地自我觀照。第一，香港經驗從來就不只有現代城市的經驗，背後有一定的群島地理。雖然香港不像馬尼拉般，在菲律賓群島之間，但處於中國大陸沿海的香港也有263座島嶼，包括大嶼山、香港島、長洲等等，也跟萬山群島相連。如果看文化從北南下香港和從南而北上香港的歷史，很多人坐船來，很多人游水來上岸，而香港跟深圳之間很長時間是一種「過橋」的經歷。香港也因此衍生不少學術和文化著作。羅貴祥指，海盜邦是重要的香港故事(註：羅貴祥小說《夜行紀錄》(2023)有不少來自海島的故事)。梁寶山於2022年發起香港島嶼研究網絡，研究各大離島故事，整理這些被忽視的文化遺產。很多香港研究者都討論過水上人和島嶼歷史(孔誥烽，1998)和亞太海洋的網絡(濱下武志，1997；冼玉儀，2019)。政治學者袁瑋熙和鄭煒(Yuen & Cheng, 2020)從香港的島性出發來討論其政治制度跟內陸地區的差異如何建立，其獨特性又如何慢慢消失。這些討論指出了香港和周邊的中國沿海地區都有一定「群島性」，但是，我並不想停留在「香港屬於東亞海洋和太平洋世界」這類歷史論述，也覺得這類視角往往有意無意忽視或矮化「大陸」的角色，把海洋和大陸二元化。我更感興趣的，是把「群島」視為一個跨越此二元的世界性的概念，因為「現代城市」有其限度，特別是香港文化已經是在全球化和離散化的語境下產生和流通，不再只是來自單一城市中心。

群島主義的概念與實踐

我們或者可以用「群島主義」——一種圍繞着「群島」（archipelago）概念和想像而開展的視角和思維——作為一種理解和整合香港經驗的方法。如果用「沿海」一詞，則僅僅是從大陸去看海的視角，強調的是海邊的陸地，沒有捕捉海洋其他島嶼。而如果用「島嶼」一詞去對立「大陸」，也是自成一國而向內望。群島研究者 Michael Wiedorn（2018: 1-7）仔細閱讀加勒比海作家 Édouard Glissant 指出，群島思維最終的問題是：如何一次過捕捉和表述所有事情？群島作為概念，說到底就是一群沒有中心的島嶼，互相關連和依靠，所以它是一個可以同時考慮所有島嶼獨特性和共同性的詞語，即多元下的團結（unity within diversity）。所以群島思維（archipelago thinking）不認同尋根性身份（root identity）或追溯祖先的返祖性（atavistic）思維，而是重視關連性或關係性的身份（relational identity）。這就從（領土性的）陸地中心和沿海邊緣的關係轉移，成為無中心而互相定義的一堆群島，像加勒比海的海域。「群島」一詞的意義，在於它可以同時說出多元和共同的感覺，在普遍和特殊之間，或兼具兩者。

Wiedorn 把群島學者的想法梳理得很清楚，但這些概念討論仍然跟香港的處境有距離——如果「群島」是去中心的，只能在特殊關係中才可以被理解，那在香港的語境中談「群島主義」是甚麼意思？它所消解的中心和衍生的關係性分別是甚麼？我會先解說概念，然後以數碼圖像去解釋。

概念上，「群島主義」是有助認知和框定香港經驗的中介概念，即它既是用來反思兩套主導性的意識形態——全球主義和共同體主義。第一是全球主義。強調「全球」或「全球性」的人，用香港流行用語即「離地」，他們多強調世界是一個球體，是普世無界，由眾多非地方（nonplace）的地景構成，從一個機場輕鬆到市區酒店或要探訪的企業，到重要景點打卡，又再飛到另一個機場和其他酒店，跟在地人的感受和責任有很遠的距離；相比之下，群島思維更強調在地身份，但又不是劃定界線的單一「本土」，而是有很多一個個不同的實在的島嶼並存和串連起來的網絡。

舉例說，從全球主義的角度，赤鱲角不過是全球眾多機場之一而已，它本身是沒甚麼地方性，就是一塊非地方。但從群島主義的角度，我們也應該認真看待赤鱲角。赤鱲角村因為機場工程而被搬到東涌後，其新村有一塊門牌，寫着「赤膽忠肝論天下，立角家園樹我村」，標示出邊緣村民既有地方意識（「樹我村」），但又不是畫地自限，而是有其全球性（「論天下」），只不過那是忠誠論政發聲的精神意識而非爭天下和爭權力。這些地方風景和知識，從全球主義的角度或許沒有太大意義，但通過微小的文字，又可以感受到一些被隱沒的地方抗爭史和地方聲音，而「赤鱲角」其實是由赤鱲角島、大嶼山還有村民海洋群島網絡而構成的地方感，不可能單單概略它是傳統文化村落或本土村落。而如果沒有一個連接全球的機場工程網誌，那塊新村門牌也未必會出現。

群島主義也可以調和共同體主義。共同體分兩種，一種是國族性，另一種是本土性。用群島的概念去看共同體，可以把國族和本土群島化，開啟更多種視角。周思中（2022）在其有關香港農業的近著中，提及香港農產公司生產的菜心很多來自寧夏，這當然算是一種「全球化經濟」或「國族經濟」的案例，但如此我們的好奇心就中斷了，不會再對寧夏不同地方深究下去。我們可以說，來自香港和寧夏的島民在不同空港之間互動，而很多菜心其實是來自寧夏和香港互動而來的「寧港菜心」。把世界群島化，然後思考各種島與島之間的關係，產生更多無法被共同體主義輕易中斷群島之間的好奇和探索，是群島主義的目標。

最後，群島主義也可以調和本土共同體主義。過去十多年，本土主義的想像有兩個重要支柱：需要「貼地」以批判「離地」的全球主義，以及守住某種「城邦」的關口和邊界去回應國族共同體帶來的同質文化。從群島主義的角度來看本土主義，可以從某種後人類的視角審視本土對地和城邦的想像。我們首先可以感受到，「貼地／離地」是一組上下的喻詞，一人「離開」土地而跟它沒有關係，另一人貼着地而不會離開，是很對立的關係。群島主義可能更傾向用「離岸／近岸／在岸」去形容身處土地的狀態，可以「離岸」但望向陸地，而「在岸」也可以望向遠方。而群島主義也提供另一套語言去思考香港——「城邦」是一有城牆或最少清楚城區的範圍，因為有界線意識所以有各樣行為。群島不是沒有邊界，但那是天然與人工混合的長海岸線，陸地會隨氣候和海洋的轉移而增多或減少，並不是情況更整齊劃一的城牆與關口。從此看，島民和海岸線的關係，跟市民和城牆的關係，是兩種既相關又有差異的語言思維。

群島主義不僅是論述和語言層面上的中介，也可以幫我們看歷史。一些很本土史的事情，其實也有來自其他島嶼的參與。

我在多年前寫的一篇文章（2013）研究本土主義先驅之一蘇守忠——他在1966年天星碼頭抗議小輪加價，被視為第一位或第一代不依從政黨而為本土事務發聲的代表人物。但如果看他的傳記（1998），他的行動不全然是本土的產物。他在1965年當船員時，到古巴島被其革命精神感染，當船到達新加坡時，當時解殖獨立的新加坡關員拒絕一個白人插隊，使蘇守忠感到振奮，因而決定回香港後做些事。

最重要的是，群島主義也是一個可以幫我們認識現實世界和未來的概念。現時愈來愈多本土演藝人會到世界各地城市的香港文化圈中演出，但這些演藝人不是「離地」的，而是「離岸」和活躍於群島之中的群島主義者。而身在「本島」的人也會知道其他島嶼的狀態，既在岸又可以遠觀，不同島嶼之間的人會互訪。東浩紀（Hiroki Azuma, 2022）曾指，相信共同體主義而有地方責任的是村民（villager），相信全球主義而無地方責任感的是游牧者（nomad），相對來說觀光客（tourist）是兩者之間，有着弱聯繫，我們可以說群島主義是東浩紀說的一種觀光客思維，不同島之間有着弱聯繫。地理學家Sarah Peck（2023）也認為，民間社會愈來愈多出現群島地理（archipelagic geographies）。香港既是一個城市空間，又是一個大於城市的全球多城市文化網絡。

香港作為城市群島——數碼圖像

當我產生「群島主義」的想法，並開始閱讀島嶼研究時，我有某種強烈地想要用視覺圖像來表達的欲望。如果馬尼拉是一個群島城市，那麼香港更像一個多城市群島（multiple-cities archipelago）——一群城市，各自像島嶼般互動。不同島嶼之間會互相探訪，維持着香港文化的演化。我跟藝術家樊樂怡分享此想法，最後她在電腦上繪出此圖：

這張圖展示的「香港」是一個群島世界，而不是傳統從上空呈現陸地邊界的香港。

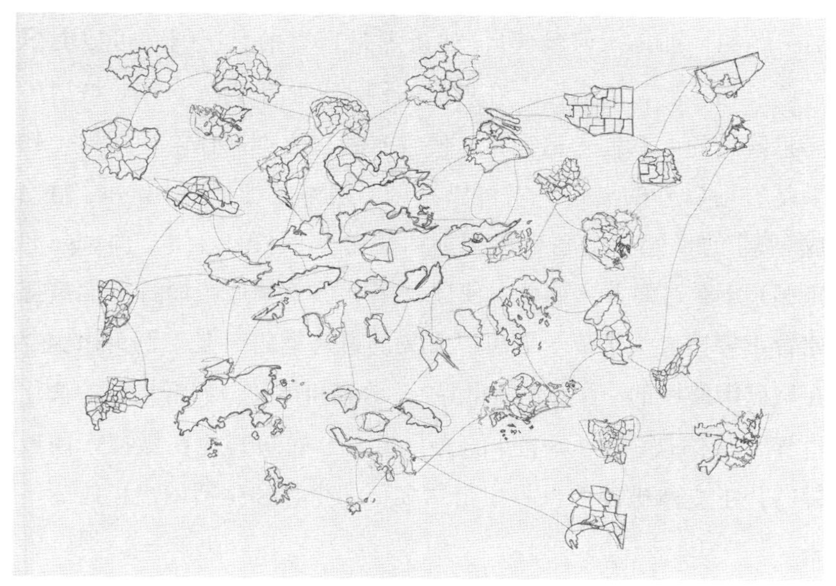

香港群島圖（樊樂怡，2023）

這地圖的中心，是海，不是地。水既分隔人們，劃定人們的界線，但也連結人們。地圖上有很多島，可分為三類：第一類是真實的島嶼（如南丫島、長洲、英倫三島、台灣島、本州、北海道島），第二類島其實是城市，把城市的邊界畫成島的模樣，算是「島化城市」（islandized city），例如把不少香港人聚集的「倫敦」、「溫哥華」、「深圳」、「上海」等城市版圖，畫成島的形狀。第三類是把香港內部各個區域（從離島到十八區）畫成島嶼，即不用以香港島為中心的視角，而是投射出香港內部的群島性，有不同的交通方式和探索的方法。

如果有足夠的技術和資金，我們可以從以上的數碼海島圖出發，建立一個資料庫，讓以香港群島為家的群島居民看見和找到彼此。以上的圖放在網上後，可以這樣：一位在乎香港的人可以輸入他所在的島（例：馬灣），也可以輸入他住的城市（例：珠海、德里、那霸、西雅圖）。如果那是真實的島，網站可以凝聚一些互相不認識的島民。在馬灣的例子，如果馬灣人或一些對馬灣感興趣的人都進入這網絡，便會看到對方都共住同一個島。如果是香港以外的城市，以德里為例，網站會把那些「城市」轉化成「島」的形狀。電腦也會把那人想分享的資訊（如一個page和電郵）分享到網上。如此，便建立了一個數據庫，而且這個數據庫會不停擴大，形成一個可以看見的群島網絡。是一個可以儲存在數碼網絡中的「香港生活世界」，承載和推動一個群島型的文化世界。這個被稱為「香港」的文化世界，如同其他在數據帝國威權時代下支離破碎的世界，由眾多努力生存和生活的島民經營下去。

參考資料

英文文獻

Azuma, Hiroki. 2022. *Philosophy of the Tourist*. Falmouth: Urbanomic.

Ma, Kit-wai. 2001. Consuming Satellite Modernities. *Cultural Studies* 15(3-4): 444-463.

Peck, Sarah. 2023. Archipelagic Geographies, Civil Society, and Global Development. *Transactions- Institute of British Geographers* 48(1): 117-131.

Wiedorn, Michael. 2018. *Think like an Archipelago: Paradox in the Work of Édouard Glissant*. Albany: SUNY Press.

Wise, Edwin. 2019. *Manila, City of Islands: A Social and Historical Inquiry into the Built Forms and Urban Experience of an Archipelagic Megacity*. Manille: Ateneo de Manila University Press.

Yuen, Samson; and Cheng, Edmund W. 2020. Between High Autonomy and Sovereign Control in a Subnational Island Jurisdiction: The Paradox of Hong Kong under 'One Country, Two Systems'. *Island Studies Journal* 15(1): 131-150.

中文文獻

孔誥烽。1998。〈千年的壓迫、千年的抵抗：殖民主義前後的大澳蛋族〉，收錄於《誰的城市？戰後香港的公民文化與政治論述》，羅永生編，頁113-140。香港：牛津大學出版社。

李祖喬。2013。〈香港本土意識的港口性：從1966年的蘇守忠說起〉，收錄於《本土論述2012：官商勾結》，馬家輝、梁文道、王慧麟、陳智傑編，頁125-136。台北：漫遊者。

周思中。2022。《夕陽的光》。香港：藝鵠有限公司。

冼玉儀。2019。《穿梭太平洋：金山夢、華人出洋與香港的形成》。香港：中華書局。

蘇守忠。1998。《從民運到出家：蘇守忠傳奇一生》。香港：明窗出版社有限公司。

羅貴祥。2023。《夜行紀錄》。台北：二〇四六出版社。

濱下武志。1997。《香港大視野：亞洲網絡中心》。香港：商務印書館。

責任編輯：羅國洪
封面設計：張錦良

香港・文化・探索

主編：鄧鍵一、李祖喬、曾仲堅

出　　版：匯智出版有限公司
香港九龍尖沙咀赫德道2A首邦行8樓803室
電話：2390 0605　　傳真：2142 3161
網址：http://www.ip.com.hk

發　　行：聯合新零售（香港）有限公司
香港新界荃灣德士古道220-248號荃灣工業中心16樓
電話：2150 2100　　傳真：2407 3062

印　　刷：陽光印刷製本廠

版　　次：2025年3月初版

國際書號：978-988-70507-2-8